講談社文庫

スピンクの笑顔

町田 康

講談社

スピンクの笑顔　目次

スピンクの笑顔

ポチと私の春の見果てぬ夢

　桜が咲いて散り、花びらが庭池に浮いて、鯉がこれに群がっています。私はもう長いことこの鯉というものを観察しております。私の見るところ、冬の間は半ば死んだように、眠ったようになって、あまり動かず、ものもあまり食べないのですが、春になると俄然、活発になり、水の中をツイツイ移動、水底で逆立ちのような恰好になって、水草のようなものを食べるなどしています。

　なので桜の花びらに群がっているのも、これを食べ物と勘違いしているに違いありません。馬鹿な奴らですね。もっとも人間の方ではこれを塩漬けにして食べるということをシードに聞きました。ならば鯉がこれを生で食ってうまいと思うことがないとは言い切れません。人の好みってのはそれぞれですからね。例えば、私とキューティーは血肉を分けた実の兄弟ですが、キューティーと私では好みがずいぶんと違っていて、キューティーは肉が好きで、私はふわふわした生クリームのようなものが好きです。

ってまあ、そんなことはどうでもよいのですが、けれども考えてみれば、春になって活発になるのは鯉ばかりではありませんね。例えば、いま申し上げた、桜やなんかもそうで、その他の紅葉や楓も、去年の秋に葉っぱをみんな散らして、見た目には枯れ木のようになっていたのに、新しい芽が芽吹いてきましたし、冬枯れて茶色くなっていた芝もところどころ青くなっています。ふわふわして、猫のしっぽのようなコゴミもそこいら中に出て、その他、クマザサ、ツルニチニチソウといった、あまり歓迎されない御連中も芽吹いてきました。

なので冬の間は、背中を丸めてノソノソしていた主人・ポチも春の到来と共に張り切って、様々に活動し始めました。

と、言いたいところなのですが、相変わらず背中を丸めてノソノソしています。というか、冬の間よりももっとボンヤリし、生あくびをして眠そうにしています。眠そうにするばかりか、実際に居眠りをします。そんなポチを横目でチラと見て、「こういうのを称して、春眠暁を覚えず、と言うのだ」とシードが言いました。

そんなことをしていないで紅葉やクマザサを少しばかり見習ったらよいようなものですが、しかし、人間は仕方がないのかもしれませんね。なんとなれば、紅葉やなんかは秋になって葉を枯らし、すっかり冬枯れてしまっても春になればまた復活します。けれども人間は枯れていく一方で、実際の話が、一度、頭が禿げてしまえば、春が来ようがどうしようが、また生えてくることがありません。つまり、復活、ということがなくて、直線的に、死、に向かっている。ということですから。

でもそれを言えば犬だってそうです。

私もこうして皆さんに話をするようになってから随分と老いました。私は分類的には大型犬ということになっています。大型犬の平均寿命は小型犬に比べると随分と短く、私はもう五年もすればこの世にいないと思います。

というのは人間からすると随分と儚い命のように思うかも知れませんが、私たち犬は人間と違ってこの世から消滅するということに哲学的宗教的な意味を感じません。ただ、ぽそっ、と生じたものが、ぽそっ、と消える。それが自分であるかどうかは関係がない、ととらえています。なので飼い主の人は私たちが死ぬと嘆き悲しみますが、私たちにしたら逆に恐縮というか、こんなことでそんなに嘆く必要ないんですよ。困ったな、どうも。みたいな感じになります。もちろん、私たち自身が死んで悲しいと感じることもありません。

といったような漠然としたことを庭の景色を見ながら考えていたところ、傍らのソファーで居眠っていたポチが突然、目を覚まし、おおおおー、と言ったので、そちらを見ると、ポチはまだ寝とぼけているようで、まだ将来に対する希望を捨てきれないでいるゾンビ、みたいな顔で虚空を見ていました。こうした半覚醒状態のときは、普段と違ってダイレクトに話ができるので、

「どうしたんだい。夢でも見たのかしら」

と話しかけたところ、思った通り話が通じてポチは、「いや、夢ってわけじゃないんだけどね……」と、「夢というわけではないんだが、寝ながら考えていたら、あることに思いがいたってね」と話し始めました。

しかし、夢の中で考えるというのは、起きているときはボンヤリして、頭のなかに霞がかかったようなポチならではですね。だからあんななんだ、と深く頷け、と思いながら、

「なにに思いいたったの」と問うとポチは、

「僕は死ということについて考えたんだよ」

と言い、私は、あ、なるほど。と思いました。私が死について考えた、その思念が波のように空中を漂い、それをポチが受け取った、いわば受信したような状態になった、と思ったのです。

なぜそう思うかというと、ポチの場合、しばしばそういうことがあるからで、例えば以前、ポチがいつものように居眠っており、その傍らで美徴さんがウェブサイトを

閲覧しているという状況で同じようなことがありました。

私は美徴さんの傍らで前足に顎を乗せて微睡んでいたのですが、ポチが突然、ウーン、ウーンと苦しげな声を挙げ始めたので、美徴さんに、大丈夫か。ポチがなんか変な声を出しているぞ。ほどの意味で、ウォン、ウォン、ウォン。と吠えて、異変を伝えました。しかし、美徴さんは閲覧をやめません。いったいどうなるのだろうか、と気を揉んで、今度は寝ているポチのところに行き、大丈夫か、と励まし、腕を噛んで引っ張ったりしたところ、ポチは目を覚まし、私の顔を見るなり、うわああああっ、と大声を挙げ、それから、「なんだ。スピンクか」と言って脱力しました。

いったいなにがあったのかと問うとポチは、「全身が腐乱したような状態になってそれでも生きている悲惨な犬を夢に見て、そのあまりの悲惨さに思わず知らず叫んでしまったのだ」と言いました。そしてポチがその夢を見ていたまさにそのとき美徴さんは、インターネットで、虐待を受けて悲惨な状況に陥っている犬の画像を閲覧していたのです。

つまりポチの頭は一種のラジオのようになっているということですね。とすればポチに定見がないのは当たり前の話です。それがわかってから私たちはポチの頭に変な思念が入り込みそうになる度にこれを楽しい思念で防いでいます。

さてそんなことがあるので、ポチが柄にもなく、死、ということについて考えてしまったのは私の責任でもあり、どういうことなのか話を聞いてあげなければなりません。そこで私はポチに問いました。

「Hey. ポチ。死についてなにほどのことを考えたんだい」

「なにほどのこと、と言われても私のパッションが困惑しますが、私は私が死ねば、そのパッションも、この考えも消えてなくなるのだなあ。それってどういうことなのだろうか。愉快なことならよいが、恐ろしいことなら嫌だなあ、と考えていたんですよ」

「なるほど。それで」

「それで、と言われても困惑しますが、いろいろ考えた結果、それは愉快なことでも恐ろしいことでもなく、寂しいことだなあ、と思いました。つまりどういうことかというと、私が消滅した後も、何事もなかったかのようにこの世は続き、当初こそ、葬式だ、初七日だ、と騒いでくれるでしょうが三年も経てば、私がかつて生きていたことなどみな忘れて、饅頭を食ったり映画を見たりして楽しく暮らします。それって寂しいことだよなあ、と思いました。そこで私は私の考えや考えたことが少しでもこの世に残らないかなあ、とこう考えたのです」

「なるほど。そうか。つまりアレだね、いつも書いている小説ってやつ。あれが死後も残るとよいなあ、とこう考えた訳か」

「違います」

「え、違うの」

「ええ。私も最初はそれを考えました。けれども小説を後の世に残そうと思うなら、いわゆる名作を書かなければなりません。ところが、名作を書くのってけっこうしんどいんですよ。しかもただ、しんどいだけでよいなら、ヒンズースクワットをしながら小説を書く、とか、手じゃなくて足で書くとか、いろんな方法が考えられますが、しんどい思いをしたからよいというものではなく、名作を書くにはそれなりの才能というものが必要なんです」

「ポチにはその才能ってのはないの」

「ええ、多分ないと思います。あと、しんどいのもけっこう嫌いなんです」

「明るく言うなよ。じゃあ、駄目じゃん」

「だから私は別のものを残そうと思ったんです」

「なにを残そうと思ったんだよ」

「それこそが僕の新機軸なんですが、僕は格言を残そうと思ったんですよ」

「格言？　What?」

「だから格言ですよ。春眠暁を覚えず、とかそういうやつです。名言と言ってもよいし、故事成句と言ってもいいです。私はそういうのを新たに拵（こしら）え、それを後の世に残そうと思ったんです。いわば新作格言とでも申しますか」

「そんなことできるの」

「ええ。多分。っていうのは、ほら、小説っていうのは一定の長さがあるので書くのにも時間がかかるじゃないですかあ。なので数作れないんで、歩留まりが悪いでしょ。でも格言なら一行か、長くても二行。とにかく一文なんで数作れますよね。そしたらひとつやふたつは残る確率高いと思ったんですよ」

「はーん。それでできたのかい」

「ええ、いくつかできました。言ってもいいですか」

「言ってみろよ」

「ええっと、釈迦に鉄砲」

「なんだそりゃ。どういう意味だ」

「お釈迦様っていうのは偉い人です。そして賢い人です。その偉く賢い人を鉄砲で撃つなどという無茶なことをしてはならない、って感じですかね。おい、そりゃ釈迦に鉄砲だよ、みたいな」

「却下」

「だめすか。じゃあですね、二熊、裂肛、夜に憚(はばか)り、ってのはどうでしょうか」

「意味は」

「ある男が山を歩いてたんですな。そうしたら、いきなり熊が襲ってきた。それも一匹じゃない、二匹の熊が襲ってきたんですよ」

「うん、それでどうしたの。殺されたの」

「いや、必死で逃げて殺されやしなかったんですけどね。大怪我をしてしまった。肛門が裂けてしまった」

「それで」

「それでそれ以来、どうも調子が悪くて夜中に何度も憚りに起きちゃうン。それで、二熊、裂肛、夜に憚り」

「もしかして、それって、憎まれっ子世にはばかる、の捩（もじ）りってこと？」

「ええ、まあ」

「却下」

「だめっすか。じゃあ、犬も歩けば疲れてくる、っていうのはどうでしょうか」

「そらそうだけど」

「だめですか」

「だめだね」

「じゃあ、もう後はありません。ああ、なんだかまた眠くなってきました。っていうか、いまこの会話自体が夢であるような気がしてきました」

そう言うと、ポチはまた眠りにおちました。私は眠ってしまったポチに、「そうだよ、夢だよ」と言い、私もまた、前足に顎を乗せて眠り始めました。すると、夢の中にポチが現れ、「ええっと、さっきはどこまでやりましたっけ」と、言いました。私は、え、まだやるの？　と言いましたが、ポチは、「あたりまえだよ。僕はどうしても後世に名を残したいんだよ」と言いました。続きは、目覚めて後に申し上げることにいたしましょう。みなさんも春は眠いでしょうからね。では、ごきげんよう。

夢の続きの夢の果てにて

菖蒲が咲き、ウグイスもいまは上手に鳴いています。でも先月の続きです。ポチの春の夢の中で会って別れたと思ったら今度はポチが私の夢の中にやってきました。

「よっ」

「口調、変わったね」

「ああ、口調は変わるよ。人称も変わる。私はデビュー当時から校閲泣かせで有名だったんだ」

「なんの話だよ」

「口調くらい変わるって話でやんすよ」

「無理に変えなくていいよ。それでなんの話ですか」

「だから僕がね、ただ死ぬのは悲しい。虎は死して皮を残し、人は死して名を残す。

みたいな感じでね、名前を残したいっていう話だんがな」

「また、口調、変わってる。けどそれって、もう挫折したのと違うんですか」

「まあ、格言っていう部分ではね」

「他になにか部分あるんですかね」

「あります。それはですね、名言部門ですよ」

「なんすか、そりゃ」

「つまりだね、レイモンド・チャンドラーって知ってますか」

「知ってるよ。僕の名前は、チャンドラーの、『可愛い女』っていう小説の登場人物からとっているんだから。それは君がいちばんよく知ってるはずだ」

「hahahahahahahaha。そりゃそうだね」

「また、口調変わってる。そいで、そのチャンドラーがどうしたのよ」

「だからさ、タフでなければ生きていけない。優しくなれなければ生きている資格がない、って書いたんだよ、チャンドラーは」

「ほほーん。格好いいね」

「でしょう。それによってチャンドラーは読んだことがない人も知っている。つまり名が残っているわけです。或いは、文豪・夏目漱石は、智に働けば角が立つ。情に棹させば流される。意地を通せば窮屈だ。兎角、人の世は住みにくい。という名言・名句を残している」

「なるほど、得心がいくね」

「或いは、米国のアンディー・ウォーホール画伯は、誰でも十五分間ならスターになれる、と言って鬼面人を驚かせ、もっと言うと、パスカルは、人間は考える葦である、と言って、その名前をいまに知られている。私もそういう、名言・名句、金言・警句を言って後の世に名前を知られたらいいんじゃないかなあ、と、こういう風に思うのですよ」

「なるほど。けれども、ポチ君、いま名前が挙がった人は、みんな人より優れた才能の持ち主で、だからこそ、そうした後の世に残ることを言えたのだと思うのだが、その点において君はどうなのだろうか。無理なんじゃないだろうか」

「あほほほほほほ。そんなこと言ったらそりゃそうだよ。けれども、たとえ学がなくとも、ひとつっことに習熟した人間はときに、名言・至言を吐くことあるからね。例えば、坂田三吉という人は自分の名前もまともにかけないような無学な人だったが関根名人との対局の際、銀が泣いている、という名言を残した。ならば僕だってあながち残せんわけじゃないだろう」

「ほーん。で、ポチ、君はなにに習熟しているというのだ。例の小説ってやつかね」

「いっやー、それはどうですかな。自分で言うのもナニだが、どちらかというと下手の部類だと思うね」

「じゃあ、なんなんですかね」

「ワインのキルクを抜くのは上手い方だと思うね」

「だめだ、こりゃ」

「聞き捨てならんね。やってみないとわからないでしょう」

「なーる。程。じゃあ、やってごらんよ」

「やってみましょう」

そう言うとポチは居住まいを正し、目を閉じて深呼吸のようなことを始めました。

成る程、こうやって精神を統一して岩から清水が湧き出すがごとくに心の奥底から言葉が湧いてくるのを待つのだな、と思うから、私も黙って、様子を見守りました。

ところが、いくら経ってもポチは金言を吐きません。ただ、スウスウと規則正しく息をするばかりです。そして、ポチの首が次第に前に垂れてきました。私は前足でポチの頭をはたいて言いました。

「寝んなっ」

「あー、御免御免。なんか寝ちゃったよ」

「夢の中で寝たら魂が二重扉の向こう側に行ってしまって戻ってこられなくなるぞ」

「だから、御免、って、でもね、偉大な芸術や着想は半覚醒状態の時に訪れるってのは本当だね、いま眠りに落ちる瞬間に、なにかこう着想の根本の塊の粘土のようなモノが頭の中でぼってりしていて、そしていま君に前足ではたかれた時にそれが、ばーん、と鮮明な、硬質な陶器のような形を取りつつ、言葉として眼前にせり上がってきたよ」

「はーん。そらまた、大仰だな。ってことは、つまりできたってこと?」

「ああ、できたとも」

「じゃあ、言ってごらんよ」

「言わいでか。言うよ」

そう言ってポチは目を閉じ、スウ、と息を吸って、それから、くわっ、と目を見開いて一息に言いました。

「花を抱えて歩く者は多くは吉田である。けれども知るがいい。その一部は斉藤かも知れず、或いは、斉藤ですらない場合も少なからずあるのだっ」

「はあ?」

「花を抱えて歩く者は多くは吉田である。けれども知るがいい。その一部は斉藤かも知れず、或いは、斉藤ですらない場合も少なからずあるのだっ」

「なんすか、それ」

「えええええ?　わからない?　だからあ、花ってあるじゃない」

「あるね」

「あの花をね、抱えて歩く人がいたとして、その人は吉田姓だということは可能性としては多くあるけれども、それは場合によっては斉藤姓かも知れないし、実際の現実に照らし合わせて考えれば吉田でも斉藤でもない可能性が極めて高い、ということですよ。これは真理だと僕は思うがね」

「そりゃあ、そうでしょう。花を抱えている人が吉田であり、斉藤である可能性よりも、他の姓である可能性の方がよほど高い。だって、名字なんてのは五万とあるわけだからね」

「でしょ。だから、これは真理を言い当てた名言、至言なわけですよ」

そう言ってポチは鼻を膨らませました。そのポチの鼻から、長い鼻毛が一本、ピョンと飛び出ていました。私はなにから説明すればよいのだろう、と途方に暮れながらポチに言いました。

「あのさあ、ポチさあ」

「なんだい」

「名句・金言っていうのはさあ、やはりこう、人の心にぐさっと突き刺さるものじゃなきゃいけないわけだよ。だからさあ、そこには人生の真実っていうか、誰もがこう、あ、成る程な、と深く納得するものがないといけない。そのためにはね、なんていうのかなあ、教訓っていうのかなあ、その言葉を知ることによって、その人の行動が変わるっていうか、生き方が変わるっていうか、そうしたね、なんか為になる要素が必要になってくるんだよね」

「仰るとおりだよね」

「そう、そうなんだよ。けどいま、君の言った、花がどうのこうの、ってのはさあ、そういうのがなくて、水は百度で沸騰します、とか、千駄木は文京区だ、といったようなものと、変わらないんだよね。あとさあ、鼻毛も伸びてるし」

「なんと仰るウサギさん。そんなことはないですよ。教訓はちゃんと含まれてます」

「どんな教訓なのでしょうか」

「それはですなあ、つまり、外見の印象で人を決めつけちゃいけない、ってことですよ。そいつがどんなに吉田らしく見えても実際は田中かも知らんし、下手をすると武者小路かも知れないと、こういうことを言っているわけです。もちろん、吉田、田中、武者小路というのは象徴的な意味ですよ。うどん、フラワー、モンダミン、と言い換えても同じことです。花を持っているというのもそうですね。これは主に壮年期以降の運勢を象徴しています。それぞれの言葉は前景化したそれに過ぎません。深い淵がその向こうにあるのです」

「ちょっとなに言ってるかわからない」

「ああ、そうですか。ああ、そうですか」

「なに逆ギレしてるんですか。あなたと頭脳が夢でつながっている僕ですらわからないんですよ。一般の人、人民大衆がわかるわけないじゃないですか。別のを考えてください」

「ううむ。じゃあ、別のいきましょう。渓間と渓間の間には必ず吊り橋が架かっているものだ」

「意味は？」

「まあ、直観でやってるからあんまり、そうぎりぎり問い詰められても困るのだが、人生は山あり谷ありというだろう。そんな人生の谷間にも必ず誰かが橋を架けてくれているのだから、窮地に陥ってもあまり落ち込まないようにしたほうがよい。とは言うもののそれは大手ゼネコンなどが施工した鞏固な橋ではなく、しょせんは吊り橋なので注意して渡ってくださいや、というような意味合いがこまりまくっている」

「あのさあ、言いながら考えてない？」

「いやいや、前から考えてあった深い洞察だよ」

「その割には大したことないね。却下」

「駄目か。でも僕はへこたれない。僕にはなんぼうでも名言のストックがある。ボケの花にはとげがない。ってのはいかが」

「意味を聞くまでもなく却下」

「鶴には鶴の言い分があるのかも知れない」

「多分、ないんじゃないかな」

「ペリカン便の社長はペリカンではない」

「腹減ったね」

「じゃあ、どうしようかな。ここまで、却下が続くとさすがの僕もめげてきたな。うーん、困ったな」

と、ポチが考え込んだとき、不意に、パンパン、という大きな音がして、周章て飛び起きると、ヨラヨラしている美徴さんが私に向かって言いました。

「ほら、スピンク、いつまで寝てるの。キューティーとシードはもうとっくにご飯食べたよ。スピンクも早く食べなさい」

そう。眠りの中でポチと話をしている間にもはや晩ご飯の時間になっていたのでした。いかん、いかん。ご飯を食べなければ身体が衰弱してしまう。一部の心ない人はこれをエサというのだが。などと呟きながら私は桶のところに参り、美徴さんに頭巾をかぶせて貰ってご飯を食べました。私は垂れ耳でしかも毛を長く伸ばしているので、頭巾をしないとご飯の桶に耳が入って汚れてしまうのです。

ウマイウマイウマイウマイ。

と、食べながら、「食べ物というものはおいしいものだ。しかし、犬はときにそれを忘れる。ジャックラッセルに追いかけられているときなどに」という金言が浮かび、気になってポチの方を観ると、ポチは苦しそうな顔で眠っていました。よい金言が思い浮かばないうえ、急に私がいなくなって困惑しているのでしょう。

「よし、待っておれ。ご飯がすんだらまた行ってやるゆえ」

私はそうポチに声をかけて残りのご飯を、ウマイウマイウマイ、食べました。私たちの春の一日がこんな風に過ぎていきます。

泉蛸玲御先生の御著作

　去年よりもおとどしよりも随分早く梅雨入りをして、ああ、今年もまた、用便に不自由する季節がきたなあ、と思ったのは、私が用便はなるべく表でいたしたい質だからなのですが、梅雨入りして二日ほどは雨が降ったものの、三日目以降は晴天が続いて、あはは、あほほ。こんな感じなら用便に不自由しないで済む。できることならずっとこんな感じでいっていただけないだろうか、と思うのですが、そうすっとこんだ、秋稼登らず。国家騒然として万姓苦労せり。ということになるらしく、うまいことといかぬものだなあ、と思っているスピンクですが、みなさんはいかがお過ごしですか。

　という私どもは主人・ポチの格言・名言癖も治まり、私どもの住まいは山中にあるため、平地より遅れて咲いている躑躅や菖蒲、また、咲き始めた紫陽花を眺めるなどして平和に暮らしています。

今朝方もそんな感じで、美徴さんは椅子に腰掛け、なにかの仕度のような、手作業のようなことをし、ポチは赤い寝椅子に寝転がって本を読み、その足下にシードが転がり、少し離れたペットシートの脇でキューティーがクタクタの布のようになって寝転がり、南面の大きな掃き出し窓から、そして天窓から、犬に人に均しく朝日が射しています。

私はそこから少し離れた、日の射さぬ台所と居間の境目あたりで無気力な感じで横倒しになってその様を眺め、今日も恙なく、我が群れのメンバーが揃って、病気もしていないことに満足しています。けれども、少しく気になるのはこの、日射し、で、犬にとってはもちろんのこと、人にとっても少し暑すぎるのではないか、と思うのです。

なので私は事前にそれを察知して、日の射さぬひんやりしたところに居るわけですが、ポチや美徴さん、また、キューティー、シードはそれに気がつかず、日の射すところに居るわけですから、これから気温が上昇したら、熱中症、脱水症、などになり、そうなるとまた、医者よ、薬よ、という騒ぎになります。

そうなると面倒なので、私はポチに念波を送りました。ポチが、「おっ、なんか暑いのお。日除けのテントを張り出そう」とまるで自分が思ったように思わせるためです。こういうことをポチは雑誌の談話取材などで、「犬とは心が通じるからおもしろい」などと言っています。

ところがどうしたことでしょう、ポチはまったくそれに気がつかず、まるでフグのような顔をして夢中で本を読み耽っています。

そんなにおもしろい本なのか。ならば仕方がない。言葉で言うしかない。と、立ち上がって、太い声で、「湾」と言いました。それでもポチは本を読むのをよしません。そこで、もう一度、「椀」と言ってやると、ようやっと、「なんやねん、スピンク、うるさいのぉ」と言って本を置き、私のところにやってくると、私の頭と背を撫でるので、さらにもう一度、「王」と言うと、ようやっと、美徴さんに向かって、「これなにを言ってるかわかんないんだけど、なんかさあ、暑くない」と言い、日除けのテントを張り出しに行きました。

それでみんなの居るあたりがいい感じに日陰になったので、私は再度、横倒しになり、さあ、とりあえず仮眠でもするかな、と思って薄目を開けているとポチの様子がおかしいので首をもたげて確認するとやはり妙でした。

日除けのテントを張り出しに行き、部屋に戻ってきたのはよいのですが、首を奇妙に曲げて突っ立ち、酢を飲んだような顔をして小刻みにブルブル震えているのです。

そこで、

「おい、ポチ、どうしたのだ。どうしちまったのだ」

と話しかけてみたのですが、返事がありません。

マジでどうしてしまったのだろう。と、そう思っていると、ポチが仕度のような、手作業のようなことをしている美徴さんに言いました。

「僕、いま、猛烈に感動しているんだけど、その話、聞きたいか」

美徴さんはポチの方を見ないで言いました。

「聞きたくない」

「あー、そう。あー、そう。すっげぇ、いい話なんだけど、聞きたくないのか」

「うん。聞きたくない」

「しょうがないな。じゃあ、話してやるよ」

「なんやそれ」

と、シードが表情を変えずに言いました。それにも気がつかずにポチは話し始めました。

「実は僕はね、いま、泉蛸玲御先生の『愛と望みを生きる』という書籍を読んでいたのだが、僕はこれを読んで震えるほど感動したんだよ。だからいま、震えてたでしょ、実際の話が」

と、そう言ってポチは暫（しばら）く、カッパのように黙りました。そして十七秒くらいして

から言いました。

「ははは。誰もなにも言わないんだね。普通だったら、一家の主がここまで感動したと言っているのだから、どういうところに感動したの？　みたいなことを聞くのだけれども、この家では誰も聞かないんだな。ははは。コノ家ニモ正月ガアリマス。コノ家ニモ正月ガアリマス。だね。やむを得ない。問わず語りに語りましょう。この泉蛸先生の本にはねぇ、人間がどうやったらよりよく生きることができるか、ってことがね、書いてあるんですよ。そのひとつにね、怒りをなくする、ってのがあるわけよ。ほっほーん、怒りをなくすとなぜよりよく生きられるの？　と問うているね、無関心を装って心のなかで問うているね。よござんす。お答えいたしましょう。怒りってのはね、人間を内側から蝕み、内側から滅ぼすからですよ。よってね、この怒りをなくすれば、人間はよりよく生きることができるし、それよりなにより長生きができる、っとまあ、こういう寸法なのでございますよ」

と、ポチがそう言うのを聞いて私は成る程と思いました。

というのも、ポチは普段の暮らしのなかでいろんなことに苛立ち、怒っていて、傍で見ていると確かにそれは身体によくなさそうだからです。そこで私はポチに言いました。

「確かに、苛立ち怒るのは身体によくなさそうだね」

「だしょだしょ。やっと反応してくれた」

「いや、さっきも話しかけてたんだけどね」

「あ、そうなの。そりゃ申し訳ない。あまりにも泉蛸先生のイデアに夢中になっていたものだから」

「あ、そうなんだ。じゃあ、ポチはこれから怒らないわけだね」

「そうだよ。だってそうでしょう、さっきも黙って日除けをやりに行ったし、いまも誰も反応しなくても怒らなかったでしょ」

「確かにそうだね。以前の君だったら必ず拗ねて一家の主が感動しているのになんだ、とか言っていたのがいまは比較的、陽気に振る舞っている」

「よく気がついてくれたね。実はそうなんだよ。僕は怒らない人間になったんだよ」

「そりゃ、すごいね。でも、どうやったら怒らないようになるんだい」

「よく聞いてくれた。それこそが泉蛸先生の御著書の核心の部分なのだが……」

と言って、ポチは怒りをむなしくする方法を語り始めましたが、ポチの話には無駄な修飾や脱線が多く、なかなか本題に入らないうえ、お花屋さんに行く途中にソフトクリームを買った、だとか、乃木坂に行く途中に百円ひらって、といった、どうでもいい挿話が挿入されたり、かと思ったら、佛とはなにか。空無とはなにか。といった宗教的哲学的思弁が唐突に展開されたり、エネルギー資源問題の話になったりと、くだくだしいことこのうえないので、要約すると、まず、怒りをなくすためにはその原因を知ることが必要なのだそうです。

では、怒りの原因とはなにか。泉蛸玲御先生によると、怒りの原因はふたつあるそうです。ひとつは直接的に殴られたり蹴られたり、甚だしい場合は、殺されたりした場合、瞬間的に怒りがこみ上げてくるそうです。

それはその通りかも知れませんね。例えば、混雑する駅やなんかを歩いていて向こうから来た人が、不注意にしろ、故意にしろ、ガン、と肩をぶつけてきたら、これは腹が立つでしょう。けれども、泉蛸先生によると、これはあまり気にしなくてよいそうです。というのも、その際、駅で肩を入れられたくらいならそうでもないのですが、もっと激しい痛みを与えられた場合、心のなかには怒りと同時に、悲しみ、が生じ、そして痛みが激しければ激しいほど、悲しみは怒りよりも大きく、悲しみによって怒りは圧殺され、そしてもっと痛みが増大すると、こんだ、恐れ、というものが生じ、怒りはどこかへ行ってしまうため、怒りをなくする、という観点のみに立てば、これは気にする必要がないのです。

また、右に言った駅で肩をぶつけられた程度の痛みの場合は、悲しみや恐怖は発生しませんが、その分、怒りの分量も少ないため、すぐに消えて、怒りが自分のなかにたまらないのでほうっておけばよいそうです。

問題は、もうひとつの怒りで、不正義が原因で発生する怒りです。どういうことかと言うと、正しくないこと、が行われるとき、それに対して自分のなかに怒りが生まれるのです。どんなときかを具体的に言いますと、赤信号でクルマが突入してきたとき、おっさんが子供を脅かしてチチボーロを奪っているとき、おばはんが列に割り込んできたとき、などです。

そして、この怒りは自分が直接的な被害を受けたかどうかはあまり関係がなく、いや、それどころかむしろ、自分がわかりやすい被害を受けていないときの方が激しい怒りが湧くことが多いそうです。

どんなときかを具体的に言うと、悪い奴が悪いことをして銭を儲けている、とか、スポーツ競技で不当な判定があった、とか、著名人が人倫に悖ることをした、とか、政治家が気に入らない発言をした、とか、一部の人間がとてもよい思いをしている、などです。

ではなぜ、自分がわかりやすい被害を受けていないのに怒るかというと、その方が、自分が正しい感じ、がするからです。もちろん、不義や無道を許さず、発言や行動によってこれを正していこうとする姿勢は間違いではありません。しかし、多くの場合、人間が人間であることを主たる理由として、それよりも自分が正しい立場に立つことに主眼があるようです。

つまり、正しい立場に立っているから怒るのか、正しい立場に立つために怒るのかがはっきりしないということです。

泉蛸玲御先生によると、そこのところを理解すると怒りがむなしくなるそうです。そこのメカニズムは複雑精妙でポチの曖昧模糊とした説明ではよくわからなかったのですが、怒りの根拠にあるはずの正義が揺らぐことによって怒りもまた揺らぐということらしいです。

つまり、ある局面から言うと、怒りは、彼は悪の側にあり、我は正義の側にあると証明するために半ばは自らの意志により生じる感情で、しかし、真の正義はそうした感情の根拠なしにあるものであり、怒りによって証明される正義は実は正義ではないため、その正義は本当の正義の側からは正義として認定されず、ということはいくら怒っても、その怒りにはなんの意味もないので怒るだけ損ですよ、という理屈なのです。

長いことかかってポチの説明を聞いて私は、成る程、と思いました。成る程、ときどきポチやなんかが怒っているのを見て、なぜこの局面で腹を立てるのだろう、或いは、なぜこの局面で腹を立てないのだろう、と疑問に思うことが屢屢ありましたが、そういうことなのであれば合点がいく、と思ったのです。

「という訳で僕は、向後は少々のことでは腹を立てない人間になることができて、そうすっと、ストレスがたまらないから、長生きができて、そうすっと、少しはマシな仕事をして、後の世に名前を残すことができる、つまり、尽美（じんび）半行すればサンバもまた可なり、って訳なのさ」

そしてポチはそう言いました。

「なんだよ、まだ名前を残すのを諦めてないのかよ。創作格言も、さりげなく混ぜてきてるし」

「ま、いいじゃないですか。そう怒るとストレスが溜まりますよ」

「いや、別に怒ってませんけどね。それこそ、ポチ、君こそ、そんなことを言いながら、実際に町に出たら、やれ、前のクルマがのろい、だの、コンビニのレジでフォーク並びができないのは民度が低い証拠、だの、土砂災害が起きたらどうするつもりだあっ、だの言って怒り出すのじゃないのかな。いつものように。つまり、右に言ったような理論はすべて机上の空論じゃないのかな」

「なにを言うかっ」

「って、ほら、怒ってんじゃん」

「いや、これは違いますよ。なにを言っているのですか、と問うただけじゃないですか。じゃあ、ちょうど散歩の時間です。町に出て、僕が怒るかどうか、実地に試してみればよいじゃありませんか」

「なるほど。じゃあ行こう」

ってことになって私たちは散歩の仕度を始めました。

スピンク先生のお教え

おほほ。梅雨が明けました。梅雨の時期には散歩というものに参れぬことが多いのですが、まあ、もう私も七歳で、しかもそのうえ、いとけなき頃より、美徴さんと主人にいろんなところに連れて行ってもらいましたから尚更、犬として見るべきものは見、参るべきところには参ったような気がいたしておりますので、今更、近隣に散歩に参れずに困惑する、ということもございませんのですが、ただ一点、私は件のペットシートというものがどうも苦手で、また、自宅周辺での用便もぞっとしないので、用便、という一点においてのみ五月雨というものを疎ましく感じているのでございます。

けれども今年の梅雨は、これは私どもだけのことかも知れませんが、たいへんによい梅雨であったように思います。よい梅雨というのもおかしゅうございますが、なにしろ夜に降るのです。夜さりにドバドバと降って、明け方にはもうやんでいる。なので主人・ポチに命じて用便に参ることができるのです。それで時折は村雨のようなものは降る。だけど日中はなんとかもって、夕方の用便散歩にも行けて、それで美徴さんの作った晩餐を摂り終わった頃、また、降ってくる、とこういうパターンが多かったのですな。

それでも何日かは降り籠められて終日をポチと家中で暮らす日もありましたので、まあ、よかったよかった、ということです。

さてでもいまからするのは先月の話の続きでございまして、つまり梅雨の最中の話でございます。泉蛸玲御先生の御著作に感銘を受けて怒るのをよした、というポチと散歩に参る話です。散歩に出てポチが本当に怒るのをよしたかどうか確かめるという訳ですね。

そしてその日もいま申したとおり、夜分は大層、降っておったのですが払暁には上がり、日中はかんかん照りでございました。もはや四時を回っておりましたが、日はまだ随分と高く、山中の私どもはともかく、いつも行く海っ端は随分と暑いのではないかと思われました。美徴さんもそう思ったのでしょう、私たちに引き綱を掛けたり、散歩用の頭陀袋にあれやこれやを入れるなど、アタフタと散歩の仕度を始めたポチに言いました。

「え？　もう散歩に行くの」

「愚僧に仰っておられるのかな」

「あなたいつから僧になったの」

「いやいや、僧になったわけではないが、怒りというものが身のうちからなくなると、じねんと、こうした穏やかな物言いになるものでございましてな。はいはい、スピンクだちを汀へなと連れて行ってやろうと思いましてな、その仕度をいたしおるところでございますよ」

「まだ、暑いんじゃない？　もうちょっと涼しくなってからにしたらどうかな」

「と申しますと、何時頃でございますかな」

「六時くらいになってからの方がいいんじゃない」

「ほーほーん。六時。それはちと困りましたな」

とポチが言う理由を美徴さんは知りませんが私は知っています。散歩を早く終わらせて早く酒を飲みたいのです。ならば先に飲んで後で散歩に行けばよいようなものですが、それができぬと言うのは海岸までの往復のため自動車を運転しなければならないからです。酒を飲んで自動車を運転するのは道路交通法という掟によって禁止されているのです。

確か、道路交通法に、犬が運転してはならない、とは書いていないはずで、私が代

われれば済む話で、普段、ポチが運転する様子を見ているのでできるのですが、以前、私が運転しようとしたところ、ポチは血相を変えて私を押しとどめ、二度とこんなことをしてはならない、と言いました。ポチよりはいくらかうまいと思うのですがね。

という訳でポチは早く散歩を終わらせたいのです。ポチは美徴さんに、

「わかりました。しかし、六時というと帰ってくる頃には暗くなっているでしょう。愚僧は暗くなって外を出歩くのを好まぬ質でな。秋なンどは三時には家に帰るように心がけておりまする。じゃによって、家を出るのは五時にいたしましょう。五時ともなれば山から涼しい風が吹いてくることでござりましょう」

と言い、十五分、狡(ずる)をして四時四十五分に私たちと家を出ました。

家を出る際、暑いから、ということで、美徴さんが服を着せてくれました。そして、首巻きをしてくれました。

暑いから服を着て首巻きをする、というとおかしいようですが、美徴さんが着せてくれた服には布に、特殊な小さい珠がいくつも編み込んであって、この珠が熱を吸収するため、身体の表面はスウスウ涼しくなる、という格別の服です。首巻きも保冷剤が入っていて濡らして巻くと首がヒエヒエになるという優れものなのです。

さっきまで美徴さんは手作業のようなことをしていましたが、実はこの格別の服を縫い広げてくれていたのです。近年、私とシードは胴回りが毎年、太くなり去年の服

を着られず、無理に着てパンパンで、まるで貧乏な家の子供のようです。キューティーは痩せたままで、いつも服がブカブカして、背中がめくれ上がっており、これはこれで貧乏な家の子供のようです。まあ、実際、ポチは貧乏なので、それはそれでよいのですが、今年はもはや入らなくなってしまったので美徴さんが縫い広げてくれたのです。

という訳で私たちはクルマに乗り込み走り出しました。私たちはパンパン二名、ブカブカ一名。一方、ポチはというと、紺青の短袴（たんこ）を穿き、墨染めの運動靴を履き、泣き叫ぶ蓮根を赤く染め出した萌葱色のティーシャーツを着用に及び、肩には隠しの仰山ついた浅葱色のズダブクロをかけていました。

ズダブクロのなかには私たちの用便を拾ってしまうための小袋、用便を洗い流すための水が入った容器、写真機、キューティーの薬、苦い水の入ったスプレー、などが入っているはずです。

細い山道を暫く走ってバス通りに出ると通るクルマも多く、なかには、ポチ曰く、無謀な運転、をする方も多いので、普段のポチであれば、海岸に着くまでに最低でも四回は喚き散らすのですが、この日は神妙で、「おほほ。いま私の前を走っていたクルマが左折をしたら、対向車がどう考えても無理なタイミングで強引に右折してきたが、おほほほ、愚僧がブレーキを踏んだため衝突しなかった。よかったことだ。保険会社もうれしいでしょう」などと言って怒りません。いつもだったら、「なにを考えとるんじゃ、おちょくっとったらあかんど、奴阿呆」などいうのですが。

しかし、よく見ると、瞼や頬がビクビクと痙攣（けいれん）していますし、時折は、うううう っ、あぎゃあ、などと呻（うめ）くので、かなり無理をして怒りを抑えているのがわかります。

一車線の道を延々と時速十五キロで走り続けるクルマの後ろを五百メートルほど走って交差点にさしかかったちょうどそのとき、信号が黄色に変わり、その遅いクルマが黄信号で交差点に進入し、ポチが赤で停止せざるを得なくなったときは、首筋が赤くなり、胃酸がどっと溢れる匂いがしました。心拍数もよほどあがったようでした。

それでもポチは、「ううむ。これは、さんざんにゆっくり走って、人に迷惑を掛けておきながら、いざ、黄信号になれば自分はさっさと先に進み、後の者の迷惑など考えもしない、ということであって、普通の人間なら激怒して、赤信号で交差点に突入して追いかけ、追いついて前に回り込んで無理に停めるか、或いはもう直截に後ろから追突するかして運転手を引きずり出して打擲（ちょうちゃく）、最終的には市中引き回しのうえ打ち首獄門申しつけるところだが、愚僧は泉蛸玲御先生の御著作を熟読しているからそんなことはしないで、柳に風と受け流すのさ。でも、あれだよね、柳と雖（いえど）も、あまりにも風が強いと根元からポキッと折れることもあるんだろうね。え？　なに？　いやいやいやいや、全然全然。余談ですよ、余談。僕は折れませんよ。きちんと受け流してます。きちんと受け流す、ってのも妙な話ですが」と、怒っていないと表明し、頭の中の誰かと会話していました。

そんなようなことを数度繰り返し、十分ほどで海辺にたどり着きました。そしていつもの駐車場にクルマを入れようと、入り口ゲートにいたる右にカーブした車路を進んでいくと、車路の中途に紺青のクルマが停まっていました。いつものポチであれば、「なに考えとんじゃ、どあほっ。さっさと行かんかあ、ぼけがっ。殺すぞ」と喚き散らすところです。

けれどもその時点で泉蛸玲卿先生の思想のその奥義を究めたポチは、そんな下劣な言葉は口にせず、

「車路の中途で停まっておられるということは、おほほ、急にお小便でもおしたくなったのでしょうか。停まっていてもお小便はできませぬので、疾く前へ進んでクルマを停めればよいのだが、さて、それをどうやって伝えよう。やはり、念、でしょうかな。このばやいは」

なんついながら我慢強く待っています。したところ、なんたることだりましょうか、おそらくは駐車場と思わずに車路に進入し、中途で駐車場であることに気がついたのでしょう、そのクルマは前へ進まず、あべこべに後退してきました。これにはさ

すがのポチも、稍、気色ばみ、「ややや、ここで後退は許されませぬぞ。なにをお考えになっていらっしゃるのでしょうか。殺した方がベターなのでしょうか」というようなことを言って葛藤していました。

その間も、その紺青のクルマはドンドン後退してきて、このままでは私たちのクルマにぶつかってしまうので、やむなくポチはギアをバックに入れ、そろそろ後退しました。そして車路の入り口のところまで来て、ハンドルを左に切って道路に出ようとしたとき、キイィィィー、という急制動を掛ける音がし、その後、けたたましい警笛が鳴り響きました。

普通に走行していたところ、出てくるはずのない駐車場の入り口からクルマが急に出てきたのに驚いたクルマが急停止したのでした。ややあってクルマの窓から男の方が顔を出し、拳を突き上げ、なにを考えているのか。ふざけてはならない。殺害するぞ。という意味のことを喚き散らしていました。怒りで顔が真っ赤でした。その剣幕に圧倒されたポチは、相手から見えないクルマの中で首をすくめ、腰をこごめ、相手に聞こえない小さな、そして情けない声で、すんません、すんません、と謝っていました。

そのとき、原因を作った紺青のクルマが私たちのクルマの鼻先に出てきました。紺青のクルマはそのまま隣の車線まで真っ直ぐに後退し、右にハンドルを切って走り去りました。その際、ポチのクルマ及びポチに一瞥もくれませんでした。あっ、とポチは小さく声を挙げました。そして後ろに停まっていたクルマもポチのクルマの右側を通って走り去りました。その際、運転手はポチに向かって二の腕を突き上げ、中指を突き立てて見せました。人間はこれを見せられると嫌な気持ちになるそうです。私たちで言うと、尾を巻き上げ、耳を立て、胸を張って目を直視するようなものです。

暫くの間、ポチはハンドルに手を掛けたまま、奇妙な顔をして、「愚僧は……」と言いかけて後が続かず黙り込むなどしていましたが、やがてノロノロした動作でギアーを入れ、駐車場に入っていきました。

それからいつもの道を散歩したのですが、いったいどういう訳なのでしょうか、この日に限ってポチは散々な目に遭い続けました。ロハスでスローな感じの都会人のカップルの男に、すれ違いざま、「この暑いのに犬に服を着せている。馬鹿なんだな、きっと」と聞こえよがしに言われました。

狭いところを歩いていると、向こうから来た人に、「こんなとこ、犬連れてあるってんじゃねぇよ」と罵倒されました。コンビニエンスストアーに入り、店の指示に従ってフォーク並びをしていたところ、フォーク並びを理解しない人にドシドシ割り込まれ、店員もこれに気付かず、悲しみと屈辱の淵に沈みました。そんな思いをしてやっと買ったサンドイッチを、海辺のベンチに座して食そうとしたところ、鳶の急襲を受け強奪されました。悄然として歩んでいたところ、どなたかが放置した用便に気がつかずこれを踏みました。その用便を踏んだ靴を洗浄しようと、公園の、水道のあるところに参ったところ、海に入って遊んだ家族連れが四十分間もこれを占拠、その間、ポチは早く先へ進みたい私どもを宥めながら脇でずっと待ち続けました。そのせいで駐車場代が普段の倍近くになりました。

そんなひとつびとつのことをポチは泉蛸玲御先生の思想で乗り切りました。けれどもそれはポチにとっては相当に辛いことだったのでしょう、最初のうちポチは赤くなったり青くなったり、脂汗を流すなどしていましたが、やがてニヤニヤ笑いを浮かべて意味不明な独語を発するようになりました。よく聞くと、なんでも自分の額を切り裂くと顔が真ん中から割れて菩薩が出てくる、そのための剃刀が要るのだがいまはないのでそこの犬の方に牙で噛んで貰おう、と言っているようでした。

家に帰ってからもポチは酒も飲まずにニヤニヤ笑い続け、美徴さんが話しかけてもはかばかしい返事をせず、指で額をこするような動作を続けていましたが、やがて二階へ上がって寝てしまいました。

それから二、三日経った頃、ウッドデッキから崖下をのぞくと、崖の中程に雨に濡れてズクズクになった本が引っかかっているのが見えました。誰かがふたつに引き裂いたうえ、投げ捨てたようでした。いったい誰がこんなことをしたのだろう、と腹が立ちましたが、泉蛸先生の教えを思い出して我慢しました。家の中から怒声が聞こえたので振り返ると、昨夜あたりからやっとニヤニヤ笑いの止んだ主人・ポチがなにやら喚(わめ)いています。やはり大方の予想通り、主人の精神修養は失敗したようです。しかし、私はよかったことだと思っています。私にとってすべてはよかったことなのです。それがスピンク先生の教えなのです。

夏の終わりの梅の園

いつかシードが、「人間というものは最終的には必ず失敗するものだ。犬は失敗もするが失敗しないことも多い」と言いました。そのときはなるほどそんなものか、と思いましたが、主人・ポチを見ているとつくづくそう思います。なにかをやろうとして失敗をし、その失敗をカバーしようとして、さらに失敗をし、その失敗を弥縫(びほう)しようとしてまた失敗、ということを繰り返し、失敗の大波に飲まれて水中でクルクル回転しています。まあ、その大波に乗って滑走する人が所謂(いわゆる)、成功者。長者、分限、有徳人と言われる人たちなのでしょうが、人間がするサーフィンを見ていてわかる通り、いつまでも波に乗っていられるわけではなく、どんな上手な人でもいつかは波から落ちるか、或いは波そのものがなくなって、あのかわいそうなポチと同じように水中に没します。それをさしてシードは、最終的には、と言ったのでしょう。

ちょっと前からポチは業者に頼んで高銭を支払うのを惜しんでウッドデッキの修理を自らしていますが、失敗の気配がそこら中に満ち満ちています。そういうＤＩＹのようなことをあまりしない犬の私が見てもわかるくらいに明らかな気配です。最終的には自らするのを断念、業者に依頼することになって、業者に頼むのに比べれば廉（やす）いものだ、と嘯（うそぶ）いて購入した資材や機材代が無駄になるに違いありません。けれどもいまは得意そうにしています。

昨日もそうでした。シードによると２×６（ツーバイシックス）材というらしい長い木材を寸法に合わせて丸鋸（まるのこ）という凶悪な形をした工具で切断し、珍怪な匂いのする塗料を刷毛（はけ）でベタベタ塗り付けつつ、隣でその様子を見守っていた私に言いました。

「見ろ。この素晴らしい刷毛さばきを。同業者でこれほどうまく塗料を塗れる人はまずいないだろうな。腰森さんとか、いかにもできなさそうじゃないか。でも、中山天保山とかは意外にできるのかな。あの人、魚釣りとかするらしいから。でも、この防虫防腐防蟻剤入りの塗料は塗らないでしょうね。自然派が多いからな。もっと天然由来成分とかにこだわる。それがまあ僕なぞから見るといかにも素人っぽいんだけどね」

「なるほどね。じゃあ、さっさとその材木をビスで留めればいいじゃない」

「ははは。そこが素人なんだよ、スピンク。ビスで留めるのは塗料が乾いてからだ。

すなわち、四時間くらい後にならないとビスで留められないんだよ。そこでだ、その待ち時間を活用して散歩に出かけようじゃないか、スピンキー」

「冗談だろ、ポチ。まだ、四時ですよ。この季節、こんな時間にいつもの海岸に行ったら熱中症になって死ぬよ」

「それがええ場所がおまんにゃ。へっへっへっ」

と言ってポチが案内してくれたのは私どもの住まいと海岸の中間あたりにある梅の園で、実によいところでした。

家を出て山と山の間の道路を下っていき、もう少しで町、というところまで来ると信号のある交差点があります。いつもはそのまま真っ直ぐ行って、町を抜けて海岸に行くのですが、昨日は信号を左に曲がりました。そしてしばらく行って左の細い道に入ります。細くて急な上り坂で、曲がりくねっていてカーブミラーが設置してあるのですが、両側から樹木が覆い被さってよく見えず、向こうから車が来たらどうやってすれ違うのだろう、と思ってしまいます。と、思っているとポチがブレーキをかけました。ついに向こうから車が来てしまったのか、と、身を乗り出して前を見るとちがって、一頭の黒猫が悠然と道路を横切っていきました。

黒猫はつやつや光って、惚れ惚れするほど美しく、そして堂々としていました。私は平伏したいような気持ちになって涎（よだれ）をダラダラ垂らしました。ポチも同じような気持ちだったらしく、きれいな猫だなあ、と呻くように言いました。

駐車場に車を停め私たちは谷に降りる坂を下っていきました。

暫く下ると川沿いの道にぶつかりました。そのときポチは、「はは、デボチン、打つわ」と独語しました。「なにを言っているのだろう」とシードに問うとシードは、「落語の真似をしているのだろう。多分、『池田の猪買』だ」と虚空を見つめて言いました。そのときキューティーは前へ前へ進もうとして土を掻いていました。キューティーはこうした自然っぽいところに来るとそうなる傾向にありました。私もいろんな匂いがしておもしろく、そこここの匂いを嗅ぎながら下っていました。さっきの美しい黒猫の匂いもちゃんとありました。

川沿いの道といってでも川が見えるわけではなく、川はまだ先にあるようで、木々の間の、先の方に赤い太鼓橋が見えておりました。右に行けば登り、左に行けば下る道でした。私たちはVの字の形の渓谷の左岸にいたのです。後でわかったことですが、この渓谷全体に夥しい数の梅の木が植樹してあり、季節になると渓谷全体が紅白に染まったようになるのだそうです。でも昨日はただの緑の樹木でした。

とは言うものの、そうして渓谷で日陰になっているうえ、多くの樹木が植えてあり、また、川が流れ、その流れのうえを山から風が吹いて、とても涼しく、そして、蟬の声、小鳥の囀り、水音などが心地よく、とてもいい感じでした。そのうえ匂いも

いろいろありますし。

私たちはなんとなく右に行きました。谷を遡行する感じです。ルラルラ登っていくと、瓦屋根の載っかった立派な門がありました。その立派な感じに怯んだのかポチは躊躇しましたが、キューティーがグイグイ引き綱を引っ張り、私も興味があったのでグイグイ引っ張ったので、ポチもなんとなくなかに入ってしまいました。

右手に二階建てが建っていました。現今、そこいらに建っているような家とは随分と様子の違った古い建物でした。どこが違うのか、詳しくないので上手く言えませんが、いまの家と違って全部が木でできている感じでした。この感じを随分と気に入ったらしいポチは、「うわあ、いいなあ」と言い、暫くの間、前に立って家を眺めていました。なんでも昔の偉い音楽家の自邸であるようでした。ポチの脳を使ってこれを読んでみました。脇に説明書きのようなものがあって、ポチの脳を使ってこれを読んでみましたが、なにしろ主人の粗雑な脳を使ってのことなので、それ以上のことは読み取れませんでした。

家を眺めた後、その家の前庭を横断するように続く園路を上っていくと、こんだ、右手に低い土塀がありました。土塀の奥にもなにか建物のようなものがあるようでしたがよくわかりませんでした。池の畔（ほとり）を通り、水路を越えると、平場のようなところに突き当たり、そこからUターンするように下り道が続いていました。どうやら、ここが梅の園の絶頂のようでした。それにしては随分と、ざっ風景なところでした。これまでこんなに風情を盛り上げてきたのに絶頂がこれかよ。そんなことを思っていると、キューティーが同じところをクルクル回転し始め、何周かして位置を定めて用便を始めたので、私も軽くクルクル回転して位置を定め片足をあげました。

つづら折りのように水音のする方へ下っていくと、ちょっと奥まって鬱蒼としたところに四阿がありました。ここに至るまでも四阿はいくつかありました。でも、それら、小さな四阿と違って、この四阿は随分と大きな四阿でした。もしかしたらここまで本格の建築はもはや四阿とは言わないのかも知れない、とそう思うほど立派な四阿でした。

広さも十畳はありましたし、柱も屋根もちゃんとしていたし、それよりなにより、立派な木の床が張ってあって、柱と柱の間には沓脱石もありました。なんだか呼ばれたような気がしたので、園路からちょっと奥まったその四阿に行くと、ワワワ、四阿に三、四人の人が居て、私に向かって手招きをしていました。

なんだか気がかりなような、でも嬉しいような懐かしいような妙な気持ちになって、私はそちらに近づいていき、ヒラッ、と床に飛び乗りました。したところ、その三、四人の人が私の背を撫でたがっているようだったので、私は立ったまま背を見せて撫でさせてやりました。三、四人の人は無言で私の背を撫でていました。なんとな

く私に引かれるようにして付いてきて、沓脱石の前で引き綱を持って立ったポチがその私を見て言いました。

「どうしたんだ、スピンク。なんで誰も居ない亭にスタスタ入っていって、黙ってじっと立ってるんだ。いったいそこになにがあるのだ」

どうやらポチにはその三、四人の人が見えていないようでした。シードとキューティーには見えていたようでしたが興味がないようでした。

とにかく闇雲に前へ前へ突進していこうとするキューティーに引かれるようにしてつづら折りのような道を下っていくと右側に渓谷全体を跨ぐ長大な木橋が架かっておりました。そしてその木橋の先に混凝土（コンクリート）造りの立派な建物が見えました。私はそこへ行ってみたいような気持ちになったので、そちらに向かってグイグイ歩こうとしました。ところがなにを思ったのか主人・ポチがこれを止めました。ポチは言いました。

「スピンク。No! No No No Never No! この群れのリーダーは私だ。行き先を決めるのは私だ。常に私だ。スピンク、おまえではない。私がリーダーなのだ。そしてリーダーは常に毅然としていなければならない」

「無理」と、私は内心で言いました。しかしポチは毅然とした口調で言い続けました。

「いいか。あの建物は個人を顕彰した美術館だ。行っても私たちは中には入れない。

その前面はさっき下ってきた渓谷右岸沿いの道路だ。そんなところに行っても詮方ない。だからこのまま下り道を行こう。っていうか、行く」

と、でも言っている間にもキューティーがグングン前に突進していくので結局、キューティーが行き先を決めていて、つまりはキューティーがリーダーのようになってしまっているのが滑稽でした。

そして園路を下っていくと、園路はUターンするように下り、長大な橋の下に下りつつ戻って橋の下をくぐってこんだ左に曲がっていました。

その先には赤い太鼓橋があって、私たちはこの橋を渡って、渓の向こう側に至りました。橋の欄干には、その季節に観梅俳句大会でもあったのでしょうか、一般の方がひねったと思しき俳句が掲示してありました。

それから私たちは水飲み場で水を飲んだり、匂いを嗅いだり、おもしろい形の岩や枝振りを眺めながら渓を下っていき、下の方で土橋を渡って、今度は左に水音を聞きながら遡上して、やがて右手の崖の間を切り開いて造った階段を上ってだんだんと水から離れ、林間の駐車場に戻ったのでした。

あの梅の園に今日もまた行こうというのならいやも応もありません、行こう行こう、ってことになって、仕度をしてみなでゾロゾロ出掛けていきました。

山の家を出てから例の交差点まではずっと下り坂で、その間、ポチはスキーで滑降する様子をイメージした詰めの甘い自作のメロディーを口ずさんでいかにも快調な様子でした。そして信号にさしかかって青信号だったのでそのまま左に曲がるとき、突然、ポチが、「うわっ」と声をあげました。

交差点の真ん中に昨日見たあの美しい黒猫が長く伸びていました。

腹のあたりから血が一筋、長く道路に伸びていました。右折レーンのある広い交差点を横断しようとして車に轢かれたようでした。それからポチは暫くの間、「なんで出てくるんだよー。なんで轢くんだよー」と言っても詮のないことを繰り返し呟いていました。

駐車場に車を停め、園路を歩き出してもまだ呟いていました。園路の至るところにその匂いが残っていました。私は内心で「おまえは失敗したんだな」と黒猫に話しかけていました。

「シードはああ言うが私たちだって失敗する。だから心配するな。私もあと何年かすれば必ずそっちに行く。そのときはこの美しい梅の園を歩いたことやその他のことについて話そうや。おまえはいま安らかだろう」

それを心で聞いたシードが、「俺は失敗しねぇ。絶対にな」と振り返って言いました。

それを心で聞いたキューティーが振り返って、珍しくニヒルな顔で、「だといいな」と言い、それからグングン前に突進していきました。

ポチは引っ張られるようにちょらちょら早足になりました。

八月のある日。夏の終わり頃、そんなことがありました。そんなことが、ありました。

犬の秋、人の秋。人生の秋。

空気の感じや匂いがすっかり秋です。先日、主人・ポチと道を歩いていたら栗の木の下に栗の実がたくさん落ちていました。その栗を見てポチはその場に立ち止まり、暫くなにかを考えている風であったので、「なにを考えているのだ」と問うと、ポチは答えました。

「栗というのはうまいものだ。その一方で、九里より旨い十三里、という言葉もある。これは石焼き芋の売り文句だ。けれども僕はそれはどうなのかな、という意見を持っている。それが証拠に芋ご飯と栗ご飯を比較すれば、芋は、かてもの、など言って増量剤扱い、明らかに栗ご飯の方が品格がある。栗は上等な菓子に多く使われるが、芋は芋羊羹などと言って一段下のように扱われている事例もある。その一方でハマグリというものがあるが、あれは漢字で書けば蛤、すなわち虫偏に合うと書くのだが、僕はこれはそもそも浜栗ではなかったかと睨んでいるんだよ。つまりね、昔の人が浜でこれを拾って食べて、『おっ。なんだこれは。旨いじゃないか。その旨さは栗の旨さに匹敵する。まさにこれは浜の栗だ。これからはこれを浜栗と呼ぶようにしよう』と思ったのではないか、と思うんだよ。ただね、でもそうすると、栗の方が蛤より上、というか、蛤は栗の代用品、地方でよく見る、なになに銀座、みたいな扱いになるのだけれども、それはどうだろうか、蛤の方が栗より値も高いし、味もおいしいのではないか、とそういう風に思ってね。後、九十九里浜、というところに僕はまだ行ったことがないのだが、一度くらいは行った方がよいのかな、とかね、そんなことをこの落ち栗を見て僕は考えていたんだよ」

それを聞いて私は、なるほど、と思いましたが、と同時に、もっと他に考えることはないのかな。とも思いました。

例えば、日頃から忙しがって、「ああ、早くしないと締め切りに間に合わない。けれどもよい思案が浮かばない」など言っている小説とやらについて考えればよいのではないか、と思います。なぜなら、考えないと思案も浮かばないだろうと思うからです。ところがポチはそんなことをまったく考えないで蛤とかそんなことばかり考えて、その癖、締め切りがー、と言って焦るので、こうしたことはよくないと思うので、今後、私たちでいろいろと指導して改良していかなければならない、と思ってい

SEED

ます。

って、なんの話でしたっけ。あ、そうそう、すっかり秋だという話でした。そう言えばさっき気がついたのですが、庭の池の向こうに白いマンジュシャゲの花が咲いていました。彼岸花ってやつですね。あの花はどうも食べると毒なようで、ポチは、「あれを食べたらいかんよ」と毎年のように私に言います。

まあ、言われなくても私は花なんて食べませんが、花を食べる人は意外に多くて、季節は違いますが、ツツジの花を食べて長いこと入院した知り合いがいます。馬酔木（あせび）の白い、つぶつぶっとした花もまずいらしいですね。

そんな花の類ではなく、人間の人がおいしく食べているものでも、私たちにとって毒というのはけっこうあります。例えば、タマネギ、なんていうのは私たちにとっては毒食です。タマネギを食べると食中毒になって死ぬこともあります。なので、犬がカレー食っちゃったよ、など言って笑っている人がありますが、笑っている場合ではありません。なぜならカレーにはタマネギが入っているからです。或いは、チョコレートも犬にとっては毒です。これも食中毒になって死にます。

また、思いもかけず危険なのはケーキやなんかを買うとお店の人が入れてくれる保冷剤です。これを食べると即死します。なんでそんなものを食べるかというと、一緒に入っていたものの残り香があるからです。それは人間の鼻では感じられない程度のものですが、私たち犬にとっては濃厚な香りです。それを嗅いで、「オッホ、うまそうだ」と思って食べてしまう犬がいるのです。

どっかでその話を聞いて以来、ポチは、訪客の心づくし、吟味して買ってきてくれた、おいしそうな菓子や果物には目もくれずに、「つまらぬものですが」と差し出すのをひったくるように受け取り、「これには保冷剤が入ってないのかっ」と、まるで取り調べのような口調で訊き、相手が、入っている、と答えようものなら、「なにい？　入ってるだと？」と血相を変え、乱暴に開封の上、心づくしの手土産をその場にうち捨て、保冷剤を取り出して勝手口の外に置いてあるゴミ箱に捨てに行きます。

私もシードもキューティーもそんなものは食べないのですが……。

でもとはいうものの、身体によいものと身体に悪いものを比べた場合、身体に悪いものの方がおいしいような気がします。美徴さんは、私たちの身体によい食べ物をいつも用意してくれます。それはそれでおいしいのですが、やはりそれだけだと飽きがくるというか、ときどきは、身体に悪い、粗悪な材料に強烈なフレーバーを利かせたジャンクフードのようなものを食べたいな、と思うこともあるのです。いや、そこまでいかなくても、いわゆる犬の食べ物以外の食べ物なのだけれども実は好き、というのはあります。

例えば、キューティーは、私はあんな気味の悪いものは食べたくありませんが、蕎麦が好きです。出汁に浸けない蕎麦を蒸籠からおいしそうにチュルチュル食べます。「ウマイウマイ」と言って夢中で食べるのです。あと、キューティーが好きなのは肉ですかね。ポチや美徴さんが肉を焼いていると必ず近づいていって、私にも頂戴、とねだります。

私はどちらかというと肉は獣くさくてあまり好きじゃありません。よほど上等の肉であれば或いは貰ってもよいかな、と思いますがスーパーマーケットで特売になっているような肉は薬くさくて嫌です。なので、キューティーが肉を貰うとき、ポチや美徴さんは同じように私にも呉れようとするのですが、私はつい横を向いてしまいます。

そんなとき、ポチは、犬らしくない、と言って私を批判します。けれどもそんなことを言うなら、主人はちっとも人間らしくなく、とても犬らしいです。美徴さんはいつもポチに、「もっと人間らしくしろ」と言っています。

じゃあ、私が好きなのはなにかというと、肉のような獣くさいものではなく、生クリームやソフトクリームといったフワフワして甘いものが好きです。或いは、チーズや甘いパンなども好きで、美徴さんがそうしたものを食べているときは欲しくて欲しくてたまらなくなり、突進していって貰えるように交渉をします。具体的にどうするのかというと、まず食べている美徴さんの顔と手の間に首を突っ込み、僕はここにい

てそのケーキを欲しがっているよ、と伝えるのです。

そうするとどうなるかというと、人間はけっこう慌てます。なぜなら、日頃、人間は自分は人間で犬よりも高級な理性を持っている、と思っていますが、そうして食べ物を前にするとき、人間はけっこうケダモノになっていて、ガルルルル、と思ってしまうからです。しかし、自分の犬に、ガルル、とは言いにくい、という自尊心のようなものもあるので、ガルル、とも言えず、ついつい焦り、困惑してしまうのです。つまりプレッシャーをかけて相手のペースを乱す、ということをやるわけです。

そんなとき人間は、「わかったから、いまあげるから。わかったから、わかったから」といったようなことを言いますが、それですぐやめてはなりません。なぜならそれが嘘である場合があるからです。そこですぐやめると相手がペースを取り戻して、犬にこんな高級なケーキを与えるのはもったいない、という吝嗇な思想に染まるかもしれないからです。

そこでなお、顔をグングン近づけ、へっへっへっ、と舌を出して激しく呼吸をし、相手の顔に熱い息がかかるようにします。涎の垂れる犬種の方はダラダラと涎を垂らすのも効果的です。服やこれから食べようとしているものに犬の涎が垂れると相手はますます焦燥し、混乱して、なんとか、この状態を脱しようとするからです。そしてそうなって言うのはさっきと同じです。同じですが、今度は、「わかったから、わかったから、「お座り」などとコマンドを言うはずです。ここでさらに突っ込んでは駄目です。飼い主がコマンドを言い、犬がこれに従った場合、なんらかの報酬を与える、というのは犬と人の基本的な契約です。それを飼い主が一方的に破棄した場合は噛んで暴れてもよいことになっています。なので、この時点で私は、ピシッ、と座りをします。なんでしたら、伏せ、もしましょうか、てなもので自発的に伏せをすることさえあります。そうすると間違いなく、おいしいケーキを分けて貰えます。これを読んでいる犬の方は向後、このやり方を試してみてください。直接的に食べ物を狙っていくのは愚の骨頂です。

って、私はなにを言っているのでしょうか。そうです。私はケーキとか生クリームとかが好きだ、と言っていたのでした。けれども、悲しいことにその大好きなケーキを思う存分、これでもうよい、と思うまで食べたことはありません。ごく僅か、舐める程度しか美徴さんは呉れないのです。

なぜでしょうか。美徴さんは極度の吝嗇家なのでしょうか。違います。原因は私の肥満です。

そうなんです。同じものを同じだけ貰っているはずのキューティーは痩せているのですが、ここ数年、私は肥満気味で、腹など、元来、プードルというものは、胸のところが出っ張っていて、腹の部分は極度にくびれているものなのですが、私の場合、腹が出て、寸胴になってしまっています。

それのなにがいけないのかと申しますと、身体が重い分、足腰への負担が重くなり、普通よりも早く足腰が立たなくなってしまうのです。なので、ケーキや生クリームなど、あまり食べない方がよいのです。だって、体重が増えますものね。

けれども、です。私の体重増加の原因はケーキや生クリームではありません。ではなにか。はっきり申し上げましょう。運動不足です。以前にも申し上げましたが、若い時分と違って、あまり散歩をしたくなくなりました。勿論、先月申しました、梅の園のような、初めての場所に行って知らない景色を見たり、いろんな匂いを嗅いだりするのはいまでも楽しく、そういう場合は気分が高揚するし、ポチがそろそろ帰ろう、と言っても、いや、まだまだ、と言って歩き続けます。けれどももうわかりきった家の近所や、いつものビーチははっきり言っておもしろくもなんともなく、用便が済んだ時点で、さっさと帰りたいような気分なのです。そこで、そこらへんのことはもうポチも理解しているようなので、以前のような遠慮はしないで、「帰りたい」と申します。具体的にはその場に立ち止まって、座れ、の恰好で、上体を後ろに反らして、ウーン、と頑張るわけです。けれども、自分が群れのリーダーと心得ているポチは毅然として、「スピンク。おまえの好きにはさせない。すべては私が決める。作戦を決めるのは大将である私。おまえら一兵卒は黙って命令に従うべきだ」など言っていうことをききません。なぜなら、三度もこれをやれば、精神の弱いポチは、「マジですか、スピンク。じゃあ、まあ、しょうがないから帰りますか」と折れてくるに決まっているからで、気がつくと、昂然と胸を反らして歩く私の後ろを一兵卒の主人・ポチがトボトボ歩いている、ということになるのです。

私はなんの話をしていたのでしょうか。そうです。私が運動不足で肥満気味なため好きなケーキやなんかをあまり貰えない、という話をしていたのでした。

そう言えばこの前、シードは座敷に迷い込んだバッタを食べていました。よく、幼少期に飢餓を経験したものは、生涯、飢餓感に苛まれるのだそうですが、シードがまさにそうで、常に腹を減らし、常に食べ物をつけ狙っています。その結果、私よりもずっと肥満し、その体型はプードルというより豆狸です。もちろん、美徴さんが呉れる量は一定なのですが、私たちが残したものを美徴さんに見つからないように素早く食べたり、或いはそうしてバッタやなんかを食べて肥っているのです。しかし、いくら腹が減るからといってバッタを食べなくてもよいではないか。と思うのですが、シードは、「こんなものでも食べられるときに食べておかないと死ぬからね」と言って澄ましています。

その段、人間は食べたいものを食べたいときに食べられてよいですね。その結果、肥満したり痩せたりしますが、すべてを自分で決められるわけですから。

そう言えば先日、なにを思ったのかポチは突然、料理を始めました。鶏肉をとやこうして水と米と一緒に釜に入れて炊き、各種のソースを混ぜ合わせて垂れのようなものを拵えて、炊きあがった米と鶏をボウルによそったものにかけ、香草のようなものを載せて食べていました。ポチがそんなことをしているのを見たことがなかったので、鼻をヒクヒクさせながら近づいていき、「そりゃあ、なんだい。なんという食べ物だい。魚のような匂いも著しいが」と問うと主人は、

「これは、タイの料理だよ。魚くさいのはフィッシュソースを使っているからさ。私の作り方は簡易な作り方で本当のやり方ではないのだがな。名をカオマンガイという」

と言った後、なぜか突然、天啓に打たれたかのように硬直し、その後、口をすぼめて目を見開いて蛸のような顔をしたかと思ったら、次には眉根を寄せて目を細め、口もそのようにして般若のような顔、猿のような顔、ひょっとこのような顔、と次々と変妙な顔を造ってみせ、もしかして材料におかしな薬物でも混入していて気がおかしくなってしまったのか、と心配になり、「だ、大丈夫か、ポチ」と声をかけると、「大丈夫だ」と狐の顔で答える。「で、でもその顔は……」と問うと、「これか、これはなあ」と言って、猫のような顔を造って言いました。

「顔漫才」

秋が深まっていきます。私たちの人生の秋が深まっていきます。

希望の徴候

朝から私どもの起居するリビングルームに、「あーめーがー、ふーりまーすー、あーめがー、ふーるー」と言うアホ声が響いているというのは勿論、主人・ポチが唄っておるのですが、実際、その通りに本日は未明より雨が降っています。屋根から軒を伝って落ちる、また、時折は風に煽られて窓を打つ雨の音が室内に響いています。

「あーそーびーにー、ゆーきたーしー、かーさーはーなしー、つって、家(うち)ってマジで傘ないよね」

と、ポチが突然、歌いやんでコンピュータを開いてなにか書いている美徴さんに言いました。

「そうだっけ」

「そうなんだよ。いや、安いビニールのが何本かあるにはあったんだけどね、何年も

軒先に放置しているうちに骨や柄が錆びてしまって使い物にならなくなったんだよ」

「あ、そうなんだ」

「うむ。そうなんだ。やはり安物は駄目だな。けれどもと言って、高いのが錆びないかというと、骨や柄が金属でできている以上、やはり腐食するのでしょうね。ということはやはり昔ながらの番傘みたいなものがよいのでしょうかね。自然素材を愛してクウネルとかチルチンびととか読んだ方がよいのでしょうか」

と、問いかけるポチの話を勿論、美徴さんは途中から聞いておらず、返事をしません。そしてポチも特に返事を期待していないらしく、何事もなかったかのように、

「あめふーりー、おつきさーん、くものー、かげー、およめーに、いくとーきゃー、だれとーゆーくー、ひとりーでー、からかーさー、さしてーゆーくー」

と、また歌い出すというのは、私どもの雨の日のいつもの光景で、まあ、無為の光景と言えるでしょう。

ただ、困ったことに、まあそれが人間やお月さんであれば、たとえそれが安物であっても傘さえ差せば他行できるのですが、私たち犬にはそれができず、毎度、申すことですが、雨の日には随分と難儀をします。

というと用便のことばかりを考えがちですが、私なンどは根底からの出掛け好きですから、雨で出掛けができぬというのはやはり苦しいです。あ、わからないかも知れ

ないので一応、御説明申し上げますと、私は接頭語の、お、というのが大嫌いで、可能な限りこれを省くようにしています。人間が犬になにか言う場合、お、を多用するケースが多いですね。お散歩、お八つ、お友達、お洋服、お昼寝など申しまして。私はこれらからすべて、お、を取ってしまいます。

という訳で、出掛け、というのは、お出掛け、のことです。なのでこれは普段の散歩ではありません。普段は行かないような珍しいところ、おもしろいところ、に行くことをさして、出掛け、というのです。

私は幼き頃よりこの、出掛け、が大好きで、未だに出掛けとなるとワクワクします。なので最低でも週に一回は出掛けをするようにして貰っているのですが、このところ何ヵ月も連続で出掛けをしようとすると雨が降って出掛けられず、フラストレーションが蓄積しているのです。I can't get no satisfaction. I can't get no satisfaction.（中略）I can't get no. I can't get no. Hey Hey Hey. That's What I say. と、ポチではありませんが、そんな歌を歌いたくなります。けれども、です。これはいつも思うことなのですが、人間というのは気の毒なものだなあ、とも思います。

というのは、そりゃあ人間は事情が許せば自分の意志でどこにでも行けます。つまり、どこに出掛けるか、を自分で決めることができます。ところが犬はそういう訳には参りません。私の場合で言うと、ポチか美徴さんが出掛けようと思わないとどこにも行けませんし、行き先も自分で決めることはできません。

これは一見、不幸なように見えますが、しかし、自分で決めるということは予めその行き先がわかっているということで、その行き先に対する希望には限界がありす。下呂温泉に行くなら草津温泉は諦めなければなりません。草津温泉だけではなく別府温泉も熱海温泉も、いや、それだけではなく、京都も名古屋もミラノもエーゲ海クルーズもそこにはない、という絶望とともに下呂温泉に向かわなければならないのです。しかし、我々はどこに行くか予め知らないので、そうした選択による絶望とは無縁で、無限の希望だけを胸に抱いて出発することができ、道中もずっとワクワクしていられるのです。

なので出掛けについては犬の方がより恵まれているということができるのです。

そういえば先週は珍しく晴れて出掛けることができました。

この日も私はどこに行くか知らされていませんでした。それどころか、今日は外出するのかしないのか、するとしたらいつなのか、ということも知らされていません。その行動の背景に常に絶望を含んでいる人間から言えば、これは不幸な隷属状態かも知れません。けれども常に希望しか持たない私どもにとっては、無限の可能性です。

以前、ポチが泥酔して、可能性の文学がどうのこうの、と言っていましたが、こういうことではないのかな、とも思います。

実際の話、私たちはどんな小さなことにも可能性、希望の芽を見出します。例えば、チャリン、というごく小さな音、これはポチが壁に掛けてある鍵を手に取った音です。鍵を取るということは鍵をかけて出掛けるということに違いない、うわあっ、出掛けだあっ、と私たちは希望を抱き、寝ていても、なにをしていても起き上がって、歓喜を爆発させ、落ちていた音の鳴るもちゃを咥えて、頭を上下に振り、足をジタジタします。部屋中を走り回ります。

というのはまあよいとして、いまも言うようにその日も私たちは予定を知らされず、朝から希望だけを抱いて横になっていました。したところ、九時くらいになって、小さな希望の徴候、どころの話ではない、ポチが美徴さんに直截に、「じゃあ、そろそろ出掛ける準備をしようか。あまり遅くなると道路が混み始めるからね」と言いました。どうやら昨日の夜、私が眠っているうちに打ち合わせをしていたようです。

「おい、キューティー。安閑と微睡んでいる場合ではないぞ。出掛けだ。私たちも準備しよう」

「わかりましたよ。スピンク。おまえも頑張れよ」

「偉そうに言うな」

言い合ってふたりで割と意図的にワタワタしました。キューティーはマイケル寂尊の物真似をし、私は農耕馬の物真似をしました。そんな二人を赤いソファーのうえに赤いクッションをふたつ積んだうえに座ってまるで牢名主のようなシードが虚無的な瞳で見つめていたのをいまでも鮮明に覚えています。

そんなことをするうちにポチも準備が整ったようで、ポチはついに壁に掛けてある私どものリードを手に取りました。そうなると、なんていうのでしょうね、これは先が読めない、ゆえに希望がある、ということの副作用か反作用なのでしょうか、その喜びを自分自身で統御できなくなってしまって、涅槃(ねはん)、というのでしょうか、頭の中に、よろこび、としかいいようのないものが充満して、私たちは暴走し始めてしまったようです。

で、我に返るのはいつも、美徴さんの声によって、です。私たちがそうなると美徴さんはいつも私たちにやめるように言います。それは大声による警告ではなく、ごく小さく低い声です。ごく小さい声で、「座れ」とか、「止まれ」とか言うだけです。なのに私たちはその声を聞くと、なぜか止まらなければならない、という気持ちになって座ってしまうのです。そして、ふと傍らをみると、さっきまで私たちと一緒に喚き散らしながら走り回っていたポチも一緒に座っています。

と言うと、え？ ポチも走り回っていたの？ 彼はポチと雖も主人なんじゃないの？

と思う人も多いでしょうが、そうなんです。一応、主人なんです。だから最初のうちは、走り回る私たちに、「やめろ」とか、「ノー。スピンク、ノー」とか言っているのです。ところが言っているうちに昂奮してくるのか、脳が私たちに同調するのか、いつの間にか、私たちと同じように首を振り、腹を振り、両手両足をバタバタさせ、走り回る私たちの間を踊り歩いているのです。困ったことです。

と、まあ、そんないつもの儀式が終わると、リードを付けて貰っていよよ出発です。このときも私たちは注意深く成り行きを見守ります。というのは、私どもには車が二台あり、銀色の小さい車は美徴さんが、黒色の大きい車はポチが専ら使用しているのですが、出掛け、の場合はポチが運転する黒色の車を使います。

つまりここで銀色の車に乗るのであれば、出掛け、でなく、例えばスーパーマーケットの駐車場かなんかに参り、愚にもつかぬ葱とかそういったものを買い、いつもの、なんの新鮮味もない海っ端をほんの少しぶらついて虚しく帰ってくる、ということもあり得るわけで、ここはなんとしても黒い車に乗りたいところなのです。

さてそして、さきほど私は、犬は自分で決めることはできない、と言いました。それはそうですが、けれども、ポチたちが私たちの希望通りの決定をするよう働きかけることはできます。人間で言うところのロビー活動ですね。というのはこの場合で言うと、黒い車に乗るように働きかけるということで、私は、身体を横に曲げ、横目でポチの方をチラチラ見ながら、黒い車の方を顎で指して、「ほら、こっちの車の方がなんか楽しそうだよ」とか、「こっちに乗ったら今日もラッキー」といった雰囲気を醸しだし、ポチを黒い車に誘いました。

それが功を奏したのか。いえ、この日はそうではなく、ポチは最初からそのつもりだったのでしょう、銀色の車には目もくれず、ポチは黒い車に向かい、後部座席の扉を開けました。

私どもの車は銀色のも黒色のもどちらも座席の位置が高いのですが、私たちは跳躍力に優れているため、ひょい、と飛び乗ることができます。まず、私が飛び乗り、次にキューティーが飛び乗り、最後にシードが飛び乗る決まりになっているのですが、なにかと最年長風を吹かせたがるシードが一番に飛び乗ろうとして、扉の下あたりでクナクナしているのが邪魔なときが多いです。

でもそんなときでも私はシードの後ろからシードを飛びこえて飛び乗ります。キューティーもそうします。で、シードはというと、扉の下で姿勢を低くしたり、尻を振ったりしてなかなか飛び乗りません。というのは、シードは体高が低いうえ、最近は体重が増え気味で身体が重く、飛んでも二回に一回は失敗するからです。そこでポチが介助をするのですが、人間に持ち上げられるのをなによりも嫌うシードは、持ち上げられて取れたての魚のように暴れ、ポチはいつも、「これ、シード。じっとしろ」

と叱咤します。おほほ。です。

でも、そういう私も最近は年のせいで脚力が衰え、散歩で長く歩いた後など、飛び乗れたつもりが飛び乗れず、ズルズルと崩れ落ちるようにして落ちるときがあります。これからその回数がどんどん増えていくのでしょう。

ポチは海岸の方角に車を走らせました。窓から見えるのはいつもの見慣れた風景です。けれども、心は躍ります。なぜなら黒色の車でいつもの海岸に行くことはあまりないからです。私は車の中で座りの姿勢をとり、心をワクワクさせるのと同時に口をアクアクしていました。私は心がワクワクすると勝手に口がアクアクしてしまうのです。

アクアクしていると案の定、車は海岸の駐車場を尻目に殺してグングン進んでいきました。

さあ、この先で道はふたつに分かれます。ひとつは海岸沿いの有料道路で、ひとつは山沿いの国道です。この場合、有料道路を通るのが私どもにとって吉です。なぜなら、どういう心の動きなのかわかりませんがポチは、より遠くに参る場合は有料道路、隣町に参る場合は国道を選ぶのが常だからです。さあ、どっちに参るのだ。どっちに参る。ゆくくく、ゆききききき。ゆめ、間違えてはいかぬぞ、ポチ。有料だぞ。わかっているのだろうな、と、先ほども申し上げた、働きかけ、の意味で、運転席に首をムイムイ突き出して、アファフ、と促すと、それが功を奏したのか、ポチは有料道路に入っていき、

「いっやー、有料道路は信号もなく、眺めもよいので快適だが、有料というのが難点だね」

などと、野党の追及のようなことを言いました。

うん。上手くいっている。と、私は希望を抱き、とりあえず腹這いになりました。少し休息しようと思ったからです。私は希望にまみれて腹這いです。なんて、そんな詩句、昔、ポチが書いてなかったっけなあ、と思いながら私は満足していました。と言っていると美徴さんが、ちょっと来なさい、と言ってます。私は行かなければなりません。この続きはまた来月に申し上げましょう。それまでお元気で。さようなら。

私たちの東の旅　1

庭池の畔に黄色いツワブキが咲いて、咲き始めは、バラバラっとしていたのが、花が開くにつれて毬のようになって美しかったのですが、いまは盛りを過ぎてしょぼしょぼっとなっています。それでも池の畔の黄色い花を美しいと思うのでしょう、ポチが屢屢(しばしば)廊下に立って茫としているのでなにをしているのかと思ったら和室越し縁側越しにこの花を眺めていました。

その花の咲く池の鯉が先日、死んで浮かんでおりました。

そんなことがあり、その他のことも私たちの身の回りには起こっていますが、こないだの話が途中です。続きをお話しいたしましょう。

自ら決定しないということは無限の希望があるということだ。その希望を抱いて私たちはポチの運転する車に乗り込んで出発し、最初の岐れ路でひとつの希望、すなわち一般道ではなく、有料道路に入る、という希望が叶ったというのは先月既に申し上げたところです。

さあ、これから私たちにはさらに遠いところに希望をつないでいくことができます。

しかし、このあたりの風景は見慣れ嗅ぎ慣れた風景、なにもあえて身を乗り出して見たり嗅いだりする必要はない、いまは少し休んでおこう。

そう思ってフラットにした後部座席で腹ン這い、いわゆるところの伏せの姿勢で前足に顎を乗せて休んでいると、どうやら前に速度が遅い車が走っているようで、ポチがなにやらブツブツ言っています。

「そも有料道路とはなんのためにあるか。それは僕は急いでいる人のためにあると思う。つまり時は金なり、ってことで、一般道だったら信号とかいろいろあって、時間がかかる。その時間をお金で買っている。しかるにだねぇ、その有料道路を時間をかけてゆっくりと走る、ということはどういうことなんだろうかねぇ。気が狂っているのかねぇ。或いは肩の骨かなにかが折れていて、痛くて運転しづらいのだろうか。それならば同情するが」

美徴さんがそれに答えました。

「風景を眺めながら走っているんじゃない」

「風景を眺めながら運転？　ふざけるな。危険じゃないか！」

「運転している人は風景なんか眺めないよ。だからそうじゃなく、一緒に乗っている人が風景を眺めて愉しむことができるようにゆっくり走ってあげてるんじゃないの。つまり、金を払っている分、早く行かなきゃ損だ、といった心の狭い、金の亡者のような人ではなく、一緒に乗っている人がゆったりした時を過ごせるように、という相手を思いやる心を持った人が運転するとそうなるんじゃないかなあ」

「なるほどね」

と言ってポチは黙り、暫くして何事かに気づいたような顔をして、一瞬、美徴さんの方を見て、それからなにかに耐えるような顔をしてまた前を向いて黙って運転し始めました。その際、ポチは若干ですが、速度を緩めました。

ルームミラーに映るそんなポチの表情は私の視力では見えません。そうしたことは全部、気配で感じたことです。

この有料道路は距離が短く、十分も走らないうちに終点です。そして料金は三百円です。それが高いのか安いのか私にはわかりません。正直に言って私は実はいまだに金銭というものの意味がよくわかりません。

さあ、そして一般道に出てものの一粁（キロ）、この粁という単位は私にも意味がわかります、も行かぬうちにまた岐れ路、Y字路で、これもまた、右に参れば有料道路、左に参れば一般の無料道路です。

さっきは私も余裕がなく詳しく申し上げることができなかったので、これについては詳しく申し上げましょう、ええっとですねぇ、私たちは海沿いの道を走っていました。

そしてその行く手には半島が横たわっています。

半島とはなにか。海に突き出した陸地のことです。つまり半分は島のようになったところ、ということですね。私はこれは珍しいというか、他にない言葉だな、と思います。だって例えば、半分は鳥、半鳥、なんて申しませんものね。半分は鍋なので半鍋。じゃあ、もう半分はなんなのだ、と言いたくなります。半眼鏡、半国、半旗、半チャーハン、半米、半猫、半本、半会社、半ボロネーゼ。ひとつびとつについて考えるのはたのしいですが、なにがなにだかわかりませんよね。そういう意味で言うと主人・ポチは半人なのでしょうか。或いは半犬なのでしょうか。

なんてそんなことはどうでもいい。私は道路の説明をしているのです。

つまり行く手に半島がある。さすれば道路はどうなりますでしょうか。半島のへりを巡っていくか、或いは内陸部、海から隆起して盛り上がった部分を直登して越えていくかしかありませんよね。けれどもそれでは時間がかかる。

それを、私どもであれば、まあそらまあそうでしょうが、仕方ありませんわな、へいへいへい、ごめんやっしゃ、と言って山を越えるなり、海岸沿いを巡るなりして半島を越えていくのですが、人間の方はと申しますと、気が短いというか、向気が強いと申しますか、「なんじゃ、こらこの半島は。人が真っ直ぐに行こうと思っているのに海に突き出しやがって。なめとんのか、こら。やんのか、こらあっ」と言って、そのまま強引に真っ直ぐ進んでいきます。

と言うと、進んだって向こうは半島じゃないか。どうやって進むの。と言うと、爆弾を爆発させ、半島の土手腹に穴を開けて、向こう岸まで穴を通し、混凝土で固めて道を拵えてしまう、つまり隧道ってやつです。

私どもからすると、別にそこまでしなくともよいのではないか、と思いますが、人間からすると、どうしてもこの隧道が必要な場合が多く、というか逆に隧道がデフォルトというか、「なぜここに隧道があるのか」ではなく、「なぜここに隧道がないのか」という問いから物事を考え始めるのだそうです。

先日、ポチが読んでいた小説を横手から脳を吸い出して私も読んでみたところ、そんなことが書いてありました。

かいつまんで粗筋を申し上げますと、昔、まるで岡山県のようなところの山の奥のまるで峠のようなところに夫妻が住んでいて、その夫妻の妻の方が非常にあくどい女で、洗濯のすすぎとかはちゃんとしないし、夫婦で歩いていて雨が降ってきたら自分だけ傘を差してどこかへ行ってしまい、夫はいつもびしょ濡れになっていたそうです。その際、夫は、「俺がすすがれとるやないかいっ」と言ったとか言わないとか。そこへ旅人がやってきて一泊しました。ちょっと様子の好い若い男で、主人とも妻とも気が合い、暫くの間、逗留しました。二、三日して旅人が言いました。「あの、僕、ちょっと思うんですけどね。この峠って越えるの大変じゃないですかぁ。追い剝ぎとかも出るそうですし」と、旅人に言われ、夫婦はギクリとして顔を見合わせました。夫婦はときどき追い剝ぎをしていたからです。泊めてやる、と言って泊め、眠っているところを殺害して金品を埋めていたのです。死骸は崖から投げ捨てれば狼などが処置してくれました。そんなことは夢にも思わない旅人が続けました。「そんなことになるのもこの下に隧道がないからだよね。おかしいよね。隧道がないなんて。だから僕は僕らの手で隧道を掘ったらどうかなと思うんだよ。そうしたらみんなが苦労しないで済むだろ。僕はみんなの喜ぶ顔をみたいんだよ」生来、気の弱いところのある夫は、これまでの悪業を悔い、罪滅ぼしにそんなことをするのもよいかも知れない、と思いこれに賛同しました。妻も、通行料を取れば儲かるかも、と思いました。旅人は夫に言いました。「君はこっち側から掘れ、僕はあっち側から掘る。何年かかるかわからぬが真ん中で出会おう」「おお」二人は固い握手を交わし、その日から主人は弁当持参で隧道を掘り始めました。最初のうちは家から通っていましたが、掘り進むにつれて家に帰るのにも時間がかかるので隧道に泊まり込みで掘るようになりました。食事は妻にそう言って弁当を届けて貰いました。そして十年後、ついに光が見えました。「やったあ」「やったなあ」と抱き合い、互いの健闘を称え合うはずの旅人の姿はしかしそこにありませんでした。どうしたのだろう、お手水にでもいったのだろうか。そう思ってよく見ると、そこは隧道の真ン中ではなく、向こう側の村落の外れでした。これはいったいどうしたことだろう。不思議に思いながら、とりあえず久しぶりに家に帰ろう、と家に戻ると、旅人が妻の酌で一杯飲んでおりました。これにいたって初めて夫は自分が騙されたことに気がつきました。男は自分が苦労して岩を掘っている間、なにもしないで家にいて妻の酌で酒を飲むなどしていたのです。「なめとったらあかんど、こらあっ」と男は怒り狂いました。旅人がこれに向かって言いました。「まあまあ、そう怒るな。確かに僕は君を結果的に騙したかも知れない。けれども、いつまでも恨みを抱いていてはいけない。人を赦す。そうして初めて神に赦されるのだ」「うるさい。俺は仏教徒だ」「あ、じゃあ、仏に赦される。ね。だから君も僕を赦しなさい。そして恩讐の彼方に広がる青空を見上げようじゃないか」と、旅人は夫を説得しましたが、夫は聞き入れず、旅人をムチャクチャにどつき回し、崖から突き落としました。その後、旅人がどうなったかはわかりません。夫婦がどうなったのかもわかりません。ただ、その隧道によって人々の利便性が格段に向上し、年間十億円の経済効果があったのだそうです。かように隧道というものは人間の生活に必要なもので、これからもドシドシ隧道を造っていった方がよいのではないでしょうか。といった話でした。なんだか後味が悪くて納得のいかない話ですね。多分、元の話はこんな話ではなく、ポチの脳を経由したため、こんな話になったのでしょう。しかしまあ、こんな人たちでさえ、隧道がないのはおかしいと思っていたわけで、人間は隧道になんの疑問も抱かないということです。

というのはともかくとして私たちの走っていたY字になった岐れ路の話です。右は有料道路、左は一般道路、そしてその右の有料道路は隧道、一般道路は山道なのです。さあ、ポチはどちらに進むのでしょうか。

どちらに進んだとしても希望はあります。隧道を行く、ということはポチが早く行きたい、と思っているということでこの先、もっと遠くの知らないところへ行く、ということです。じゃあ、山道を行けば希望がないのかというと、そんなことはありません。山道にも楽しみはあります。

あれはいつ頃だったでしょうか、私たちは、この山道を行き、暫く行った三叉路の、もっとも右寄りの道を入っていきました。

そのとき運転をしていたポチは、「僕はいつでも右翼だったんだよ。だから一番、右寄りの路線を進むのだ」と言っていました。というのはでもはっきりと嘘で、出掛ける前、ポチは地図を調べていました。そう、ポチはこの先に名勝地景勝地があるという情報をどこからか（多分、インターネット）得て、私たちと一緒に訪れようとしていたのです。

私はもう愉快でなりませんでした。キューティーもワタワタしていました。そのときシードはまだ来ておらなかったように思います。私たちは山道をグングン登っていき、やがて左手に現れた広い無料の駐車場に車を停めました。確か、夏で日射しが強く、ポチはなるべく木の陰になるようなところを探して車を停めようとしたのですが、そういうところには既にもう車が停まっていて、やむなくポチは日なたに車を停め、そして、「神の國では先の者が後になり後の者が先になる。きっと僕らの車は戻ってきたとき高原のように涼しいぜ」と言いました。結果はどうだったでしょうか。言わぬが花でしょう。

さあ、そして車を降りるとそこが名勝だったでしょうか。違いました。そこは広い公園のようなところでした。エントランスに鉄筋混凝土造の二階建ちが立っていました。一階は売店のようになっているようでした。うどんそばの幟旗や大きなソフトクリームの模型がおいてあって簡便食堂のようなものもあるようでした。本来であればそうしたところで熱くなった身体を少し冷やしたいところですが、私たち犬は立ち入り禁止なので、横目に殺して通り過ぎました。その土地は東の海に突き出た半島から、またぞろ南に向かって突き出た岬のようなところで、海に向かって緩傾斜しており、二階建ちの左脇に幅の広い立派な造りの階段がありました。その階段を下ると、広くて平坦な、芝生の広場になって、真ん中と両脇に巾一・五米ほどの園路がずうっと突端の方に向かって続いていました。右後方には二階建ちと思われた建物の地階があって、芝生の広場に向かって開放テラス席があるのがみえました。けれども現今は営業をしておらない様子でした。

「やったらええのに」「ほんまやなあ」

とポチと美徴さんが言い交わしておりました。私たちは真ん中の園路や右の園路や、左の園路を気分の赴くまま自在自由に横切って歩きました。左右の園路の両側は海に向かって急傾斜して、いろんな樹や草でムチャクチャになっていました。

私たちも岬の突端に向かってムチャクチャに進んでいきました。ある夏のことです。続きがあります。それはまた来月に申し上げることにいたしましょう。

私たちの東の旅　2

岬の突端に向かってムチャクチャに進んでいった私たちの話をしてからどれだけの季節が過ぎたのでしょうか、私方の道には落葉が舞い散り、この季節になると必ず歌う歌をポチは今年も歌っています。

落葉の舞い散る停車場に。悲しい女が降りて来る。そして今日も一人。明日も一人。過去から逃げてくる。という歌です。シードによると昭和歌謡というやつだそうで、人間のオスは五十歳くらいになると精神が衰弱して昭和歌謡を歌うようになるそうで、これは別段、ポチに限ったことではないようです。

そして私はというと、この歌を聴くとなぜか爽快な気持ちになります。先日もポチがこの歌を歌い始めたので、私は爽快な気持ちになり、それを表現するため、ポチがかぶっていた毛糸ダンダラ編の帽子を飛び上がって咥え、さんざんに振り回して襤褸(ぼろ)

布同然にしてやりました。いやあ、愉快でした。

というのはまあよいとして、先に話した名勝地の話をいたしましょうか。

ええっと、私たちが半分は休業中の二階建ちを尻目に海に向かって緩傾斜した芝生の広場を突端に向かってムチャクチャに進んで行ったというところまでお話をいたしましたのでしたね。さっそく続きを申し上げましょう。

結論から申し上げますと突端は単なる突端で見るべきところはなにもありませんでした。

突端はまあるく広場のようになっておりましたが、海に至る斜面には樹木が生い茂り、遥か下に海面が光っておりました。崖下の岩に黒い人影がおごめいておりました。

岬を隔てた遥か向こうに白い建物がたくさん建っているのが、木々の間から見えました。

「キューティーが鼻をおごめかせて草の匂いを嗅ぎ、「私は詩と大吉の使者である」と言いました。そのとき、キューティーの尻尾が、ギュワン、と後ろ足の間に挟まっているのを私は見逃しませんでした。耳も、ベタッ、と寝て、丸坊主のような有様でした。

そのときポチはどうしていたでしょうか。

どす黒い感情を持て余しているような顔つきでした。こんな顔をしているとき、ポチは屢屢、「ウンババ、ウンババ、ウンババ、イェー」と言います。

ポチは、その内部に危機を抱えるとこの文言を口にします。

なぜそう断言できるかというと、ポチが自ら告白したからです。

ある日のことでした。午前十時頃だったでしょうか、私たちが一階のリビングダイニングルームで寛いでいたところ、二階にいたはずのポチがのっそり入ってきました。私たちはポチの顔を見て驚きました。なぜならその顔がまるで幽鬼のようだったからです。

そんな顔で入ってきたポチに誰も話しかけませんでした。美徴さんも知らぬ顔、キューティーも無視していました。もちろんシードもです。私も気の毒だから話しかけようかな、と思ったのですが、あまりにも幽鬼なので話しかけられずにいました。しかしポチはそれを気にする素振りでもなく、真っ直ぐガスレンジに向かい、湯を沸かし、これを湯呑みに注いで一口飲んで、音吐朗々と、「ウンババ、ウンババ、ウンババ、イェー」と言ったのです。それから、湯呑みを片手に部屋の中をあっちへふらふらこっちへふらふらしながら、「ウンババ、ウンババ、ウンババ、イェー」「ウンババ、ウンババ、ウンババ、イェー」雀を見つめては、「ウンババ、ウンババ、ウンババ、イェー」テーブルのうえにあった婦人公論を取りのけては、「ウンババ、ウンババ

バ、ウンババ、イェー」。「ウンババ、ウンババ、ウンババ、イェー」ばかり言っています。けれども気味が悪いので誰もそれに触れません。

その、「ウンババ、ウンババ、ウンババ、イェー」は午後まで続き、夕方になって漸く止みました。その止むか止まぬかの際の頃、ポチは美徴さんに、

「これ言うときって僕、やばいときなんだよね」

と呻くように言ったのです。その後、ポチは、極端な蟹股で部屋の中を歩き回り、

「僕がなにをやっているかわかるか。睾丸が一尺もある人の形態模写だ。ウンババ、ウンババ、ウンババ、イエー。ウンババ、ウンババ、ウンババ、イェー。きいいいいいいいっ」

と言いました。私たちはなにも言えませんでした。

そんな、ウンババ、ウンババ、ウンババ、イェー、が久しぶりに出たので、私たちは緊張しましたが、幸いにして一回で止みました。おそらくはポチの憂愁と憂悶がさほど深くなかったからでしょう。

ではそのとき、ポチはどんな精神の危機を迎えていたのでしょうか。それはすぐに判りました。なぜならポチが自らそれを口にしたからです。ポチは崖下におごめく黒い人影を見下ろしながら独り言のように言いました。

「おもしろいとおもってやってきたのだが、ぜんぜんおもしろくないね。ただ、突端があって風が吹いているだけだ。眺望？　ふん。確かに私たちの住む町を遠望できるな。しかし、岬に遮られてビーチの中心から向こう側しか見えない。くだらないことだ。こんなものを僕は眺望とは呼びたくないね。こんなものはただの視界だよ。電柱やゴミ箱を眺めているのとなにも変わらない。いやさ、そちらの方がおもしろいかも知れない。もちろん、こんなものよりは、という意味だが。クルビ・チミールは言った。『遠くを見るのが厭なら近くを見ればいいではないか』と。蓋し名言だ。でもそれに倣って近くの海、寄せては返す波、汀の風景を眺めようとすると、なんだこりゃ、無秩序に穢らしく生い茂った樹木の間の遥か遠くに海面がチラチラ見えるばかりでちっとも見えやしない。え？　だったら汀まで降りてけばいいじゃないか、だって？　ははは。じゃあ聞くけど、どうやって？　この垂直の崖、しかも海面まで軽く五十メートルはありそうな崖をどうやって降りていくんだね。まあ、落ちる、のであれば簡単だがな。源義経でもない限り無理でしょう。ところが、だ。そんな汀におごめく人影があるというのも僕の気に入らないところで、おそらく彼らは、向こうの、つまりこの突端の右手の浜から、岩伝いに跳んでやってきたのだろう。そしてその目的は、そう、磯釣り。なぜなら、ほらよく御覧、ときおり黒い棒が見えるでしょう、あれは間違いなく釣り竿だよ。そして僕は磯釣りというものが嫌いだ。なぜかって、はっきり言って殺生じゃないかあっ。なんでそんな酷いことができるのか。というと、fish は単複同形だから同情に値しない、という議論にもならないことをいう人がいるけど、それだったら一生、日本語しゃべんな、と僕は言いたいんだよ。でもそういう僕も鰤(ブリ)やハマチを食べるでしょ。その矛盾が自分の内面に突き刺さってくるのを感じるとき、僕はあの真っ黒な釣り竿で滅多打ちにされているように感じるんだよ。そういう意味合いに於いて僕は暗い気持ちなのさ」

いやはや、自分の判断、つまり、ここがおもしろそうだから行ってみよう、という判断が間違っていたのをよくここまで他人のせいにできるものです。そんなポチに美徴さんが端的に言いました。

「じゃあ、戻りましょう」

「うん、戻ろう。こんなところにいたら人間として駄目になってしまう」

そう言って私たちは来た道を駐車場の方へ戻っていきました。もちろん、その間、私とキューティーはいろんな匂いを嗅いで愉快でした。

二階建ちのところまで戻ったとき、美徴さんがソフトクリームを買い、半分を美徴さんが、残りの半分を自分とキューティーで舐めました。自分がソフトクリームを舐めているとき、ポチは、「味見新左衛門」と言いました。

車に戻ったポチは今度は短く話しました。

「さぞかしみんな僕をバカだと思っているのだろうね。けれどもそれは早合点というものだ。僕は当初はこんなところに来ようと思っていなかった。ちょっとした気の迷いで立ち寄っただけだ。さあ、本来、行こうと思っていたところに行こう。そここそが素晴らしき名勝地なのだ」

そう言ってポチはエンジンをスタートしました。

駐車場を出ると、ポチは右に曲がりました。

進むうちに、いまの突端は真の突端の脇に突き出た疣（いぼ）のような突端で、ポチは真の突端の突端を目指しているということが判りました。ハンドルを握ったポチが言いました。

「これから行く景勝地はスピリチュアルなパワーに満ちあふれた素晴らしいところだ。ここから十分もかからぬはずだ」

そのまま林の中の道を暫く進むと、岐れ路があり、ポチは標識に随（したが）ってこれを左に進みました。そして内陸部を回り込みつつ、時計回りに林の中の小径を進むと、忽然と、混凝土を固めた巨大な駐車場があり、ポチはそこに車を停めました。平日であるのにもかかわらず、たくさんの車が停まっていました。そこからは徒歩です。私たちは車を降りました。キューティーも私も初めてのところですから、先ほどと同様でおもしろくてなりませんが、ポチたちはどうなのでしょうか。

駐車場からダラダラ坂を少し上がったところにレストハウスがあるようでした。先ほどと同じようなしょんぼりした感じだと、また、ウンババウンババが、始まってしまうのではないか、それも比較的激しいやつが。と私は心配になりました。けれども大丈夫でした。こんだのレストハウスは平屋建ちではありましたが、先ほどの二階建ちよりも遥かに規模が大きく、また、建築としても凝っていて、巻き貝のような大屋根が印象的でした。なかにはショップ、カフェ、レストラン、美術館などもあるようで、先ほどの二階建ち付近に人影はまったくありませんでしたが、多くの人が楽しそうな顔で出たり入ったりして活況を呈していました。

「うん。やはり真の名勝地はレストハウスからして違うね。あとで少しばかり入ってみることにして、いまはひたすらに名勝地を目指そう」

そう言うとポチは先に立って進み始めました。美徴さんはときおり立ち止まって、スマートホンで草花や風景の写真を撮っておりました。私とキューティーも尻尾をたつかくあげ、足を左右にバタバタさせ首を振り振り進んで行きました。

その姿を見て多くの方が話しかけてきました。その殆どが私とキューティーに対する称賛の声でした。ポチに対する称賛の声は絶無でした。

また、「これは何犬ですか」と訊かれる方も多くおられました。その都度、ポチは無愛想に、「プードル」と答え、脇からこれを補足するように美徴さんが、「元々のプードルはこのサイズだったんです。それを段々に小さくしていったんです」と言いました。

それに対する通行人の反応は様々で、驚く人もあれば深く納得する人もありました。また、連れのものに、「そうそう、そうなんだよ。もってスタンダードプードルと称す」と説明をする物識もおられるのです。

そのうえで人々は私たちをなおも称賛したり、撫でたり、なかには写真を撮ったりする方も多くおられるのですが、私はその称賛を受けることがあまりできません。というのは私の引き綱を専らポチが、キューティーとシードの引き綱を美徴さんが持つのが常なのですが、偏屈なポチは人と話すのが厭で、そうした際も最低限の返事だけして、その場に立ち止まらず、先へ進んでしまうからです。

先へ進んで少し離れたところで立ち止まり、美徴さんだちがひとしきりの話を終えてやってくるのを待つのです。

といってでも私たちが称賛されるのが厭かというと満更でもないらしく、そういうときポチの顔を横目で見上げると、頬がヒクヒクし、鼻がおごめいて、フグが笑ったような得意げな顔をしています。それどころか、私たちを見て称賛をしないで素通りする人があると美徴さんに、

「おい、いまの人はスピンクを見て、なにも言わずに無表情で通り過ぎて行ったが大

丈夫か。情緒障害じゃないのか。或いは、極度の近眼か」

と言うなどします。

さあ、そんなことで立ち止まりながら進んで行くと、先ほどの突端より少し小さい、半円形の突端がありました。同じように急峻な崖の遥か下に海面が光っています。

「同じような突端だが、心配は要らない。なぜなら、ここは最終目的地ではないからだ。ほれ、みなさい。そこに階段がありましょう？　あの階段を降りていくと、そこは真の名勝だ」

とポチが指さす方を見るなれば、なるほど突端の左手に丸木で拵えた階段があり、両側には杭に縄を結んで手すりを拵えてあり、これから降りていこうとする人、下から昇ってくる人がありました。

降りていこうとする人は希望に満ちた顔つきで、下から昇ってくる人の多くは半泣きでした。

つまり汀に降りる道があるということです。

なるほど。突端に欠けているのはこれだったのだな。やはりここまで来た以上、人も犬もそりゃあ、汀に行きたいよ。汀に行けてこその景勝地だよ。

私はそう思って自ら進んで階段に向かいました。引き綱がピンと張って、「おいおい、そんなに引っ張るなよ、スピンク」と、ポチがこぼしました。

「そっちこそ早く来いよ」

私たちは愉快な気持ちで階段を降り始めました。

私たちの東の旅　3

先月の続きを申し上げましょう。汀に行こう。汀に行けてこその景勝地。汀に行けぬとしたらそんなものはクソ地だよ。とそういって私たちが降り始めた階段は急でありました。

といって最初から急であった訳ではありません。最初のうちは踏み面も広く、勾配も急ではありませんでした。そして暫く降りると、左手に建物のあるところで九十度右に折れ、そこから数段降りたあたりから次第に急になり、また狭くなり、そして階段そのものもところどころ腐って崩れ、数段にわたって滅びていて、さらに左に折れたその先は、もはや階段というよりは梯子のような有様でした。そして、そんな滅びた階段の両側は藪でしたが、背の高い草や低木の枝が猛々しく繁茂して行くものの手や顔を情け容赦なく打つのでした。まあ、我々は犬ですから関係ありません。というか、私どもは匂いがあるとそうした藪のなかにもガンガン突き込んでいきます。そして、素晴らしい私どもの巻き毛に葉っぱや草や枯れ枝が垂れ下がって、まるでごみの王のような素晴らしい顔になりますのですが。

なんでしたっけ。なんの話でしたっけ。そうでした。階段が急、という話でした。特に二本脚で立って歩くポチと美徴さんには過酷な、階段、というか最後の方はもはや崖、という話でした。

というとまるで私たちが、奥山のおどろが下も踏みわけてメシある世ぞとメシを喰ひなむ、なんてこないだシードが歌っていた、そんな深山幽谷、誰も人のおらぬようなところを降りているように聞こえますが、そんなことはなく、私たちの後ろから来る人はおりませんでしたが、下からは随分と人が登ってきていました。

そしてその人たちは、確かに息を切らせて、一歩ごとに、ふいっ、ふいっ、ふいっ、などと言っておりましたが、ポチと美徴さんほど難渋はいたしておらず、割と元気よく、はりきって、登っていました。

と言うと、比較的若い、まあせいぜいいっても四十くらいの男性かな、みたいに聞こえますが、実際はそうではなく、その大半は婆、そして一部が爺、で後は幼な子でした。母に抱かれたみどり児もおりました。

そう、急峻ではあるけれども、そんな、みどり児さえも登っているような階段なのです。そんな階段でこんなに難渋している美徴さんとポチというのはよほど足腰の弱い人なのでしょうか。

或いは、あの人たちが、まるでバケモノのように足腰の強い人たちなのでしょうか。四つ足でズイズイ進む、私とキューティーにはなにもわかりませんでした。

或いは、シードがおれば説明をしてくれたのかも知れませんがそのときシードはまだ私どもに参っていませんでした。

と、そんなことで、そんなバケモノめいた婆やなんかが登ってくるときは、狭い階段の折れ曲がって比較的広くなったところや、そんな場所もないときは、藪のなかに身を屈めて彼らをやり過ごしました。

と言うと、なぜそこまで卑屈になるのか。体力がないからといって卑屈になることはないではないか。もちろん、自分ばかりズイズイ通るのはよろしくないが、こういうときは譲り合えばよいのではないか。という考えを抱く方も多いでしょう。

けれどもそれは賢明な判断でした。なぜかというとキューティーが余の者はあまり陥ることのないキューティー独自の精神の状態に陥っていたからです。

かかる状態を私たちは、「キューティーの山バッキョー」と呼んでいます。

どんな状態かと申しますと、我を失ったような状態です。

我を失って、とにかく前へ前へ進もうとします。なぜ前へ進もうとするのか。理由なんてありゃあしません。また、前になにかある訳でもありません。ただ闇雲に前へ前へ、首を下げ、前足で地を引き掻くようにして進んで行くのです。

　耳も聞こえておらないらしく、一旦そうなってしまうと、ポチや美徴さんがいくら声を掛けても、耳をそちらに向けることもありません。首輪が喉に食い込んで随分と苦しいはずですが、そうなると痛みの感覚もなくなるようで、気にする様子もなく、前へ前へ進んで行きます。

　これをなぜ、山バッキョー、というかというと、山の中の城跡に参った際にこの状態に陥ったからです。つまり、山バッキョー、とは、山、発狂、の謂なのです。

　ではそうした山バッキョー、はどんなときに起こるのか、と申しますと、山に限らず、海でも、或いは町中でも、とにかく未知の場所、初めての場所に参るとなるようです。初めての場所に参り、知らない匂いを嗅ぎ、知らないテクスチャーを肉球に感じると、山バッキョーになってしまうのです。

　その根底にあるのは、おそらくは恐怖だと思います。キューティーは私と同じ母から生まれましたが、間もなく離ればなれになって、その後は随分と辛い思いをしたようで、いろんなことが怖くなったようで、私なんかはなんとも思わぬことでワタワタして怯え、いちいち恐慌をきたします。けれども私やなんかと一緒に暮らし、また、やさしい美徴さんや、そういう信頼感・安心感・安定感という意味では、ほとんど役に立たないけれどいないよりは増しなポチと暮らすうち、そうした性質も随分と改良・改善されました。

とはいうものの、知らない場所に来るとやはりそうした恐怖が意識の前面にせり上がって、とにかくここから逃れたい、という恐怖に駆られて、全力で、前へ前へ、進んで行くのではないか、と私はみています。可哀想なことです。

というとキューティーの特殊性と思われがちですが、見ているとポチにも同じ症状が現れる場合が間間あります。

知っている場所。一度入ったことがある店。などでは、ほっ。とか、おっ。とか、よっ。とか言って余裕綽綽のポチですが、これが行ったことのない場所、入ったことのない場所となると、急に怯え、急に警戒、透明の尻尾をブンブンに膨らませて挙動不審、恐怖のあまりぶち切れて過度に居丈高な態度、ことさらに尊大な態度に出て、結果、自滅するというようなことをしているのを私は何度も見たことがあります。

シードは、語学を知らない偉い人が外国に行くと同じような感じになる、と言っていました。

ということで、そうして山バッキョーになっているキューティーの引き綱を持って、あんなに急で、しかも半ばは朽ちた階段を降りるのはどうしたって無理で、なのでポチと美徴さんは頑健な婆をやり過ごしたのでした。

そんなことで私たちは普通の人、といってそれが普通なのかどうかわかりませんが、まあ、他の人たちですね、に比べて、おそらくは随分と時間を掛けて下っていきました。そのせいなのかどうなのか、いつまで経っても汀に到着せず、極度にメンタルが弱く、タクシー乗り場の列が長いだけで死を思うポチなど、「もしかしてこの階段は永遠に続くのではないか。Stairway to Heaven、ならぬ、Stairway to Hell なのではないか」なんてことを口走る始末でしたが、もちろんそんなことはなくて、やがて私たちは汀に至りました。

目の前は海でございました。階段の終着点から、汀までは目測で五十メーターかそこいらあり、ゴツゴツした丸石の浜でした。右手は崖がせり出して狭くなっていて、その縁に藪が裾模様のように茂っておりました。その藪のなかに木道が拵えてあるようで、人間がおごめいているのがみえました。釣り竿を持った人もいるようでした。

左手は反対に崖が湾曲して後退していて小さな湾のようになって、石浜が広くなっておりました。そして特筆すべきは、その左のきわみが極端に長く伸びているという点で、高さ三メートルくらいの岩礁が二百メートルか、いや、もっとかも知れません、五百メートルくらい、海中に伸びておりました。そしてその先端には、ポン、ポン、ポン、と大中小の岩が、海中に伸びる岩の飛沫のやうに三つあり、神々しい景物でありました。

私たちは波打ち際に向かって進みました。

そして石浜の汀には、どこからこんなに人が集まってきたのか、と思うくらいに人が集まっていました。

階段で行き会ったのは頑健な婆と一部、頑強な爺、それに抱かさったみどり児などでしたが、石浜には若い夫婦やカップル、或いはグループ旅行者、中年夫妻、単独行者、など、まさに猫も杓子も、僧も俗も入り交じった、あらゆる階層、あらゆる年齢層の人々が、そうですねぇ、ざっとみたところ、八百か、いや、千二百人くらいは屯（たむろ）していました。

というとなにかの行事が行われていたように思いますが、格別の行事やイベントは開催されておりませんでした。つまりその僧俗男女は特に申し合わせることもなく、また、共通の目的を持って汀に集まったのではなく、それぞれ自発的に汀に参っていたのです。

では、彼らはなにをしに、なんのためにこの汀に集まっていたのでしょうか。

というのはマアいちいち聞いて回った訳ではないので、その本心はわかりませんが、見たところいろいろでした。

申し上げたように、無闇矢鱈とポケットのついたチョッキを着て釣り竿を持ち磯釣りをしている感じの人もおりましたし、車座になってその中央で火を燃やし、動物の肉や蔬菜類を焼いて屯して食し、また麦酒などの缶入り飲料を飲んでいる集団もありました。或いは、一片が一メートルくらいの、彩色が施してあったり、動物やバケモノの画が描いてあるビニール布を敷き込み、四人家族で持参した弁当を食べている者もありました。そんなことは一切しないで、ただ、座って海浜を見つめている人もおりましたし、舞踊の稽古をしている人もあり、また、僧どもは香を焚き、花を撒いて祈禱をいたしておりました。

そして通常であれば、それだけ多くの人が集まっておれば、それぞれ個人としての権利を主張、俺が飯を食っている横でパラパラ踊りを踊るな、とか、俺が瞑想している隣で浄瑠璃の稽古をするな、俺が磯釣りをしている脇で埋立工事をするな、など言い、また、言われた方も、うるさい。俺には浄瑠璃の自由がある、など言い返し、じゃあ、裁判で決着を付けよう、なんて殺伐とした感じになりますし、また、人に向かって花火を打つ人、わざわざ狭い場所でサッカーを始める集団、宗教の勧誘、保険の販売といった迷惑行為に及ぶ人も出てきがちです。

ところがどういうことなのでしょうか。この汀にはそうした人はただのひとりもおらず、みな静かに、この汀の素晴らしい景を楽しんでおられるのです。

同じことをポチも感じたのでしょう。ポチは不思議そうな顔で美徴さんに言いました。

「どういう訳だろうか」

「なにが」

「いや、この汀はなんでこんなにも素晴らしいのだろうか」

と、そう言うポチに美徴さんは不服そうに、「ええええ？」と言いました。

美徴さんはなにが不服だったのか。それは足下の悪さでした。申し上げましたとおり、一帯は砂浜ではなく石浜でした。行けども行けども大小の丸石が積み上がって、歩く際は常にバランスを失わないように留意しなければなりませんでした。そうしないと転倒して頭蓋を強打するなどしてしまうのです。そのうえキューティーの山バッキョーは続いており、キューティーの引き綱を持っている美徴さんは怪我をしないのが不思議なくらいだったのです。美徴さんは意外な反応に訝るポチに重ねて言いました。

「むっさ、歩きにくいんですけど」

「まあな」

と、ポチが言ったのはポチもやはり歩きにくい、と思っていたからです。ポチは独り言のように言いました。

「景は確かに素晴らしい。まさに景だ。これをロケーションなどと蕃語で言う奴がいたら僕はそやつを殴る。それくらいに素晴らしい。けれども、こんなにも歩きにくく、足下がグラグラするのでは、折角の景が玉無しだ。そのあたり、ここに集う多くの人々はどう感じているのだろうか」

そう言って憮然とした様子であたりを見渡したポチは、ややや、と声を挙げました。

「ややや。若しくは、むむむ。こはいかに」

「どうしたの。怖い蟹がいたの？」

「ちゃう、ちゃう。これはどうしたことか、と言っている」

「どうしたの」

「見給え。この素晴らしき汀に集う人々を。誰ひとり、この浜を埋め尽くす丸石に難渋していない。難渋しているのは我々だけだ」

「ほんとだ。みんなスイスイ、まるで空中を滑るように歩いてる。なんで、なんで」

「それは儂の見るところ、あの向こうに見える大中小の三つの大岩によるものじゃ」

「どういうこと？」

「あの大岩には不思議なパワーがあるのじゃ。みよ。多くの人が海中に峰のように連なる岩礁を歩いて行く。そのなかには、まだ少し足下の覚束ぬ者もある。みな、あの三つの大岩に参り、霊験を受け取って帰ってくるのじゃ」

「ほんとかしら」

「本当だ。見たでしょ。あの階段の婆の人間とは思えないパワーを」

「まあね」

「さあ、そうと判ったら疾く参ろう」

「どこへ」

「大岩に決まってるだろう。我々も行って大岩のパワーを受け取るんだよ」

「いやだよ。キューティー連れてあんなとこまで行けないよ」

言われてポチはちょっと困惑しました。

私たちの東の旅　4

　先月の続きを申し上げます。その前に、なんだか話が随分と長くなってきたので、ここらで一度、先月までの粗筋を申し上げましょうか。私たちはポチの運転するクルマに乗って東に向かって出発しました。私は物事を肯定的に捉えます。と、同時に私は新しい場所に出掛けることを好みます。

なので自動車が岐れ路にさしかかる度に、ワクワクします。右に曲がれば以前に行ったことがあるところだが、左には行ったことがない。今日は、きっと左に行くに違いないぞ。ワクワクワクワクワク、ドキドキドキドキ、と、期待しつつ私はクルマの中で立ち上がりソワソワするのです。

　そして、かつて右に行ったときのことを思い出します。私たちは本当にいろんなところに行きました。私は岐れ路にさしかかる度に、そのひとつびとつを思い出すのです。

そしていま思い出しているのは、みんなで行った汀のこと。ポチが提案して行った汀です。

急な階段を降りてようやっとたどり着いた汀は確かに素晴らしい景勝地らしく、多くの人がその素晴らしい景色を楽しんでいました。しかも人々はピースフルで愛に溢れていました。

ポチは自らが主導してやってきた景勝地が素晴らしかった、当たりだった、と喜び、その喜びを美徴さんと分かち合おう、share しようとした。ところが美徴さんはまったく喜んでおらず、むしろ不機嫌でした。なぜでしょうか。その汀は砂浜ではなく大小の丸石で埋め尽くされた石浜で歩きにくいことこのうえなかったからです。しかし、周囲の人々は苦もなく石浜を歩いており、それが左の、海中に長く伸びた岩の隆起の突端の三つの神々しい岩の霊力によるもの、と看破したポチはみなでその突端まで行き、人々のようにその霊力を受け取って、歩き力、を得て、この汀をエンジョイしよう、と提案しますが、美徴さんはその提案をすげなく断りました。

「えええ？　マジい？」

と、ポチは半泣きで言いました。

「マジ」

と、美徴さんは短く答えました。

「そうですか。だめですか」

掠れた声で言ってポチは暫くの間、項垂れていましたが、すぐに頭を上げて言いました。

「じゃあ、こうしよう。とりあえず僕があそこまで行ってくる。そして、岩の霊力を受け取ってくる。そして、その受け取った力を君に分け与える。そうすれば僕も君もみんなと同じように岩のうえを滑るように歩けるはずだ」

「そんなことできるの」

「できますよ。っていうか、いつもやってるじゃない」

「いつ、やってるよ」

「コンビニとかで、君とスピンクたちがクルマで待ってて、僕がファミチキとか買ってきて、君たち、つっても君だけだけど、とにかく分け与えるじゃない。同じことだよ」

「ファミチキとスピリチュアルパワーは同じものなのでしょうか」

「いや、それは違うよ。違うけれども、似たようなことはあってね、例えば、勧請、みたって概念があるんだよ。というかそれは概念ではなくて実際的なことで、分祠、みたまわけ、ということもあって、そうした霊力のようなものは、その根本を分けて他のところに遷すことができるんだよ」

「ファミチキを二つに切る、ってこと」

「ファミチキは一回、忘れてほしいんだけどね。しかしまあ、とにかく行ってくるよ」

「いってらっしゃい」

「うん。いってくる」

そう言ってポチは海中に突き出た岩の連なりの方へよろよろ歩き出しました。私は初めて来る場所の初めての景色と匂いと雰囲気に高揚していました。キューティーはフナムシを気にしていました。

ポチは見るからに頼りない足取りで遠ざかっていき、やがて石浜の先の、岩の連なりに取り付くと、ますます危なっかしい足取りで突端に向かい、やがて見えなくなりました。

ポチはなかなか戻ってきませんでした。私はポチが足を滑らせて海中に没してしまったのではないか。そして、岩場に取り付くことができず、海中でアップアップしているのではないか。そんなことを思って心配になり、座り直して、美徴さんの目を凝と見て、ワン、と太い声で吠えました。

ちょっと様子を見にいってやったらどうだ。と言ったのです。
しかし、美徴さんは、その意味するところを了知せず、スマートホンを弄くってい
ます。そこで、もう一度、ワン、と言い、少し間を置いて、立ち上がり、後ろ足をジ
タジタしながら、ワン、ワン、ワン、ワン、と立て続けに吠えました。
そうしてようやっと美徴さんは目を離し、そして言いました。
「うーるさい」
ショボボボホン。尻尾が一気に下がって、口がアクアクしました。
そのときキューティーが海の方に向かって吠えました。
振り返ると、ポチが石浜をよろよろ歩いていました。私はうれしくなって、また、
ワン、と吠えました。キューティーもポチを呼ぶように、ワンワン、と吠えました。
それを見た美徴さんは、今度は怒らずに、「よかったねぇ、スピンク。ポチ、帰って
きたねぇ」と言いました。
私は美徴さんを見あげ、「よかったね、帰ってきたね」と言いました。キューティ
ーの尻尾が左右にパタパタ揺れていました。私の尻尾も左右にパタパタ揺れているは
ずでした。
「けれども、おかしいですねぇ、スピンク」
と、キューティーが言いました。

「なにがおかしいのかな、キューティー」

「だって、ポチはよろよろしないために あの岩のところに行ったのじゃなかったかしら」

「うん。そう言っていたね」

「でも、さっきよりよろよろしてますよ」

言われてみると確かによろよろで、右に大きく傾いたかと思ったら、こんだ、左に大きく傾いて、かと思うとつんのめって倒れそうになりながらギクシャクギクシャク進んでいます。

「本当ですねぇ。どうしたんだろう。霊力、駄目だったのかな」

「駄目だったんでしょうねぇ」

など話し、それから前足をガジガジ噛んだり、後ろ足で耳を掻いたりして、ようやっとポチが戻ってきました。こうした際、いつも私はポチに、ドンツキ、をいたします。「ひとりでどこへ行ってたんだー。遅かったじゃないかー」という意味を込めて、後ろ足で立ち上がり、前足でポチの腹のあたりをドーンと突くのです。

なぜそんなことをするかというと、そうすると愉快だからですが、ただでさえ石浜で足下が悪いうえに、戻ってくるポチの足取りがいっそう覚束なく見えたので、今回は自粛して、ただ、ポチの手の甲にそっと鼻を押しつけるにとどめました。

と、そういう具合に気を遣わなければならないくらいによろよろしていた主人・ポチでしたが、意外にもその口調は元気いっぱいで、「おい、スピンク。おはーん。おろろろろ」とか言いながら屈み込んで私の首を抱き、脇にいたキューティーの頭もしゃくしゃして、そしてまた、スク、と、まるで元気な人のように腰を伸ばし、美徴さんに言いました。

「いや、突端、すっげぇ、いい感じだったよ」

「どんな風にいい感じだったの」

「まるで突端のようにいい感じだった」

「比喩になってねぇし」

「まあ、そうなんだけどね」

「それで？　どうだったの」

「なにが」

「なにが、って霊力よ。大岩の霊力を受け取るために突端まで行ったんでしょ。受け取ったの？　霊力」

「おおおおっ、その話か。それは、途轍もなく難しい話でね。私はそこに行ったものだけが大岩を拝むことができる岩の連なりの突端まで参りました。二町ほどありましたかね。と言うと、二町なんてすぐそこじゃない、てなものですが、そりゃあ、平地でのことで、あんな、岩の連なりを二町もいくってなあ、並大抵のことではない。何度も死にかけましたし、もう、こんなことはやめて、石浜に戻ろう。それが家族の幸福につながる、と思いました。けれども、みんなに霊力を伝えたい、霊力を伝えて、他の人たちと同じようにスイスイ歩かせてあげたい。そのためだったら死んだってかまわない。この身を捧げたってかまわない。その一心で僕はねぇ、進んでいったんだよ。そしたらそのとき頭の中で突然、ドーン、ドーン、ドーン、と太鼓の音が鳴って、それから、カーン、カーン、カーン、と鉦(かね)の音が鳴って、頭のなかに花が降って、般若心経がサラウンドで鳴り響いたんだ。それに勇気を得て僕は進んだ。そして、突端に至ったんだよ。そしたらおまえ、前方に見えるんだよ。なにが、って大岩に決まってるだろうが。その大岩の神々しさったらありゃあしない。僕は思わず知らず頭(こうべ)を垂れていました。いやさ、その場に土下座してました。そして祈った。南無八幡大菩薩。我に七難八苦を与えたまえ。そして、ここにいる嬰児から老人にいたるまで、みなが持っている石浜や坂道をツイツイ歩く力を我と我の家族に与えたまえ。よろしくお願いします、とね」

「そしたらどうなったの」

「結論から言うと貰えなかった」

「なんで。祈り方が間違ってたの？」

「いや、そういう訳ではないと思うんだよ。ただそのあたりでは瀆神(とくしん)の行為が甚だしくてね」

「なに、瀆神って」

「神様を冒瀆するような行為だよ。あの大岩の近くではねぇ、小児がジャアジャア小便をしていたり、若いカップルが不埒な行為に及んでいたり、馬肉を食べたり、鳩の死骸を持ち歩いたりする者もあったんだ」

「そうするとどうなるの」

「それが祈りに対するジャミングっていうのかな、妨害電波のような役割を果たして、僕の祈りが神に届きにくくなっていたんだよ。それに神だってねぇ、神聖な場所でそんなことされたら気分悪いじゃない。誰が霊力なんか分けてやるか、と思うでしょ」

「けど、あなたが瀆神した訳じゃないんでしょ。神のくせにそんなこともわからないの？」

「もちろん、それはわかっておらっしゃるさ。けれどももっと切実な問題があったんだよ」

「なに」

「売り切れですよ」

「どういうこと」

「つまり、ほら、普通はここにはこんなに人が来ないはずだ。今日はこんなにたくさんの人が来てる。これはおそらく地上波の、大にっぽんアバズレゆるり旅、といったような番組で紹介されたのではないか、と僕は思うんだけれども、そうやって多くの人が訪れたものだから、僕が行った時点で、既に霊力がなくなっちゃってた、つまり、売り切れた、と、こういう訳さ」

「神様に売り切れなんてあるの。神様って全知全能じゃないの」

「いや、それはユダヤ教のような一神教の場合であって、私たちの神様っていうのはもっと人間くさいものさ。例えば……」

と、そう言って両の手を大きく広げて、一歩踏み出そうとしたポチは、バランスを失って転倒し、向こう臑を石にぶつけて、「あたたたたたたた」と声を挙げ、暫くの間、うずくまって項垂れていましたが、やがて顔を上げて、「大変なことになってしまった」と独り言のように言いました。

「なにが大変なことになったの」

「いま、僕は転んだよねぇ。それも結構不自然な感じで」

確かにポチの転倒ぶりは不自然でした。ポチは続けて言いました。

「その場の勢いで僕は、神様に我に七難八苦を与えたまえ、と言ってしまった。僕としては慣用句というか枕詞というか、そういうつもりで言ったのであって、あくまで本来のお願いは、ツイツイ歩けること、だったのが、そっちは売り切れで叶えてもらえず、代わりに、という訳ではないだろうが、七難八苦の方が実現してしまったんだよ。ああ、なんてこった！」

と、ポチは天を仰ぎましたが、私たちはこれを深刻に受け止めませんでした。なぜならポチはそれを半笑いで言っていたからです。

そうです。ポチは、自分の判断で石浜に来て、そこが歩きにくかったことの責任を免れるために、あんなことを言い、最後はわざと転倒して七難八苦などと大袈裟なことを言い、戯談（じょうだん）にしてしまおうとしたのです。

でもおかしいですねぇ。嬰児も老爺もツイツイ石浜を歩いていたのはどういうことでしょうか。それは特にその人たちが健脚であったのではなく、毎日、家に籠もってまったく身体を動かさないポチの足が老人よりも弱っており、さほどでもない美徴さんも山バッキョーで猛烈に引き綱を引っ張るキューティーを連れているため普通に歩けない、ということに過ぎなかったのです。

でも本当にそうだったのか。確かに石浜で人間には歩きにくかったかもしれないけれども、あの素晴らしい、平和な汀にはあのとき本当に不思議の力が働いてたのではなかっただろうか、といまは思っています。いまは、思って、ワン、います。

私たちの東の旅　5

自動車という乗り物に乗って私どもは素晴らしい速力でグングン東へ進んでいます。私たち犬は人間と比べて脚がうんと速いですが、こんなに速く、しかも長時間、走ることはできません。

　これを運転するのは主人・ポチで、以前、私はその隣の席に、座り、の姿勢をとり、一瞬で眼前に迫り来て忽(たちま)ちにして後方へ飛び去る景色を眺めるのが好きでした。

　そうしていると、まるで自分がこの素晴らしい速度で走っているような気分になり、また、自分こそがこの速力の根拠で、自分が橇犬(そりいぬ)のようにこの乗り物を引っ張ってみんなを運んでいるのだ、とも思えてきて、とても気持ちがよかったからです。

　けれどもこれは、万が一の事故の際にきわめて危険である、という理由で禁止され、私はキューティーだちと一緒に後部座席に座るようになりました。けれども私はいまでも機会があれば前の席に座りたいものだ、と思っていて、何度かは勝手に前の席に乗り込むなどしているのですが、その都度、美徴さんに叱られており、残念なことだと思っとります。

それ以外に自動車のことで残念に思うのは窓硝子のことです。

私が当家に参って以来、主人は何度か自動車を買い換えましたが、私が参った頃にポチが乗っていた自動車の窓硝子はすべて透明の窓硝子でした。ということはどういうことかというと、中に乗っている私たちが外からよく見えるということで、私は多くの人の注目を浴びました。

笑いかける人、手を振る人、なぜか爆笑する人、呆然として口を開く人。なかでも多いのは私を指さし、隣に居る人に慌ててなにかを話しかける人でした。その多くは、「ねぇねぇ、見て見て、あの犬」などと言っているようでした。

そうです。多くの人が私たちを見て喜んでいたのです。

渋滞をしている際などはさらで、反対方向から来る車の、一向にはかが行かぬ道中に不機嫌顔だった運転手さんが、私どもを見るなり急にニコニコするなどして、対向車線に蟠る車に乗る人々の注目を浴びて、私たちはさながら渋滞のアイドルでした。

私には自己顕示欲があるのでしょうか、私はそれが得意でならなかったのですが、次にポチが買った自動車の後部座席の窓硝子に、そしてその次にポチが買った自動車の後部座席の窓硝子にも、予め黒い膜のようなものが貼ってあり、外から中が見えないようになっていました。

これによって私は多くの人の注目を浴びることができなくなってしまいました。残念なことだと思っとります。

それでも前の席に座ることができれば人の注目を浴びることができますが、それは前述の理由によって禁止されていてできません。

では窓を大きく開ければどうでしょうか。もちろん、そうすれば注目を浴びることができますが、これも危険なことで、なぜなら自動車が曲がり角を曲がるとき、その曲がるのと反対の方向に身体が動いてしまい、そのとき窓が閉まっていれば窓に押しつけられるだけで済みますが、窓が開いていると、その力によって窓の外に放り出されてしまう可能性があるからです。

また、私たち犬は、気に入った犬、或いは、気に入らぬ犬などを見つけた場合、或いは、動くもの、猫やなんかを見つけた場合、頭に血が上って理性を失い、そのもの目がけて一散に駆け出す、という性癖があります。

窓を全開にした自動車に乗っているときにそうした状態になったらどうなるでしょうか。それについては、言わぬが花でしょう。

なので時折、窓を全開にした助手席から犬が大きく身を乗り出して得意そうにしているのを見かけますが、あれは実は大変に危険な行為なのです。そういうことを人一倍したい質の私が言うのですから間違いありません。
実際の話、事故も多く起きているようで、御愛犬のことを考えるのであればよしたほうがおよろしいですよ、と老婆心ながら一言申し添えておく次第でございます。
という訳で私たちは霊的な力を受け取った人々が遊ぶ岬にいたる岐れ路を通り過ぎて東進しました。そして、また岐れ路にさしかかります。その岐れ路の先にもまた岐れ路があり、そのそれぞれの先に懐かしい思い出があります。そのひとつひとつについて私は詳しく申し上げたいのですが、私たちにとっての素晴らしい思い出も、皆様方にとってはありふれた退屈なことかも知れません。

私は自重自忍することを知っているプードルです。なのでここから先の岐れ路とその先に行ったときのことは簡明に申し上げることにいたしましょう。

その先の古戦場の脇を通り抜けた先の岐れ路は高き道と低き道でした。もちろん、私たちはどちらの道にも参ったことがあります。高き道と低き道のどちらのことから話しましょうか。低き道のことを話しましょうか。

低き道を行ったとき、私たちは海岸沿いを暫く行き、漁港の脇を通り過ぎて進みました。その先にも岐れ路があります。山に入る細道と町中に進む道です。町中に進んだとき私たちはどうしたでしょうか。この町中には実は何度も行ったことがあります。

町中に行くとポチはまず駐車場に自動車を停めます。岬でもそうでしたが人間は自動車というものをそこいらに停められません。必ず、駐車場、というところに停めなくてはなりません。

この町中に初めて行ったとき、に限らず、初めての場所に行く際、ポチはいつもこの件について非常に神経質になります。

思い詰めたような顔をして地図を検索、駐車場の位置を何度も何度も確認し、そのうえで道中でも青ざめてブルブル震え、美徴さんがなにか言っても、私が耳を舐めても上の空です。

つまりそれくらいに駐車場の心配をしているのです。また、初めての場所が苦手なのです。なので最初のうちはポチの心に余裕がなく、参っても、私たちを駐車場に残したまま、ポチひとりが出掛けていって、ポチが戻ったらほんの少しだけ近隣を歩いて帰るのが常で残念なことでした。

しかし、何度か行くうちにポチもだんだん慣れてきて必要以上に怯えることもなくなって、小高い山の上のお城やなんかにも、ポチは喜んで行くようになりました。というと、どっちが犬だかわかりません。残念なことだと思っとります。

では、山に入る細道を行った場合はどうだったでしょうか。あのときはみかん畑の間の山道をズンズン登っていきました。視界の開けた気持ちのよい道でした。夏の、きわめて暑い日でした。そしてそこは山の中腹だったのでしょうか、或いは、山頂近くだったのでしょうか、道が平坦になってその左に広い、整備された駐車場があって、ポチはそこに入りごんで車を停めました。その駐車場の脇の、一段高くなった広場のようなところには草花がそれらしく植わったテラスがあり、その向こうにはメルヘン的な建物もあったのですが、ポチはそこには向かわず、私たちを連れて道路の向こう側の、杉の木が生えた薄暗い斜面にとりつきました。

というと、ポチが変奇な行動をとったように聞こえますがそうではなく、それはたいへん理に適った行動でした。

というのはさっきも言うように酷烈な太陽の照りつける夏の午後です。汗腺というものがなく、体温調節があまりできない私たちが遮るもののない舗装された道路を歩くのは破滅への一本道です。

だからポチは杉木立のなかに入っていったのです。

しかもそこはただの杉木立ではなく、木の階段や遊歩道が整備されて、一帯が、半ばは公園のようになった杉木立の斜面でした。というか斜面を登り切ると広い芝生の広場になっていました。

なんでそんな風に整備してあるかというと、なんでも昔、ここにはお城があって、そのお城があった昔を偲(しの)んで、或いは記憶するために人々はこの場所を公園にしたのだそうです。

なので道は登山のような一本道ではなく、あちこち回遊できるようになっていて風景がその都度、変化し、いろんな未知の匂いもあって、もちろん涼しいし、私たちは楽しく歩き回り、随意に用便もして楽しい時間を過ごしました。しかし、途中からスズメバチがブンブン飛び回っていることに気がついたポチが、「恐ろしくてならないから戻ろう」と言って車に戻りました。ポチが冷たい水を買ってきて車の後ろのハッチを開けて飲ませてくれたのをいまでも記憶しています。

低き道の中途の漁港に参ったこともあります。

あれはポチが例の町中に進む道に参る中途のことでした。主人・ポチが美徴さんに、「漁港近くには新鮮な魚類を調味して安価に提供する店が蝟集(いしゅう)して多くの客を集めているが、そのなかにはスピンクだちも一緒に入ることができる店があるらしと聞く。どうだ、行って見ぬか」と言いました。美徴さんは答えました。「諾」と。それで行ったのですが(駐車場の位置は以前、ポチが徒歩で訪ねた際に確認済みでした)、さあ、その店がなかなか見つかりません。あっちで尋ね、こっちで聞き、ようやっと探し当てて行くと、その店は定休日でした。人気のない店の前にしょんぼり立って、しょうがない、行きましょう。と言った美徴さんは、悲しいような寂しいような顔をしていました。ポチは、ふぬけ同然でした。私はなんにも気にしていませんでした。ただ、美徴さんとポチが可哀想で残念なことでした。

さあ、では高き道を行ったときはどうだったでしょうか。

高き道にも幾つもの岐れ路があります。

まず最初の岐れ路を右に行ったときどうだったでしょうか。右の道は、それまでも海沿いの道でしたが、それからもずっと海の道で、走っているといつも、太陽の色が濃くなってくるような気がしました。その先ではいろんなことがあって詳述していると切りがないので、思い出すままに申し上げると、島のようなところに参りました。小さなドッグランには何度も参り、知り人と遊んだり、訓練をいたすなどいたしました。館に一泊したこともございます。知り人の家に参って当家に参ったばかりのシードを洗って貰ったこともあります。知り人の家に参ってウッドテラスで総菜を食したこともあります。あるとき、その岐れ路の先の浜の近くを歩いているとポチが突然に立ち止まり道沿いの、住宅街のなかにそこだけぽっかりと黒い穴が開いたような暗い森をじっと眺めて、ああん、とか、ううむ、とか呻くものですから不審に思った美徴さんが、どうしたの、と問うとポチは傍らの札を読み上げつつ陰気な口調で何事かを言いました。私にはその意味するところがよく理解できなかったのですが、何百年も前、ここで多くの人が死んだ、ということのようでした。

さっきの低き道の城の跡のこともそうですが、ポチは何百年も前になにかがあった場所が非常に好きなようです。

という訳でそうして右の海沿いの高き道には言い尽くせぬほどの思い出があるのですが、それでは左の道はどんなでしょうか。左の高き道は山沿いのです。そしてこちらにはもっとたくさんの思い出があります。

簡明に申し上げて参りましょう。まず、高き道を行ってじっきに低き道に降りたことがあります。まだ若い頃でシードはまだ参っておらなかったように思います。あの頃は車の窓もまだ透明で私は得意の絶頂でした。

低き道に降り、町中のような一本道のようなところを行き、行く手にそびえる屏風のような山々の山裾にぶつかって左に降り、また別の町中のようなところをグニグニ進んで、山裾に取り付き、少し登ったところの駐車場にポチは自動車を停めました。それまでの間、ポチは半ば錯乱したような状態でした。たくさんの桜の花が咲いていました。

そこからは徒歩で斜面の菜の花畑を歩きました。視界が常に開けていて私は風の匂いを存分に嗅いで、その間、ずっとたのしい気分でした。いろんな売店や出店のようなものも出ていて、ポチはドウミョウジと呼ばれるなにかと桜餅を買って帰りました。

それからこれは最近のことでシードもおり、車の窓も黒膜で覆われていましたが、やはり同じ低き道を行き、山裾にぶつかってこんだ右に参ったこともあります。

このときは右に参り谷川沿いの山峡のようなところを行き、暫く行って右に曲がってさらに山襞（やまひだ）のようなところに入ってグングン登り、昇りつめたところでこんだ、グングン下り、その下り道の中途で左手の渓間に降りていくと、谷にへばりつくように聚落（しゅうらく）があって、その聚落の突き当たりのようなところにある広いドッグランに参りました。このとき私は美徴さんとアジリティーの練習をいたしたのです。途中までは真面目にやりましたが、段々に飽いて終いの方はふざけながらやりました。ポチはその間、だらけきっていました。夏でしたが、山間の渓間なので日が射さず、ずっと涼しくてよいところでした。帰りは高き道にいたる道の途中でスーパーマーケットなどが合体した複合施設のようなところに寄り、ポチがかゆみ止めと清酒を買ってきたのをいまでもアリアリと覚えています。そのときポチは言いました。

「ここの肉は近所のスーパーの売り場の肉よりモノがええし、安い。けど、ここまでいちいち肉、買いに来られへんよな」

ああ、私たちはなんとたくさんのところに行ったのでしょうか。そしてなんとたくさんの岐れ路と思い出があるのでしょうか。

私は今月で八歳になります。八年の間にこんなにたくさんのところに私たちは参ったのです。私たちは参りました。そのすべてを申し上げることは、おほほ、できません。これからもいろんなところに参る訳ですし。

私たちの東の旅　6

先日来、私どもが八年のうちに参ったいろいろなところをご紹介して参ったわけですが、思い出がありすぎてなかなかはかがいきません。或いは八年のうちに主人・ポチの回りくどい言葉遣いがうつってしまったのかも知れません。シード曰く、「犬はその飼い主に限りなく似る」のだそうです。

そこでときを現在に戻していま私たちがどこに参っているかを実況中継風に申し上げましょう。

けれども、現在を語るためにはどうしても過去を語らなければなりません。なぜなら現在は現在としてポンとここにあるのではなく、必ず過去に繋がってあるからです。

といってご安心ください。「初めまして。犬のスピンクです」というところから始めるわけではありません。ちょっと前、時間にしたら二時間かそこらの過去の話です。

私たちはいろんな岐れ路にさしかかり、その都度、ひとつの方向を選んで進み、なんだか平たい土地にいたりました。そしてその平たい土地を縦に貫く道を進んで公園に参りました。かなり広く、また、設備の充実した公園で、多くの犬を連れた方がおらっしゃって、そんな方々の犬と交流し、また、楽しく用便をいたしました。公園には野外ステージがあり、フォークソングフェスティバルが開催されておりました。

なぜ、それがフォークソングフェスティバルとわかったかというと、舞台の後ろの壁にマヂックインキで、「フォークソングフェスティバル」と書いた紙が貼ってあったからです。舞台上では若干名の男女がギターといって糸を何本も張った板をかき鳴らして節付けのようなことをしており、私たちはおもしろくこれを眺めました。

それからまた車に乗って平たい土地を走り、私たちは大きなショッピングモールのようなところにいたりました。本当に大きなショッピングモールで駐車場だけでもひとつの町くらいな大きさがあり、また、その構内通路は平面部と立体部を複雑な形に縫い合わせる縫い目のようで、矢印に随（したが）って走行するうち、思いもよらぬところに誘導されてしまうなどして、初めてここにくるらしいポチは狂気して、パニックに陥った子犬のようになっていました。

なんとか車を停めて向かった先には大きなスーパーマーケットがあり、多くの人が出入りしていました。美徴さんがスーパーマーケットに入っていき、ポチと私とキューティーとシードは入り口付近で待っておりました。

なぜかというと以前にも申し上げたことがありますが私たち犬はスーパーマーケットに入ることを禁じられているからです。なので、私はスーパーマーケットの内部がどうなっているか知らず、想像するより他ありません。

おそらく釘を打った板のような物が幾つも立ててあり、そこに白いヘナヘナ袋がぶら下げてある。ヘナヘナ袋のなかにはハンペンや牛乳、そら豆といったようなものが夫夫入れてあり、各自が気に入った袋を取り、釘に紙幣を突き刺し、一階のサービスカウンターで引換券かなにかを貰って出てくるのでしょう。

店内には節付けされた案内放送が常に流れ、人々はその案内放送によって袋の中身を知ることができるのです。また、火曜日と水曜日は、特設市といって、特大の五寸釘に鰹一尾、丸鶏などが刺してあったりして、人気の市となって多くの人が詰めかけるため駐車場はいつも混雑していますよね。板と板の間の通路には人々が憩うためのマッサージチェアーやぶら下がり健康器なども配備してあり、その脇ではイタコの方が口寄せをしてくれるコーナーもあります。似顔絵描きや太神楽、ジャグラーなどもおり、これらはすべて無償で楽しむことができます。フロアーの東西には蓮の台と血の池地獄を再現したコーナーがあり、北側には富士山と三保の松原のペンキ絵、南側には人工渚が拵えてあり、海水浴を楽しむこともできるのです。

或いはぜんぜん違っているのかも知れません。しかし、そんなに外れているわけでもないように思います。嘘か本当か知りませんがシードはスーパーマーケットに入ったことがあるそうです。どんなだったかはいくら聞いても教えてくれませんでした。ただ、「手当たり次第に食ってやったさ」と言って得意そうにしていました。

そんなスーパーマーケットに入っていった美徴さんは私たちを待たせているという意識が働いたのでしょう、比較的早く出てきました。手に紙袋を提げていました。

「買えた？」

「うん。買えた」

ポチと美徴さんは短い会話を交わし、それから駐車場とスーパーマーケットの間の道を進んで行きました。

十七メートルくらい行った左側にアーチのようなものがあり、その先に広場の如きがありました。広場からは機械によって奇妙に歪んだ女の人の甲高い声が聞こえてきました。広場を取り囲むように屋台店が並んでおりました。そして、多くの犬と人がそぞろ歩いていました。広場の真ン中には細長いゲートのようなものが設置してあって、その手前側に数人の関係者然とした人がおりました。細長いゲートの向こう側にも関係者然とした人がおり、マイクを持った女の人もそこにおりました。細長い顔の女の人で、その人はスタッフ然とはしているのですが、ほかのスタッフ然とした人たちとはやや違った方向性でスタッフ然としていました。

そこでいったいなにが行われていたのかというと、もうおわかりでしょう、そう、そこではドッグイベントというやつが行われており、その情報をどこかで得たポチはそのイベントに参加すべく、はるばる車を駆ってやってきたのです。ところが。

ここでポチは奇妙な行動をとりました。

というのはこうした際、普段のポチであれば、なにかというと主人風を吹かせ、こういう場所で銘々、勝手な行動をとるのは許さぬ。一家の主である私が全体の状況を把握したる後、方針を策定する。それまでは動いてはならぬ、という態度をとります。お話ししたなかで言えば、魔法の汀に参った際などがそうでしたよね。

しかし、ポチはなんだか腰が引けた感じで、病院の診察室に入るのが嫌で、できたら私のことは忘れてください、といった感じで気配を消している犬、のように気配を消しています。

いったいどうしたことか、と思っていると、美徴さんが手に持っていたキューティーとシードのリードをポチに手渡すと前に進み出てスタッフ然とした人と話をし、それから、手に持っていた紙袋を手渡しました。ポチはその間もジワジワと後ろに下がっていき、また、会場に音楽が鳴っていることも相俟って、美徴さんとスタッフ然とした人がなにを話しているのかよく聞こえません。そして相変わらずポチは怯えたように後ろにジリジリ下がっていきます。

いったいこれからどうなるのだろうか。注視していると、驚くべきことが起きました。スタッフ然とした人と話していた美徴さんが、なんということでしょう、スタッフ然とし始めたのです。これはなにを意味するのでしょうか。どんどん後退していくポチを尻目に殺してキューティー、シードと議論した結果、以下のような結論が出ました。

おそらく美徴さんはこのイベントの関係者と知り合いです。そして、イベントのスタッフとしての手伝いを頼まれていたのです。手渡した紙袋にはおそらく菓子、というか、匂いからして間違いなくシフォンケーキが入っていて、美徴さんはそれを差し入れとして持参したのです。

ではなぜポチは病院に連れてこられた犬のように怯え、ジリジリと後退していくのでしょうか。それはポチが大会の関係者と知り合いではないからでしょう。

もちろん、関係者と知り合いでなくとも美徴さんが知り合いなのですから、快活に挨拶をして実りある関係を築いていく、ということもできます。けれども御存知のようにポチはそのような人間ではありません。

ドッグランに行くと、入り口の時点で既に半泣きになって怯え、追い詰められた挙げ句に発狂、誰彼かまわず嚙みかかってくか、或いは、恐怖のあまり小便を垂れ流しながら腹を出し、大型犬に嚙まれまくって半死半生になっている変な犬をときおり見かけますが、ちょうどあんな感じです。

普通に尻の臭いを嗅ぎ、嗅がれるなど挨拶をすればそれで済む話なのですが、どういう訳かそんな簡単なことができず、こんな風に怯えてジリジリ後退していっているのです。

という訳で、美徴さんはスタッフと化し、ポチはジリジリ後退した訳ですが、そうして充分に後退し、スタッフ然とした人たちの視界から出た瞬間、それまで、この世に身の置き所のない人のようにモジモジしていたポチは急に元気を取り戻し、「さあて」と呟きました。

「さあて。なにかを商っているようだが、なにを商っておるのかな。ひとつ見分して、気に入ったものがあれば、幸いにして懐は潤沢、八千円くらいはあるはずだから購入してみようじゃあーりませんか。というのが浜裕二のギャグであることをここに居る殆どの人は知らない」

そんなよしなしごとを言ってみんなで店を見て回りました。

犬の衣服や首輪を売っている店がありました。犬の食事を売っている店がありました。犬のマッサージのようなことをしている店がありました。というと、犬の店ばかりのようですが、自動車を改造、屋台店のような形にしてライスカレーやケバブーのような食物を売っている店があり、かつまた、人間用のアロハシャツやサンダル、アクセサリーやシールなどを売っている店もありました。さらに申し上げまするとな、んと、自動車を売っている店もありました。会場の一角に自動車を二台並べ、その周囲に美女や剽悍な男を配し、自動車を展示即売しているのです。

なかなかによい感じなので、その真ン前で用便をしたいような気持ちになりましたが、生憎と先ほど済ませたばかりで用便はできず残念なことでした。ちなみに申し上げますと私は六本木に参った際は、けやき坂の輸入船載の品々を扱う某店の前で用便をすることが多いです。こうみえて私は用便についてはけっこうセレブな犬なのです。

ポチは半泣きのような半笑いのような顔をして美人と自動車を暫くの間、眺めていました。

したところ向こうの方からゴールデンレトリバーが歩いてきました。

飼い主は猫背の男で縦縞の上衣を着ていました。

牡のゴールデンレトリバーでした。まだ、若いようで私をみるなり、姿勢を低くして前足で地面を掘るようにして私に近づいてきて、その姿は、私と遊びたい、私と挨拶したい、と全身で言っているようでした。

私は常々、人、ことに若い者には優しく接してやりたい、と思っています。こうみえて私はけっこう善人なのです。そこで私は彼の気持ちに応えるべく、私自身も姿勢を低くして地面を掘るようにして彼に近づいていき、それだけでは自分から姿勢を低くしてくれた彼の気持ちに応えきれていないような気がしたので、彼の目の前で、ビョンカー、と縦に跳びました。

その直後のことです。ゴールデンレトリバーの飼い主の男が冷然とした口調で、

「なんだ、このバカ犬は」

と言いました。

完全な誤解です。私はバカ犬ではありません。私は彼の飼い犬に付き合ってそんなことをしたのです。なので、どちらがバカ犬かと言えば、むしろ彼の犬の方がバカ犬です。まったくもってなんという人でしょうか。こういう際、やはり頼りになるのは飼い主です。莫迦（ばか）なことを言うな。私の犬は君の犬に付き合ったまでだ。バカ犬はおまえの犬だ。いや、違う。犬は普通に挨拶しようと思っただけだ。それがわからぬおまえがバカなのだ。死ねや。とはっきりと言う。それが飼い主です。

そう思って私は期待に満ちた眼差しで主人・ポチを見上げました。したところ、なんたることとだりましょう。主人は言いました。

「こら、スピンク、やめろ」

と。

そのとき、会場に、「ただいまから、待てコンテスト、を開始します。みなさま奮ってエントリーしてください」というキンキン声が響きました。

私は、おほほ。と思いました。

待てコンテスト。どういうことかと申しますと、座った状態で、待て・STAY、をして最後まで動かなかった者が優勝、というきわめて単純なゲームですが、多くの犬が会場のざわついた雰囲気や多くの匂い、飛来する鳩、飼い主と遠く離れていることに対する寂しみ、などに気をとられ、心を乱されてつい尻を浮かせてしまい、初志を貫徹できないという奥深いゲームでもあります。

けれどもそんなもの、私にしたら、ああよい茶の子、朝茶の子。です。私はポチの脳を開いて言いました。

「おい、ポチ」

「なんだよ、スピンク」

「やろうよ」

「なにを？」

「待て大会にエントリーしようよ」

「マジ？」

「マジ」

「じゃあ、まあ、やってみるか」

おほほ。甘いものです。主人は私が脳を開いて本気で言えば大抵のことは聞いてくれます。ポチは私たちを引いて、そこで待て大会をやるらしい、会場の真ン中の柵で囲ったあたりに向かっていきました。結果については、おほほ。長くなりましたので来月あたりに申し上げることにいたしましょう。ごめんください。お元気で。

私たちの東の旅　最終

雨が降っています。私は先月の続きを申し上げましょう。

突如として始まった、待て大会にエントリーする、というお話です。なぜエントリーするかというと、これも先月、申し上げた通りで、ゴールデンレトリバーの莫迦な飼い主にバカ犬と罵られ、その蒙を啓いて差し上げようと考えたからです。

もちろん、ステイ・待て、が長くできるから賢いというわけではないのは、受験勉強でよい成績を取る人が必ずしも賢いわけではないのと同じです。

だからといって私の本当の賢さ、例えば深く思考するあまり用便場所の設定を屢、誤ってしまうとか、主人の脳を通じてのことなので偏りはあるのだけれども人間のする文学とやらを少しばかり知っている、といった賢さを伝えても、あのバカ飼い主には伝わらないでしょう。

なのでここは、私などには笑止千万なのですが、待て大会に出て優勝し、あの男をして、

「おっ。あの犬。なかなかやるやん。もしかして俺の犬より賢い？　っていうか、俺の犬、アホ？　っていうか、俺、アホ？　うわー、恥ずかしいー。顔面が火炎放射器みたいになってるわ。横になって炒め物でも作ろうかしらん」

と思わしむるにしくはない、とこう考えたわけです。

さ、そういう訳でポチはキューティーとシードの引き綱を柵の入り口のところでスタッフ然としていた美徴さんに預け、私とともに柵のなかに入りました。柵は樹脂でできていて緑色でした。簡便に設置でき、また撤去できる、こうしたイベントなどに打って付けの柵だなあ、と私は思っていました。

私は柵を見てもこうした深い思考ができる犬なのです。バカ犬であるはずがありません。さっきのゴールデン君だったらどうでしょうか。「おほっ、おほっ、前に進もうとすれどもなにかにぶつかって前に行けぬぞ。おほっ、おほっ。なんでだろう。あばゃあ」と思うだけでしょう。

そしてマイクを持った女の人がルールの説明を始めました。

ルールはきわめて単純で、柵に囲まれた一角で飼い主がまず自分の犬を座らせ、その状態で、待て、または、ステイ、と声を掛けます。そのうえで、我慢できずに犬が

動いてしまった場合は飼い主が引き綱を持って柵際に退き、最後の一頭になるまで会場に残ることができた犬が優勝、という訳です。

約二十頭の犬がエントリーしていました。大型犬は私と、もう一頭、ゴールデン（残念ながらさっきのとは別の方でした）がいたくらいで、殆どが小型犬でした。もっとも多いのはダックスフント、次にチワワが多く、私をそっくりそのまま小型化したようなトイプードルもけっこうおりました。

こんなことを言うのもなにですが、この時点でもうブルブル震えていたり、敵意剝き出しで低く唸っていたり、甚だしきにいたっては他犬に嚙みかかっている犬もいて、私は優勝を確信しました。いくらなんでもこの方たちに私、ポチと文学を語り、人類の行く末に思いを馳せ、四季を愛でる感覚を有し、ときには句会を開きたいような気持ちにもなる私が負けるわけがない、と思ったのです。

しかし同時に、この油断がいかぬのだ、とも思いました。獅子は兎を狩るにも全力を尽くす、と言います。ある日、ポチは全力で蚊を叩きつぶそうとして失敗しました。

そしてこの犬たちすべてが兎、若しくは蚊であるわけではなく、もしかしたらなかに獅子が混ざっていないとは言えません。それが証拠に、よくよく周囲を観察すると、周囲のざわつきにまったく動じず、耳に風を感じ鼻に花を感ず、といった風情で、泰然自若としてスクと立つ犬もいました。

ああいう奴が意外にやるのかも。やりにけるかも。そんなことを思って身体と精神を引き締めているうち、ルールの説明を終えた司会の女性が、「それではワンちゃんを座らせてください」と言いました。はは、僕はワンちゃんか。と思っていると、ポチが全力で私の目を見て、「スピンク、すわっ」と言いました。

というと、危急の際に、すわ・すわこそ、という、すわ、のように聞こえますが、そうではなく、これは私と主人・ポチで決めた、座れ・ステイ、のコマンドです。

なぜそうなったかというと、お、という接頭語を嫌う私の言語の感覚がポチに伝染したからで、一般的な、「お座り」という言い方から、お、を省いた言い方なのです。ならば、すわり、になるはずですが、この世のすべての物事にはそれにふさわしい固有の文字数というものがあります。例えば米は平仮名または片仮名五文字で表されるべきで、コシヒカリ、ササニシキ、みんなそうですね。逆に言うと、五文字であれば、ヨメイジメ、ホメゴロシ、ツラヨゴシ、といった、意味としてはネガティヴな言葉も、なんとなくそれ風に聞こえてしまうのです。

ということはどういうことかというと意味よりもその物または事にふさわしい固有の文字数、もっというと、拍数、拍子の方が大事だ、ということで、そういう意味で言うと、犬を座らせるためのコマンドにもっともふさわしいのは二文字ということにどうしてもなってしまうのです。

そこで私たちは、すわり、の、り、を省いて、すわっ、ということにしたのです。しかしはっきり言ってこれは趣味の問題で、ポチと脳が通じてしまっている私はポチと目が合った瞬間、なにを言おうとしているのかが大体わかります。

けれどもそこをあまり理解していないポチが真剣に言葉を伝えようとして、すわっ、と言っている姿を私はいつでも微笑ましく感じます。

けれどもいまは微笑んでいる場合ではありません。私はポチが、すわっ、と言うと同時に、スン、と腰を落とし、前足を揃えて背を反らし、まっすぐにポチを見上げ、典型的の形態をとりました。

そしてややあって、「みなさーん、できましたかー。じゃあ、そのままワンちゃんを待たせてください」というキンキンした声が響き、それを聞いたポチは、必死な眼差しで私を見て、私に右手の掌を見せ、気合いのこもった声で、待て、と言いました。もちろん私は微動だにしません。

けれどもこの時点ですでに脱落した犬がいました。

まず、座り、と言われて座れないダックスとトイプードルが夫夫二頭いました。飼い主が、「なんとかちゃん、Sit。ほら、お願いだからSitして」と必死になって懇願・懇請しているのにもかかわらず、馬耳東風というのでしょうか、犬の耳に念仏というのでしょうか、土台、座る気がなく、飼い主の脚にまつわりついてピョンピョンしたり、自分勝手にそこいらをうろつきまわるなどしてやめぬのです。

それらの犬の飼い主は顔面から火焔を噴射しながら自らの犬を小脇に抱いて、会場の片隅に歩いて行きました。それでも犬は、「いゃーん、いやーん、暴れルーン」とでも言うようにもがいてルーナティックでした。

そして、みんなが座った状態になった、割とすぐ後に、何頭かの犬が脱落していきました。直接のきっかけは、司会の女の、「みなさーん、できましたかー。じゃあ、そのままワンちゃんを待たせてください」というキンキン声です。あのようなキンキン声を出されると、精神的に未熟だったり、内面に葛藤を抱えているような犬は驚いて立ち上がり、ノソノソ動き回ったり、緩やかに走り回ったりしてしまうのです。

というわけで、待て・ステイの体勢に問題なく入れたのは、いちいち数えませんが十四、五頭でした。もちろん私も黙然と座り続けます。

飼い主はみな真剣です。うちの犬は、待て、なんて楽勝でできるんだよ、と余裕をかまし、肘に手を当てて膝を曲げて、顔も少し横に向けているような人もいます。でも内心は必死で、ピルビン酸が噴出する匂いがプンプン漂っています。

かと思うと、まるで真剣で立ち合う武芸者のような飼い主さんもおられます。手を犬の前にかざし、裂帛の気合いで犬を停めています。

その間も司会の女がひっきりなしにキンキン声で場を盛り上げるようなことを言い、その盛り上げに反応して犬が脱落していきます。必死の飼い主さんにすれば、ヤメテクレー、てなものでしょうが、それは仕方のないことで、なんとなれば、それがないと私たちのやっていることは、休日のショッピングモールにまるでそぐわない奇怪な宗教儀式にしか見えないからです。

そして三分、五分と時が経つに連れて次次と犬が脱落していきました。

きっかけは様々です。ここまでくれば残った犬はみな座っていること、ステイしていることの意味を理解しています。けれども、屋外ということもあり、トラックが段差を乗り越えた際のドンガラガッシャドンドンという予期せぬ音が鳴り響き、思わず腰を浮かせてしまった犬もいます。いったん腰を浮かせてしまえば、犬というのは人間と違って真っ直ぐな考えの持ち主が多いですから、もう一回座り直して動かなかったことにしようなどとは考えず、まあ、浮かせてしまったものは仕方がない、と堂々と立ち上がり、伸びをして欠伸(あくび)をして、スタスタ歩き出します。となれば飼い主は頭を掻き掻き、「おい、ステファン、まてよ。勝手にどこいくんだ」など言いながらこれを追うより他ありません。

或いは、どこかからただよってきたケバブーの匂い、くらいならまだよいのですが、未去勢の雄犬の匂いや発情期の雌犬の匂いなどというものは本能に訴えかけてき

ますからそのまま座っておれ、というのはそもそも無理な相談です。

という面から言えば私も同じで、確かに私は飛び抜けて頭のよい犬ですが、悟りを開いている訳ではありませんから、おもしろそうな匂いやうまそうな匂いがしたり、聞き慣れぬ音がしたり、変な人間が歩いていたりすると、近くに行って匂いを嗅いでみたいな、とか、ワンと吠えかかって驚く様を見たいな、といったことをどうしても考えてしまいます。

また、特に変わったことがなくても、意味もなく凝と座っているのは、はっきり言って退屈です。もちろん、待てができる時間を競っている、という意味があるのは重々承知しています。とはいうものの、ただなにもしないで凝と座って何時間も主人の顔を見上げるなんて、まともな感受性の持ち主ならばけっして耐えられるものではありません。

はっきり言ってこの姿にもっとも似ているのは寺院の池などにいる亀です。石の上によじ登って首を伸ばして何時間も凝としているあの亀です。つまり、こんなことに耐えられる犬の知性というのは亀とあまり変わらぬということです。私はそんな亀犬みたいなことにはけっしてなりたくありません。

しかし、いまは大会中なので我慢するよりほかありません。

と思いつつ周囲を見ると、いまだ頑張って亀の真似事をしている犬は私を含めてもはや三頭でした。

チワワとトイプードルと私です。

チワワは若い女性の飼い主を見上げて木像のように動きません。トイプードルも、置物か、と思うくらいに胸を反らして凝と飼い主を見上げ銅像のように動きません。こちらの飼い主はなぜかネクタイを締めた若い男性でした。

もう少しの辛抱だ。

そう思いながら私はともすれば周囲に漂いがちな視線を固定してポチを見上げました。ポチは怖い顔をして、ときおり、スピンク。待て。と、私を叱咤します。そんなこと言われなくてもわかっていますよ。内心でそう言いながら退屈・無聊（ぶりょう）に耐えていると、突如として身体に異変を感じました。右の耳の裏が猛烈に痒くなったのです。

しかしまあ異変というほどのことはありません。垂れ耳の私たちにはこういうことはよくあることで痒くなったのであれば、いつもそうするように身体を少し曲げて後ろ足で耳の根元あたりをガリガリと掻けば痒みは治まり、また、気持ちよくも感じます。

私は反射的に身体を曲げかけ、そしてすんでのところで思いとどまりました。そう。いまは待て大会にエントリー中なのです。そんなことをしたら一位になりません。私は痒さに耐え、待てを続けました。待てば甘露の日よりあり。こうして我慢していればいつかあのチワワとトイプードルも動くだろうと思ったのです。ところが。チワワもトイプードルも一向に動かず、そして痒みはいよいよ激烈になって。

掻きたい。でも、勝ちたい。勝ちたい。でも、掻きたい。

どれくらいの間、私は煩悶したのでしょうか。わかりません。けれどもある瞬間、痒さが極点に達し、気がつくと私は後ろ足で思うさま、耳の裏をガリガリ掻いておりました。そのとき、呀っ、というポチの阿呆声が響いたのを記憶しています。

しかし、動いてしまったものは仕方ありません。私は心ゆくまで耳の裏を掻き、それから欠伸をして伸びをしました。

ポチは、「スピンクー」と言いながら引き綱を手に取り、会場の片隅に私を連れて行きました。その途中も立ち止まって耳を掻くなどしました。

かくして私は敗亡しました。二位じゃダメですか。と言おうと思いましたが、残念ながら三位でした。しかし、まるっきりのバカではない、ということがこれでわかっただろう、と私は例のゴールデンレトリバーのバカ飼い主の姿を柵を取り囲むギャラリーのなかに探しました。

しかし、その姿を見つけることはできませんでした。なぜなら彼らは既に会場を後にしていたからで、ということは私とポチの努力はなんの意味もなかったということです。

それから少し遊んで、少し買い物などもして手伝いを終えた美徴さんと合流し、私たちは家に帰りました。帰る途中、見知らぬ町のスーパーマーケットに立ち寄り、ポチが干物や清酒を買いました。その間、私と美徴さんは車の中で待っていました。長い話になってしまいましたが以上が私たちの先週の、出掛け、です。そしていまは雨、けれども私は常に希望を抱いています。死ぬまで希望を抱き続けます。そんな私たちを可哀想だと思いますか。私はそうは思いません。それが証拠に、ほら、空が明るくなってきました。

ポチの変調をシードらと案ず

皆さんこんにちは。私はスピンクです。犬です。小説家の主人・ポチと美徴さん、キューティー、シードとそしてたくさんの猫さんたちと山奥の家でひとかたまりになって暮らしています。この四月で八歳になりました。そして五月になり六月になって紫陽花が咲き始めましたが、なぜか同時に躑躅も菖蒲も咲いています。

主人が梃変だからでしょうか庭の花も梃変です。

かく言う私もまた、少々、梃変なのかもしれません。一緒に暮らしていくと犬と飼い主は互いに相似てくるそうですから。

また、八歳ということはもはや老犬で、実際の話、考え方や気持ちの動きも随分と変わりました。

五歳か六歳くらいまではいろんなことが珍しく、また、身体も元気でしたから、散歩などしていても、できるだけいろんな音や景色や匂いに触れたくて先へ先へと急ぐような散歩でしたが、最近では、ひとつの匂いをじっくりと嗅ぎ、或いはまた、先ほどの匂いと比較するために少し戻ったりするなど、距離よりも、より深い探究を重視するようになりました。

また、家にいるときは殆ど横になっています。以前は少しの物音や気配にも反応してガウガウ吠えたり、走って行ったりしてたのですが、いまは、ああ猫さんがポチに八つを持ってこいと言っているな、とか、ああ、運輸の兄さんが荷物を運んできたのだな、ということが経験上、わかりますので、ちょっと首をもたげるだけで、また寝てしまいます。

そしてこれは歳をとって経験を積んだからというよりは、始終、屁理屈や珍論をこねくり回し、それを仕事と称して憚らないポチと長いこと暮らしたからでしょうが、普通の犬に比べて少々、理屈っぽくなりました。

犬らしくないですかね。私はもっと犬らしくしたいと思います。

でも愚痴っぽくはなっていません。犬は一般に愚痴を言うことはありません。悲しいときはただ悲しいだけです。もちろんうれしいときは猛烈にうれしい。

という訳で今日もダイニングテーブルに向かってノートパソコンを弄くり、青ぶくれたポチの足元で寝そべっている訳ですが、どうしたのでしょうか、ポチが浮かぬ顔をしています。なにかあったのでしょうか。少しく心配になったので窓際で真面目な顔をしているキューティーに話しかけてみました。

「ヘイ、キューティー」

「なんですか、スピンク」

「ポチのことなんだけどね」

「ポチが、どうかしましたか」

そう言いながらキューティーがのそのそやってきました。

「なにか、こうちょっとおかしくない？　元気ない、っていうか」

「そういえばそうですねぇ。少しばかり噛んでみますか」

「いや、噛むのはちょっとあれだから、ちょっとこう膝かなんかに頭をこすりつけてみたらどうだろうか」

「わかりました。やってみましょう」

キューティーはそう言ってポチの膝に頭をこすりつけました。普段であれば、「おほほ、甘えているのか、キューティー。よしわかった。俺の腹の内を見せてやるぜ」かなんか言って立ち上がり、シャーツをまくって下腹を出し、内股になって腰を屈め、両の手を中空に突きだしてひらひらさせ、ひょっとこのような顔をして踊るなどし始めるのですが、今日に限ってはそういうこともせず、相変わらず浮かぬ顔つきでパソコン画面を見つめています。

「だめですよ」

「うん、そのようだな。じゃあ仕方がない、言外語で話しかけてみるか」

「うん、そうしてください。僕の手にはおえましぇん」

そう言ってキューティーはまた掃き出し窓のところに行って真面目な顔で微睡(まどろ)み始めました。私たちプードルは眠ると真面目な顔になってしまうのです。

そしてポチはというと、不真面目と真面目を混ぜ合わせてひょっとこで割ったような顔でパソコン画面を見つめています。

仕事をしているときは言外語すなわち脳内語があまり通じないのですが、いまは指は動いていないので仕事はしておらないようです。私はポチに話しかけました。

「やい、ポチ」

「やい、とは揮(ふる)ってるね。なんだね、スピンカー」

「スピンカー、とは揮ってるね」

「真似すな」

「まあ、そう怒るな」

「なんなんだよ。僕は忙しいんだがね」

「忙しい、って言ってるが、さっきからなんだかボンヤリしちゃってるじゃないか。

というか、このところずっと浮かぬ顔をしているじゃないか。どうしたんだい」

「ああ、君にもわかるか。実はそうなんだよ。このところちょっと疲れ気味でね」

「なんで、そんな疲れたんだよ。たどり着いたらいつも雨降りだったのか」

「いや、天気は関係ないんだけれどもね、このところ講演やら対談やら朗読会やらが連続してあってね。そうした場合、事前の勉強というものがどうしても必要になってくるだろう。それで時間が足りなくなって、精神的にも肉体的にも疲弊しちまったんだよ」

ポチはそう言って私の左の耳の付け根を揉みました。

私は、きもちいいー、と思い、左に頭を傾けました。けれどもすぐに、がくっ、となったのはポチがすぐに耳の付け根の揉みをよしてしまったからです。

あふっ。

そう言って私はポチを見ました。ポチは、ごめんごめん、と言いながら付け根をこんだ随分とおざなりに揉みながら言いました。

「いまも言うように仕事が詰まっていてね。君の相手も充分にできないでいるんだよ。仕事が一段落したら遊んでやるからちょっと待て」

と、ポチはパソコン画面を見たまま言いました。けれどもさっきも言うようにポチはまったく指を動かしていません。キーボードを叩いていないのです。

ということはポチの言うところの、事前の勉強、とやらをしているのでしょうか。しかし、パソコンのスピーカからは、「誰がキムジョンウンやねん」とか、「乳首ドリルすな」とか、「イングガスンガスン」といった馬鹿げた科白とそれに続く大勢の人の笑い声が絶えず聞こえてきて、どうも勉強をしているように思えません。

さきほどからいったいポチはなにを浮かぬ顔で見ているのでしょうか。私はまた手を止めてしまったポチに再び声を掛けました。

「ねぇ、ポチ」

「あ、すまん、すまん」

「いや、そうじゃなくて、ちょっと聞きたいんだがね」

「なんだい」

「君はさっきからなにを見ているんだい」

「ああ、これは吉本新喜劇という非常に興味ぶかい演劇だよ」

「あ、なるほど。つまりこういうことだね。吉本新喜劇に関する仕事を引き受けて、そのための、事前の勉強、として吉本新喜劇を見ている、ということだね」

そう言うとポチは酢を飲んだような顔をして一瞬黙り、そして言いました。

「いや、そういうことではない」

「え、じゃ、どういうこと」

「ただ、見ているんですよ」

「え、でも忙しいんじゃないの」

「まあね。さっきも言ったように事前の勉強がたいへんなんだ。下調べ、とかね」

「でも、さっきから三時間くらい、それ見てるよね。その吉本新喜劇とかいうの」

「うん」

「駄目じゃん」

「テヘペロ」

と言ってようやっとポチはパソコンを閉じました。

つまりポチは仕事が詰まっているという現実から逃れるために仕事とは関係のない吉本新喜劇を見て、がために時間を失い、ますます仕事が詰まっていき、それを直視するのが辛いのでますます吉本新喜劇を見る、という悪循環に陥っているのでした。

そしてノートパソコンを閉じたポチは落ち着かぬ様子で立ち上がり、棚の上にあった文庫本を手に取りこれを読み始め、一分もしないうちに頁を閉じ、パソコンを持つと、

「僕、ちょっと二階で仕事してくるね」

と言い、そそくさと二階へ上がっていきました。

暫くすると二階からまた、吉本新喜劇の音声が聞こえてきました。

ポチはこっそり見ているつもりなのでしょうが、私たちは耳がよいので聞こえてしまうのです。心配になった私は、部屋中を歩き回ってなにかを模索しているシードに声を掛けました。

「シード。模索中に悪いんだがね」

「なんだよ」

そう言うとシードは模索を中断して歩み寄ってきて、私の前に来ると、びしっと座り胸を反らしました。そのときキューティーは窓辺の胡蝶蘭の鉢の近くで相変わらず真面目な顔で眠りこけていました。

「ポチのことなんだがね。ちょっと様子がおかしいと思わないかね」

「ああ、仕事に追われて気がおかしくなっているようだな」

「やはりそうか」

「そうだとも。俺はやっこさんがキッチンの壁に貼っているカレンダーをときどき見ているが、家でおとなしく文章だけ書いていればよいものを、講演、対談、朗読会と苦手な仕事を随分と引き受けてしまっている。それ以外にも下調べが必要な仕事も引き受けてしまっている。それが原因であんなことになっちゃってるんだろうね」

「じゃあ、断ればよいのに。やっぱ、できません、つって」

「それはそうなのだが、ポチという男はきわめて融通の利かぬ男で、ほら、犬でもいるだろう、待て、と言われたら飯の桶の前で涎をだらだら垂らしながら、一時間でも二時間でも待てをしている犬が」

「ああ、いるいる」

「ああいう犬みたいな男なんだよ、ポチって奴は。いったんコマンドが入ると死んでもやろうとするんだ」

「でも、それであんな風になっちゃったら可哀想だね」

「まあな。でも自分でやってることだからね。所謂、自業自得、ってやつだよ」

そう言ってシードはまた模索を始めました。

私はどうしてよいのかわからず、とりあえず眠ることにしました。そのときさっと私は真面目な顔です。でも私は眠るちょっと前までポチのことを考えていました。そして、眠る直前にはシードはいったいなにをあんなに模索しているのだろうか、ということを考えました。私たちの主人、ポチはいったいどうなってしまうのでしょうか。また、来月に申し上げることにいたしましょう。ごめんください。さようなら。

シードの見解

みなさん、こんにちは。すっかり夏で、私どもの住まいいたしおるあたりには行楽、レジャーを楽しむ方々が曜日を問わずご来遊なさってたいへんな賑わいですが、私方はいつものように静かで、同じような毎日が同じように過ぎていきます。ですから私は心安けく皆様に先月の続きをお話しできるのです。さあ、お話しいたしましひょう。

さて先月、私はなんのお話をいたしておったのでしょうか。そう、私どもの主人・ポチの様子がおかしいという話でした。

そして、そのことをシードに相談をしたところシードは、能力を超えて仕事を受注したため疲弊して元気がなくなった、ということでした。また、そのシードはいつもなにかを模索しているがいったいなにを模索しているのだろうか、という疑問を私は抱きました。そこで眠りから覚めた私は相変わらずそこいらを模索しているシードにそのことを率直に問い、回答を得たので、まずはそのことからお話しいたしましょう。今日はよいお天気です。

「ねぇ、シード」

「なんだ、スピンカー」

シードはそう言って模索を中断して私の前にぴしっと座り胸を反らしました。

「君はいつもぴしっと座るねぇ。精神がぴしっとしているからですかね」

「いや、違う。俺の精神はだらけている。ただ、俺はこういう座り方が癖になっているのさ。習い性ってやつさ」

と、言われて思い出しました。ある日、散歩をしていると過去のことを語りたがらないシードが、突然に振り返って、「俺の歩き方、変だろ?」と言ったのです。「そんなことはない。むしろ、トットットッ、と爪先だって歩く君の歩き方は、ボタボタ歩くぼくなんかよりよほど格好いいよ」と言うとシードは寂しそうに、ほほっ、と笑い、「おまえは気楽でいいな。俺は若い頃、ショー・ドッグをやっていてこんな歩き方を仕込まれたのさ。俺はこうみえてアメリカンチャンピオンの直系なんだぜ」と言いました。

そうシードは以前、ショー・ドッグをしていたことがあるらしいのです。といってショー・ドッグとはなんなのでしょうか。私も委しいことは知りません。ドッグ・ショーに出演する犬のことをショー・ドッグと言うそうです。

ではドッグ・ショーとはなになのかと言いますと、みんなで寄り集まって犬を見せ合い、どの犬が一番よい犬か、ということを決める集まりのことをドッグ・ショーと言うそうです。いわば品評会ですね。で、その、どの犬がもっともよい犬かを決める際に、体型や毛並みとともに歩き方や座り方も基準となるので、ドッグ・ショーに出る犬はシードのようにトットットッと歩き、胸を反らしてビシッと座るのです。人間で言えばファッションモデルの歩き方のようなものです。

なので私のようにボタボタ歩き、グニャグニャしながら座ったかと思ったら直きに腹這いになってしまうような犬は、ポチや近所のおばはんがファッションショーに出られないのと同じで、けっしてショー・ドッグにはなれぬのです。

「それはそうとしてシード、ひとつ尋ねてもいいかね」

「ああ、いいとも。なんでも聞くがいい」

「君はいつもそうやってそこいらを模索しているが、いったいなにを模索しているのだい。私はそれを知りたいんだ。知りたくて知りたくてたまらないんだよ」

「ほほほ。真面目な顔をしてなにを聞くのかと思ったらそんなことかい。俺は食い物を探しているのさ」

「食い物？　なんでそんなものを探す必要があるんだ。時間が来たら美徴さんがフードを呉れるぢゃないか」

「それはそうだが、まさかのときに備えておく必要があるだろ」

「まさかってなんだ」

「だから美徴さんが急にフードを呉れなくなったときのためさ」

「そんなことは滅多とあるまい」

「いや、わからんよ。人間なんて移り気なものさ。可愛い可愛い、この子はうちの家族の一員です、なんつってた奴が、ちょっと事情が変わったらポイ捨てだ。俺はそんな悲惨な奴を多く見てきた。現にこの俺だって……」

そう言ってシードは遠い目をして黙り、それからまた、

「ま、とにかくそういう訳だから自分の食い扶持は自分で確保しておく必要があるんだよ」

と言いました。

「けど、美徴さんが私たちを見捨てるなんてことがあるだろうか」

「うん、まあ、そうだな。あの人は人間にしては信頼できる人だ。でも、この先、なにがあるかわからない。ことによったら美徴さんが急に死ぬかも知れないんだぜ。そしたらどうするよ」

そんなことは考えたことがありませんでした。美徴さんが死ぬ。死んでおらなくなる。そう考えたら私は急に悲しくなり、なにも言えなくなってしまいました。そのとき私はセンブリを飲んだような顔をしていました。そんな私を見てシードはなにを思っているのでしょう。その黒い顔からはなにも読み取れませんでした。シードは重ねて言いました。

「まあ、そういう訳で俺は食べ物を模索しているのさ。わかったか」

そう言われて、でもこのまま引き下がるとなんだか美徴さんが本当に死んでしまうような気がしたので私はなおも食い下がりました。

「けれども、シード。お腹がいっぱいになったらどうするんだよ。いくら君が大食漢だからといって無限に食べられるわけではなかろう」

「ははは。そういうことか。教えてやるよ。こい」

そう言うとシードはトットットッと歩きました。ボタボタボタとついて参りますと、シードは赤いソファーの下に頭を突き込みました。尻をたっかくあげて。なにをしているのだろう。ソファーの下にはごもくしかないはずだが。訝りつつ見ているとシードは尻をクニクニ振りながら出てきて、くるっと回転すると私の顔を真正面から見てなにかをシャリシャリ囓った。木でも囓っているのだろうか。しかしいくら腹が減るからといって木を囓るのはどうなのだろうか、と呆れて見ているとシードは胸を張って言った。

「俺がなにを食べているか知りたいか」

「ああ、知りたいよ。そんなところに食べ物がある訳はないし、率直に言って僕は木片かなにかを囓っているのではないかと疑っているのだけれども、実際のところ、シード、君はなにを食べているのだ」

そう尋ねるとシードは不敵な笑みを浮かべて言いました。

「リンゴだよ。僕はリンゴを食べているんだよ」

「え、なんでそんなところにリンゴがあるのだ」

「忘れたか。昨夜、美徴さんが俺たちにリンゴを呉れただろう」

と言われて思い出しました。そう言えば昨日の夜、十時頃だったでしょうか、私たちは美徴さんに均しくリンゴを貰いました。そしてそう、思い出しました。私がリンゴをゆっくり食べているとシードが来て、そのリンゴを俺に呉れぬか、と言いました。ちょうどそのとき私はもはや充分に食べ、いまは惰性で食べているな、と思っていたところだったので、「いいとも。食べたまえ」と言ってシードにリンゴを譲ったのでした。

「俺はあのとき自分の分のリンゴをすべて食べてしまった訳じゃなく、後日に備えてソファーの下に隠しておいたんだよ。そのうえで君にリンゴを貰ったんだ。つまり

SPINK
CUTIE♥SEED

は、ほほほ、貯蓄、いざというときのための備えをしているということだ」

と、シードが言うのを聞いて、なるほど。若いときに苦労した犬は違うな、と思いました。私はノホホンといまのことだけを考えて生きています。

「君は豪いな、シード」

「生きるためのテクネーだよ。羽衣フーズという名称に俺はかねがね疑問を感じている」

言い捨ててシードはまた模索を始めようとして、私は慌てて呼び止めました。

「ちょっと待って」

「まだ、なにか？」

「いや、これからが本題なんだ。実はポチのことなんだけれどもね」

「ああ、ポチか。駄目な男だ。俺は多くの人間を見てきたがあんな駄目な奴はちょっと珍しい。あんな奴は死ねばいいんだ」

「いやいや、そう言わんでやってくれ。ポチだって頑張って生きているんだよ。実際の話、君がそうやって貯蓄したリンゴだってポチがスーパーマーケットで買ってきたリンゴだぜ」

「そりゃ、まあ、そうだな」

「でしょ。だからなんとか救ってやりたいのだが、どうすればよいかな」

「なるほど。ちょっと待ちたまえ。考えるから」

そう言ってシードは座りをし、薄目を開けて鼻をフンフンしました。私は四肢を投げ出して横たわりました。廊下越しに日本座敷の方から涼しい風が吹いてきました。テラスの軒先にぶる下げてある巨大な風鈴が、ゴロン、と一度だけ鳴りました。どれくらい時間が経ったでしょうか。シードが言いました。

「わかったぜ、スピンク」

「言いたまえ、シード」

「結論から言おう。ポチが毎日、浴びるほど飲んでいる酒ってやつがあるだろう。アレをよせばきゃつは元気になる」

「あ、そうなのですか」

「そうなのだ。なぜかと申しますと、まあ、ポチが疲弊しているのはさっきも言ったとおりに能力以上に仕事を請けているからだが、俺の見たところ、その能力そのものが酒によって相当程度、低下している」

「そんなものですか」

「そんなものだ。大体において午前中は大抵、宿酔、といってまだ酒に酔っている状態だ。そして人間は酒に酔えば能力が低下する。走り幅跳びなんかしても酒に酔っているとよい結果を出せない。だから多くの運動選手は試合前に熱燗を飲んだりしない」

「なるほど。深く納得するなぁ」

「それに加えて過度の飲酒は内臓にダメージを与える。内臓の労れは体力のみならず気力の減退も招く。気力体力が充実していないと、当然の話だが生産性が低下する」

「仰るとおりだな」

「だから酒をやめれば生産性が上がり、一定程度は疲弊から回復するでしょう。僕の意見は以上だ。ひとつ、参考にしてくれたまえ」

「ありがとう、シード」

「なに。礼には及ばんさ。どうしてもというのであれば、今夜のご飯の際に君の分の肉をすべて俺に呉れれば、それで俺は満足だ」

「それは無理だな。半分でどうだ」

「ああ、それでもいいぜ。じゃあな。俺は模索を続けるぜ」

「ああ、頑張りたまえ。饅頭でも落ちてるといいな」

「それが、なかなかで、虫の死骸か枯れ葉くらいしかねぇんだよ。しけた家だぜ」

と言い苦笑してシードは去りました。その後ろ影を見送りつつ私は、さてと。どうやってポチに酒をやめさせるかな。と思案しました。

と、ちょうどそのとき、ピーンポーン、と呼び鈴が鳴って、私はちょっと驚きました。

吉岡塵美氏来訪

さて、どうやってポチに酒をやめさせるかな、と思ったちょうどそのとき、ピーンポーン、と呼び鈴が鳴って私は驚いた。と先月言いました。続きを申し上げましょう。

私は呼び鈴が鳴って驚いた、と言いました。なぜ私が驚いたかと申しますと、夕方の四時だったからです。

と言うと皆様は、「なにを言っとるんだ、このプードルは」と思うかも知れません。そりゃあそうですよね。夕方の四時であろうが午前十時であろうが呼び鈴なんてものは鳴ります。けれどもポチ方の呼び鈴が鳴るのは十二時から一時の間と決まっています。

なぜならそれ以外の時間に訪ねてくる人がないからです。

と言うと、「そんなことはなかろう。一日、家にいると宅配便やクリーニングや勧誘やセールス、集金人なんてのがひっきりなしにきて、しょっちゅう呼び鈴が鳴っているさ」と仰るかもしれません。けれどもそれは都会の話で山奥のポチの家の呼び鈴は日に一度、十二時から一時の間に鳴るだけなのです。

鳴らすのはそう、宅配便のお兄さんで、それ以外にも日本郵便の方も鳴らしますが、これは二十日に一遍あるかないかで、鳴らしたとしてもやはり十二時から一時の間で、なので夕方の四時に呼び鈴が鳴るのは私どもでは充分に椿事なのです。

そんなことで私は驚きました。

シードも驚き、きゃんきゃんきゃんきゃん、と吠え、暴れまくりました。でもこれはわざとやっているように見えました。普通、こんな風に吠えると、無駄吠え、と言われて叱られるのですが、椿事だから仕方がないだろう、という訳です。

でもキューティーは本気でワタワタしています。

そして廊下の向こうの和室に寝転がって本を読んでいたポチも半ば怯えたような顔で廊下に出てきて、「いったい誰だ。こんな非常識な時間に」と呟き、廊下の壁に設置されたインターホンの液晶画面をのぞき込みました。

そして、「あれえ？」と頓狂な声をあげると応答ボタンを押し、「ええ？　今日、来たの？　ちょっと待って。いま行くから」と言って玄関に向かいました。

ややあってポチは一人の男を伴って戻ってきました。丸坊主で詰襟服を着た、というと中学生のようですが、そうではない山羊鬚を蓄えたオヤジで縦長の紙袋を提げて膨れておりました。

しょうがないので出迎えると詰襟服のオヤジは私の頭を撫で、「ぼほほほほ。覚えているかな」と言いました。もちろん覚えています。自慢ですが私は一度会った人間のことは忘れません。この詰襟服の髭オヤジは確か名を吉岡麈美といってポチの友人です。以前、私どもに来たことがあります。吉岡麈美はたいへんな犬好きでそのとき私はまだ四歳かそれくらいで随分とかまってもらったのじゃなかったかしら。と、そんなことを思い出しましたので私は、ドウ、と吠えました。

「ぼほほほほ。でかい声だ」

そう言って吉岡麈美、これからは吉岡氏と呼ぶことにしましょうか、吉岡氏は私の頭を撫でました。それを見たシードはギャン吠えをやめ、トットットッ、と歩いてくると後ろ足で立って前足で吉岡氏の足に抱きつきました。シードは自分を甘やかしてくれそうな人を見つけると必ずこれをやります。そうすると大抵の人間は情にほだされ、シードを甘やかしたくなります。そのとき人間はシードの術中にはまっているのです。そういうときシードは私の方を横目でチラと見ます。その目は私にこう言っています。

ほらな。人間なんてチョロいものだろ？

という訳で山羊鬚を生やし詰襟服を着て大陸浪人のような吉岡氏も易々とシードの術中にはまり、「よしよし、ひょくきた、ひょくきた。おー、そうかそうかそうか、よしよしよし」など愚にもつかぬことを言いながらシードの頭を撫でています。シードの尻尾がチコチコと左右に揺れています。私は、じゃあ私は一遍、吠えてみたろう、思って、ドウッ、ドウッ、ドウッ、と吠えました。そうしたらポチが、「じゃかましわ」と言ったので、こんだ、ヒタッ、と座りをしてポチを見上げました。

「やあ、かしこいものだねぇ」

と吉岡氏が言いました。それを聞いたポチは満更でもなさそうな表情を浮かべましたが、それとは裏腹に、「いやあ、そんなことないよ」と言い、それからシードに、「シード、おまえもいい加減にしろ」と言って和室に入っていきました。

そうすると当然、吉岡氏も入っていきます。そうすると当然、私とシードも和室に入っていきます。誰も居ない廊下に居たってつまらないですからね。

私の思うにこれが来客の醍醐味です。

と、申しますのは普段、私どもはあまり和室に入れて貰えないのです。なぜかというと和室には畳が敷いてありますが、私どもが和室に入ると爪によって屡屡この畳が切れたり毳立ったりします。と言って多くの方が、なんのことだ？ So What? と仰るでしょう。ところが狭量なポチはそれを嫌い、例えば私がノソノソ和室に入っていくのを嫌がるのです。

しかし、私だってたまには畳の上でごろりと横になりたいし、和の情緒に浸りたい気持ちにもなります。というか入るなと言われると入りたくなるのは犬も人も同じです。

けれどもあまり入れない苦しみのなかで私たちは生きている。けれども何回かそういうことが続くうちに自然に、犬は来客時に限り和室に入る権利を有す、という決まりが慣習法的に成立し、この場合はポチも私たちが和室に入るのを制止できないのです。

という訳で私どもは和室に入っていきました。

私とシードが廊下で吉岡氏とほたえている間、よく知らない人が怖い気持ちとシードと私が甘やかされていることに対する嫉妬の感情の狭間でクルクルワタワタ葛藤していたキューティーもようやっと決意して小走りに廊下を渡って和室に入ってきました。

左に床の間があります。掛け軸が掛けてあり浅葱色の壺に花が活けてあります。といっても立派なものじゃなくて掛け軸はＡ４のコピー用紙を四枚繋げたものにポチが筆ペンで、「猿水鉄砲嫌嫌」と書いてネコチャンのスタンプを捺し、両面テープで貼り付けたってシロモノです。壺は道具屋で買えば三千円くらいはするのかも知れませんが口のところが欠けています。花は均一ショップで買ってきた造り花で、こんなものならなにも置かない方がよいと思います。

座敷の真ん中あたりには大きな座卓が据えてあります。ポチが三千円で買ってきた得体の知れない木材でできた脚と脚との間に奇怪な装飾のある座卓でポチはこれを、「これこそが唐変木だ。唐変木でできた座卓だ。唐変木な僕の家にぴったりの座卓ぢゃないか」と悦に入っているのですが多くの人は気味が悪いと思っています。

唐変木の座卓の奥には江戸火鉢が据えてあり、五徳に鉄瓶が乗っかっています。これは以前、ポチが、「文学の鬼」になったとき、隣町で買ってきたもので、その詳しい経緯を知りたい方は私の旧作『スピンク日記』を読んでください。

和室の廊下側は押し入れで布団やなんかがしまってあるのですが、その向こうには雪見障子がはまってその向こうが広縁、その向こうがお庭でございます。私は江戸火鉢のあたりに坐して前足に顎を乗せて寝そべりました。

「まあ、ひとつ敷き給え」

そう言ってポチが勧めた布団のうえに吉岡塵美氏が座ると、すかさずシードが駆けてってその膝に乗りました。キューティーは隣の間に立って首を傾げて不思議そうにこちらを見ています。

そしてポチも座って、こん、といった感じで首を傾けて庭を見て、それから言いました。

「ああ、どういう訳だ」

「なにが」

「なにが、って君が来るのは明日じゃなかったか」

「いや、今日だわ。間違いない。今日だわ」

「あ、そう。そんなはずないがなあ」

「いや、ちょっと待ってな」

そう言うと吉岡氏は懐中よりスマートホンを取り出しぴゃあぴゃあして画面を繰ってたどり着いたページをポチに向け、「見ろ」と突きつけました。

「ほんとだ。じゃあ、僕の方が勘違いしていたのかな」

「そうだよ」

「ああ、そりゃ済まんことをした」

と、ポチがあっさり謝ったのは酒の飲み過ぎで低下しているのは創作能力ばかりでなく、事務能力も極端に低下、似たような失敗を連発していたからです。

「で、話ってのはなんだ。さっさと話してさっさと帰れよ」

ポチにそう言われた吉岡氏は驚いたような顔をしました。

「なにを驚いたような顔をしている。そんな顔をしてもだめだ。早く話せ」

「いや、驚いたような顔をしているんじゃない。心底、驚いているんだよ、俺は」

「なんで驚くんだよ」

「なんで、ってそうじゃないか。話があるから来てくれ、と言ったのは君の方じゃないか」

「はああ？　仰ってる意味がわからないんですけど。話があるって言ったのは君の方じゃないのか。目利部から来た手紙には確かにそう書いてあったぜ。吉岡が話があるそうだから聞いてやってくれ、って」

「いやいやいやいや。逆だよ。俺は目利部に、奴さん、悩みがあるそうだから相談に乗ってやってくれないか。俺が行ければよいのだが、いま山梨に居て当分、抜けられそうにないんだ、って電話で頼まれたんだよ。間違いねぇよ」

「いやいやいや」

「いやいやいやいや」

「いやいやいやいやいや」

「いやいやいやいやいやいや」

って二人は埒のあかない押し問答を始めました。いったいどっちが本当のことを言っているのだろう。それは神にしかわからないのだろうか。たまには鰈も食べてみたいものだ。私はそんなことを考えながら薄目を開けて身体を丸くしていました。キューティーも眠ってしまい、シードだけが起きていました。

それでどれくらい時間が経ったでしょうか。段々と意識が間遠になり、このまま眠ってしまうなあ、とボンヤリ思ったとき、

「あっ」

「あっ」

と、二人が同時に叫ぶ声に驚いて覚醒しました。

「もしかして目利部の仕業？」

と言ったのはポチ。

「そうだよ。目利部は俺にはおまえが話があるって言っているって言って、おまえには俺が話があるって言ってるって言って、俺がここに来るように仕向けたんだよ」

「いったいなんのためにそんなことを……」

「おそらくなんの目的もないだろうな。あいつはそういう男だよ。あいつの実家の商売を聞いたことがあるか」

「知ってるよ。布団屋だろ」

「俺もずっとそう思ってた。けどそれは嘘だ。こないだの電話で言ってたよ」

「なんて言ったの」

「おまえは俺の実家が布団屋だと思ってるだろう、って言うから、ああ、だっておまえ昔から言ってたじゃないか、って言ったらゲラゲラ笑って、実はそれ嘘なんだよ、って言うんだよ」

「マジすか。俺、もう十五年以上、あいつの実家が布団屋だと信じていたよ」

「そういう男なんだよ」

「でもそんな嘘をついていったいなんのメリットがあるんだろう」

「だからなんのメリットもないんだよ。純粋な嘘なんだよ。おまえの文学みたいなものさ」

「はったおっそ」

と、ポチは色めき立ちました。

目利部氏の企み・酒宴

先月の続きです。ついお酒を飲み過ぎるため仕事の能率が上がらず苦しむポチのところに詰襟服を着た大僧、吉岡塵美氏がやってきました。ところが話が嚙み合いません。主人・ポチは目利部氏より、吉岡塵美氏から話があるので聞いてやってくれと言われていましたが、吉岡氏はポチから話があると目利部氏に言われてやってきたのです。

日にちも食い違って、どういうことだろう、と話し合ううちに間に入った目利部氏のイタズラだろうということに話は落着しました。目利部氏は名うてのいたずら好きであったからです。

「おのれ、目利部盆太郎。いまから押し寄せてとっちめてやろうか」

と言ったのはポチ。それに対して、よせよせ、と吉岡氏が言いました。

「なんでだ。人を担ぐなんて腹が立つぢゃないか」

色めき立つポチに吉岡氏は、俺らがふたりして目利部の家にノコノコ出掛けていくなんぞしたらそれこそ目利部の思う壺にはまることになる。それよりも折角こうして会えたんだから俺らは今日は楽しく話そう。何事もなかったかのように愉快に過ごそう。それが結句、目利部の鼻を明かすことになる。前向きに行こう。いわゆるポジティブ・スゥインキングってやつだよ。と言ったのでした。

そういたしますると激しやすい割に、あっさりとそれを忘れてしまう癖のある主人は、「成る程。それもそうだな」とあっさり同意してふたりは話をすることになりました。

唐変木の座卓を挟んで座敷にふたりのおっさんが向かい合って座っています。

ひとりは詰襟服を着た山羊鬚の大僧・吉岡塵美大兄。ひとりは吾らが主人。能力の低い小説家・ポチ。そしてその周囲には大小黒白(こくびゃく)のプードルがやる気なく寝そべっています。床の間には阿呆な書。庭の鯉がときどき跳ねて、ぽしゃん、と間抜けな音を立てています。

そんななか二人の人間が話を始めました。

「じゃあ、話そう。なんか言えよ」

「なんか言えよ、とは恐れ入ったね。こういう場合、普通はその家の亭主から話を始めるものだが、しかしなんだ、ここの家は茶も出ないのかね」

「ああ、これは気がつかんじゃった。失敬、失敬。いま妻が出掛けておってな、その他、女中どももみな出払っておって」

「女中なんているのかよ」

「うんにゃ」

「うんにゃ、ってことねぇだろうがよ」

「まあね。とにかく、いま、お湯を沸かすからちょっと待ってね」

「いや、それには及ばんよ。実はこういうものを持参いたしました」

そう言って吉岡氏は持参した包みをごそごそやってなかから取りだしたものを唐変木の上に置きました。それを見たポチは、ごくり、と唾を飲んで言いました。

「そ、それは……」

「左様。お酒でござる。君と飲もうと思ってこうやって持ってきたのだ」

「いいね。まだ日が高いけどいいね。じゃあ、湯呑みを持ってこよう」

という訳で酒盛りが始まってしまいました。私はシードに言いました。

「シード」

「なんだい」

「ポチがまた酒を飲み始めちゃったよ。しかもこんなに明るいうちから」

「いいんじゃないか。牧場に来る奴のなかにもそんな奴が大勢いたよ。観光バスでどやどやってくるんだが、もうその時点で赤い顔をしている。バスのなかで飲んでやがったんだね。それで牧場に来たら来たでファインピルスナーとかを飲むんだよ。俺の居た牧場には地ビール工場があったからね。名物なんだよ」

「いや、君の牧場自慢を聞きたいんじゃなくてね。私はポチに酒をやめてもらいたいんだよ」

「なるほど、じゃあ、噛んでやめさせればいいんじゃないか」

「そりゃあ、少しばかり剣呑だな」

「じゃあ、吠えるか」

「だね」

ということで私は起き上がって主人のかたへに参って座りをしたうえで、シェパード並みの太い首ゆえの素晴らしく豊かな自慢の声量で、ドウッドウッドウッドウッ、と吠えました。酒を飲むな、と忠言したわけです。ところが駄目ですねぇ、感受性というものがないのでしょうか、そもそも人の話を理解しようという気がないのでしょうか、私の言うことを聞いて酒を飲むのをやめるどころか、「スピンク、うるさいっ」など言う始末です。そしてまるで他人事のように吉岡氏と、

「馬鹿に太い声だな」

「ああ、首が太いんで声がでかいんだよ」

など言い合っています。私は吠えるのをよしてその場に腹這いになって様子を窺いました。

したところポチは、ところで、と言いました。

「ところで、この酒は馬鹿にうまい酒じゃないか。どこの酒だい」

「岩手県の酒だ」

「成る程。地酒ってやつだな。岩手県に行ってきたのかい」

「行くものか」

「なんでだ。岩手県くらい行けばいいぢゃないか。それに岩手県に行かぬのになぜ岩手県の酒が手に入ったんだ。誰かにもらったのか」

「いや、東京のデパートで買ったのさ」

「ほーん、くだらんね」

「なにが、くだらんのだ」

「だってそうじゃないか。岩手県でしか買えないから岩手県のお酒であって、東京で買えたらそれは東京のお酒だよ。なんで、って、だってそうじゃん。そこでしか売っていないから、そこのものと言えるんであって、どこでも買えるんだったら、そこのものとは言えねんじゃやね？」

「それを言うんだったら僕なんか」

と言って吉岡氏はうまそうに酒をグビリと飲み、ポチが湯呑みと一緒に皿によそって盛ってきた塩豆をひとつかみ口に放り込み、それからまたうまそうに酒を飲んで言いました。

「僕なんかは米とかはネットで買うんだが、こないだなんかは島根県産のお米を買ったんだが、それはどこの米ってことになるんだい？　僕は家にいて家で買ったわけだから家の米、ってことになるのかい？」

「いや、それはネットの米ってことになるんだよ」

そう言ってポチはグビリと酒を飲み、私の方を見て意味なく、スピンク、と呼びました。それを聞いたシードがなにぞ食べ物を貰えるのかと曲解してポチに駆け寄って膝に昇りました。その様子を見つつ吉岡氏が言いました。

「ネットの米だとぉ？　ふざけるな。ネットのなかに田があってお百姓がいて田を耕してるとでも言うのか。ふざけるな」

「いや、別にふざけてやしませんがね。そこに行かないと手に入らないものだけがそのものだ、ってのが僕のギリギリの実感だってことさ。ネットなんかじゃなーんも手にはいんねぇ。その世界に実際に自分が行かないとその世界は描けねぇ。おい、吉岡、僕がこの界隈でなんて呼ばれてるか知ってるか」

「知らん。なんて呼ばれてるんだ」

「僕ぁねえ、このあたりじゃ、文学の鬼、って呼ばれてるんだぜ」

嘘です。とキューティーが小声で言いました。

「あ、そうなんだ」

「あれ？　ぜんぜん驚かないんだね。まあ、いいけど、とにかくそういう風にしてその世界を描くならその世界に実際に行くことが俺らの業界では一番大事なんだよ。懐手してパソコンの前に座って、やれ、島根県だ、やれ、安来節だ、なんつってても駄目でね。本当に自分が尻を捲ってドジョウを掬わないと意味がないんだよ」

「それはあれか。自分が現地に行って体験しないと駄目だ。実体験が大事だ、ってことを言ってるのか」

「ああもう、わからぬ人だなあ。いまどき珍しい頑迷固陋な土民だなあ。だから僕が言ってるのはそういうことではなくて、精神的に、っていう意味だよ。あくまでも想像の世界で、ってことだよ。想像の世界での実際、ってことなんだよ」

「意味わかんないんだけど」

「意味わかんないよ。わかんないに決まってるだろう。ことに君のような東京のデパートで岩手の酒、買ってるような猿まね野郎には」

「猿まねとは恐れ入ったね。別に珍しくもなんともない。みんな買ってるよ」

「ほら出た。ほら出た。みんなやってる、だ。みんなやってる。みんな買ってる。みんなそうしてる。だから正しいんだ、だからそれに従わぬおまえは間違ってる、ってロジック。あのものたちの最終兵器。いやさ、あのものたちの神。けど、おまえ、こら吉岡、おまえのような、ネットの米食い虫はそうやって、みんなの論理、を振りかざして僕たち芸術家を迫害するのだ。その髭切れ、馬鹿」

「ああ、わかったよ。髭切るよ。でもさあ、だったらひとつだけ言いたいことあるんだけれども」

「ひとつくらいなら聞いてやってもよい。早く言え」

そう言ってポチは瓶から酒を注ぎ、ガボガボ飲みました。その手許を見つめながら吉岡氏は言いました。

「君は気がついていないようだが、君がさっきから旨そうに飲んでいるその酒は、君が尤(もっと)も嫌う、東京のデパートで買ってきた猿まねの酒だ。だからもう飲むのはよした方がいい」

「えええええ？　いや、それはそうだが、でもまあ、それくらいは我慢してやるよ」

「いえいえいえ、全然全然全然。我慢とかしなくていいですよ。やはりこうした嘘にまみれたメチルアルコールも同然の濁酒は俺のような俗人にこそふさわしい。専ら俺が飲みます。真実と理想を欣求(ごんぐ)する光り輝く芸術家であらせられるあなたは、嘘偽りない真実真正の水道水をお飲みになるとよい」

そう言うと吉岡氏は唐変木の真ん中にあった酒瓶を自らのかたへに引き寄せてしまいました。

主人の顔がフグのように膨らみました。膨らんで真っ赤になりました。そうかと思うとみるみる萎んで、年老いて疲れ切った猿のようにしわくちゃになりました。背も幾分縮み、背中も曲がって、目ばかりがギラギラ光っております。涎を垂らしておりました。

そんな浅ましい姿でポチは暫くの間、ギラギラ光る目でうまそうに酒を飲む吉岡氏の手許口許のあたりを凝視しておりましたが、突然に、「えええええええっ？」と大きな声を出し、キューティーが驚いて飛び起き、ワタワタしました。私ものそっと起き上がりました。何事ならんと思ったからです。シードは寝たままピクリとも動きません。

吉岡氏も驚いたようで、うぷっ、と噎せ、そして言いました。

「なんだ、どうかしたのか」

それに対してポチは焦点の合っていないような目で虚空を見つめてぽつりと言いました。

「驚いた……」

「驚いたのは、こっちだよ。なんだよ。急に大きな声を出して」

「いやあ、すまんじゃった。なにしろ急に来たもので」

「急に来たあ？　なにが？」

「天啓だよ」

「天啓って、つまり天の啓示ってこと」

「その通りだ」

「それがおまえに？」

「そう。来た」

と、ポチは納まりかえって言いました。いったいどんな神の、どんな啓示が主人・ポチに下ったというのでしょうか。それについては……。ちょうど時間となりました。また、来月に申し上げることにいたしましょう。ごめんください。さようなら。

天啓。賠償。そして拳酒。

　こんにちは。皆さん、こんにちは。スピンクです。すっかり秋になりましたね。なってしまいましたね。でも、先月の続きを申し上げますね。ええっと、なんの話だったかと申し上げますと、そう、吉岡塵美氏とお酒を飲んでいた主人が突然、天啓がくだった、と言い出したのでした。主人・ポチにどんな天啓がくだったというのでしょうか。ポチは言いました。

「いやあ、話には聞いていたが凄いものだった」

「そんな凄いの」

「そりゃあ、もう凄い。まず頭がガクガクしてね」

「別に普通にしてたじゃないか」

「そっちから見たらそう見えたか。でも外側はそうかな。これはあくまでも頭蓋骨の内側の話だからね」

「あ、そうなんだ」

「そうなのよ。それで暫くの間、ガクガクしてたか、と思ったらね、こんだ、これがグーンと凝集し始めてね、胡桃くらいの大きさになったかと思ったら、ぱーん、と破裂して、あたあ、粉塵が舞うばかりさ」

「マジかよ」

「マジだよ」

「それでどうなるんだよ」

「それは私もそう思ったよ。このまま俺の脳は粉塵なのか、だとしたら今後の人生は厳しく、そして惨めなものになるんじゃないか。酒も飲めなくなるんじゃないかってね。そんな不安に戦き(おのの)つつ見ているとね、おもしろいじゃないか、無秩序に舞っていた粉塵が見るうち、秩序だって動き始めてね、あるまとまった形になり始めたんだよ」

「どういうことだよ」

「なんて言えばいいのかな。あ、そうそう、砂絵、っていうのかな、モノクロ写真って言えばいいのかな、あんな感じでね、人の顔とか木とか、猫やらね、林檎とかぐい呑みとかそんなものになるんだよ」

「粉塵が？」

「そう、粉塵が。それでその顔とかさあ、猫とかがさあ、どっかで見たような顔だったり猫だったりするんだけど、思い出せないんだよ、ええっとこの人、誰だっけ？　絶対知ってるんだけどなあ、と考えるんだけど、そのうちにグズグズに崩壊して別の形になる訳ね、それをなんどか繰り返しているうちに、ぱっぱっぱっ、って光が三回光って、今度は粉塵がね」

「今度はなにになったの」

「文字になったんだ。これこそが、わほほ、わっほほい、あきゃあ、ぶきゃあ……」

「うっせぇな、なんだよ」

「天啓だったんだよ」

と、ポチは首を不自然に曲げて言い、少し間を置いてまた言いました。

「その天啓の内容というのがね」

「なんだったのよ」

「おまえは間違っている、ってことだった。つまり、天啓によると僕は間違っている、ということなんだね」

「どういうことだ」

「じゃあ、まあ、その後も天啓はいろんなことを言っていたんだけれども掻い摘まんで言うとだね、僕がぁ、君にぃ、いろんなこと言ったじゃない、なにがってあれだよ、頑迷固陋な土民とか猿まね野郎とか、ああいうことは全部間違っていた。岩手県のお酒についての論議、島根県の米についての論議……」

「ネットの米じゃねぇのかよ」

「あ、そうだっけ？」

「天啓、テキトーだな」

「いやまあ、その島根だかネットだかの米についての論議もね、ぜーんぶ、僕が誤っている。もう、なんていうんだろう、はっきり言って全部、間違いっていうのかな、おまえは文学の鬼とかそういうものではない、ただの俗人だと、だからもう別にそんなに気張らずに東京のデパートで買ってきたとか、島根県のコンビニで買ってきたとかそんなことにはこだわらず、楽しくお酒を飲みなさい、とこう言ったわけです。だから……」

「だからなに？」

「そのお酒を飲んでもぜんぜん大丈夫っていうことなんですよ。だから……」

「だから？」

「そのお酒の瓶をこっちにくださいよ。自分で注いで飲みますから」

「なんで？」

「なんで、って、しょうがないじゃないか。天啓なんだから。いや、だから、僕が考えてなんか言ってるんだったらそりゃあ、文句でもなんでも言えばいいさ。けど違うんだよ。天啓なんだよ。天が言ってるんだよ。だったら従うよりほかないじゃないか。違うか」

「いや、違いませんがね」

「だったら、その酒をさっさとこっちに寄越せ。こっちは脳が胡桃になって爆発しちゃってるんですからね。いい加減にしてよ。プンプン」

「って、口でプンプンと仰いますがねぇ」

とニヤニヤ笑って言う吉岡塵美氏にポチはうんざりした口調で言いました。

「まだ、なにかご不明な点でも」

「ひとつだけ、ご不明な点があるんだよ」

「なんだよ、説明してやるから早く言えよ。言え、ほれっ、言え」

「ああ、言うよ。実は、君の言動が間違っていることは天啓によって証明された訳だが、その間違った君に、頑迷固陋な土民、猿まね野郎とか言われ、僕の心がいたく傷ついたんだ。それはどうしてくれるんだろうね？」

「ああ？」

「いやだからさ、君の間違った言動によって僕の心は傷ついたんだが、それについて天啓はなにも言ってなかったのか、って訊いてんだよ」

「あー、それについては……、特になにも仰ってませんでしたね」

「言ってなかった。ということはこの問題については天啓は介入しないということと考えていい訳ですね」

と言って吉岡氏はグビリと酒を飲んだ。ポチはその口元を見て唾を飲み込んで言った。

「そう、ですね。そうです。そう考えていただいて結構だ」

「じゃあ、これは完全に君と僕の問題ということになるんだけど、君はどう責任を取るつもり」

「それについては、まあ、早合点した僕が悪かった。謝る。この通りだ。許してくれ」

そういってポチは布団から降りると、正座をして畳に額をこすりつけました。それを見てキューティーが、「フンーフン」と喉を絞ったような声を出し、そして欠伸をしました。シードはビクとも動きません。私はそんなにしてまで酒が飲みたいのか、と思って呆れていました。廃品回収のトラックが流す、「壊れていてもかまいません」とかなんとかいうアナウンスが遠くで鳴っていました。

暫く間を置いて吉岡氏が言いました。

「人間には、ことに男には意地というものがある。だから自分が悪い、自分が間違ったとわかっていてもなかなか素直に謝ることができない。その段、君はなんて潔い男なんだ。いやあ、感服つかまつった。私は君の謝罪を受け入れよう。さ、頭を上げてくれ。壊れていてもかまいません」

「あーざす」

そう言ってポチは頭を上げ、布団のうえに座り直すと湯呑を手に持ち気を変えるように、

「さっ」

と言いました。

「さっ、そうと決まったらさっそく一献頂戴いたしましょうか」

と快活な口調で言ったのです。ところが吉岡氏は奇妙な顔をして黙っています。我慢できなくなったポチが言いました。

「なんだ、奇妙な顔をして。お洩らしでもしたのか」

「お洩らしはしない」

「じゃあ、どうしたんだよ」

「いやあ、変なこと言うなあ、と思って」

「どうして変なのだろうか」

「いや、賠償もなしに酒を飲ませろ、なんて奇天烈なことを言い出すものだから」

「どういうことかな」

「つまり、謝罪と賠償は常にセットになっているということだよ。謝罪なしの賠償はないし賠償なしの謝罪もない。うどんにおける麵と出汁のような関係だ。それをば、貴君ときた日にゃあ、謝罪したばかりで賠償もなしに赦せ、なんて突拍子もないことを言い出すものだから、ぼかあ、驚いちまって」

そう言う吉岡氏にポチは返事をせず、黙って庭を見つめていました。池の鯉が、ポチャン、と水音を立ててポチはぽつりと言いました。

「悲しいものだな」

「なにが」

「だってそうじゃないか。僕は君を友達と思っていた。ところが、そうか、金か。この世の中、結句、金なんだな。わかった。金は払う。しかし、酒はいらぬ。君はひとりで飲め。僕は池の水をすくって飲む。そして君が帰った後は直ちに揚子江の畔に行って詩吟の練習をすることにする。さあ、いくらだ。いくら、ほしいんだ」

「待て、待て、馬鹿なことを言うな」

「なにが馬鹿だ。これは男の決心だ。決断だ。ほっといてくれ。さあ、いくらだ。二千円か。三千円か。まさか、一万とは言わんだろうな。いくら君が頭のおかしい金色夜叉でも」

「おい、ちょっと待てよ。君は誤解してる」

「なにを誤解しているというのだ。殺されたいのかっ」

「別に殺されたくはありませんがね、ちょっと冷静になって考えてくれ。金を払えっていつ言ったよ」

「へ？」

「だから僕は金を払えとは言っとらん。僕は金なぞ要らぬ」

「あ、そうなの？」

「そうだよ」

「じゃあ、揚子江やめようかな。でも、じゃあじゃあじゃあ、賠償ってのはどうなるんだよ」

「賠償、つったって金とは限らん」

「なるほど、読めたぞ。この家屋敷を狙っているのだな。僕のこの素晴らしい邸宅を」

「こんな、ボロ屋、誰がいるか」

「ボロ屋とは失敬な。だったとしたら。あっ、それだけは絶対に許さんぞ」

「なにが」

とうんざりしたような口調で問う吉岡氏にポチは眦を決して言いました。

「スピンクは大切な家族だ。誰にも渡さぬ」

そのとき私は畳に頬をつけて半ばは眠っていましたが、名前が出てきたので、へ？と頭を上げました。しかし、相変わらずなやり取りが続いているので、また、ヘチャッ、と横になりました。

「ちげーよ。僕が君に望むのはそんなことではなーい」

「じゃあ、キューティーか。それともシードか」

「だーから、そうではなく、僕は君になにか面白い話をしてほしい、とそう思ったのだ」

「と、申しますと？」

「だからね、君がなにか話をする。僕が面白いと思ったら一献差し上げる。それで賠償は終わりって訳さ」

「なるほど、それなら僕にもできそうだ」

「そしてこんだ、僕が君に話をする。君が面白いと思ったら僕が一杯頂く。拳杯勝ち飲み、って趣向だよ」

「おもしろい、おもしろい。やろう、やろう」

というので趣向が始まりました。私は恐ろしくくだらないことが始まったものだ、と呆れ、でもその楽しい感じが嬉しいなあ、とも思いつつ、いつも入れない和室でみんなのための特別な時間を過していました。

シードの親切・吉岡氏の提言

スピンクです。海浜などに参る途中、車窓から背の高い木に花が咲いているのが見えて、あの花はなんだろう、とシードに聞くとシードは、「芙蓉」と単簡に答え、それから、「俺は芙蓉が嫌いだ」と言いました。言われてみると確かに胸騒ぎがするような花です。って、こんな話はつまらないですか。ならば飲めない、というのがポチと吉岡塵美氏が始めた拳杯勝ち飲みというゲームのルールです。なにか話をして、相手が面白いと思えば一杯飲める、面白くなければ飲めない、という訳ですね。先月の続きの話なのですが、犬から見ても暇な人たちです。

「じゃあ、僕からいくか」

と言ったのはもちろん、悪口を言いすぎてステイをくらって飲めず飲みたくて飲みたくてたまらないポチの方です。吉岡氏は、「よかろう」と言って腕を組み「よしこい」と言って目を閉じました。

「おほほほほ。いつまでそんな風にして納まり返っていられるかな。言っておくが僕の話は猛烈に面白いからな。実はここだけの話だが、私の話を聞いて笑い死んだ奴が過去に三人ばかりいるんだよ。くれぐれも注意したまえよ、って、ほら、もう面白いでしょ。どうですか」

「いっこうに」

「ううむ。さすがな。さすがは吉岡塵美画伯だ、って画伯とちゃうがな」

そう言ってポチは吉岡氏の様子を素早く窺いました。吉岡氏は腕を組んだまま端座して身じろぎもしません。ポチは、ふうっ、と息を吐き、「では、そろそろ本気出していくかな」と言い、話を始めました。

「あれはいつのことだったかなあ、もう先なること、一月程前のことだったかな。僕は自動車を運転して隣町に行こうとしていた。このあたりじゃ、どこにいくのも自動車だからね。つまり自動車は必需品って訳さ。もしこのあたりに必殺仕掛人がいたら集合場所はファミレスかコンビニの駐車場になるんじゃないかな、と僕は三年前から考えているんだが、おっと閑話休題、とにかく僕は隣町に向けて車を走らせていた。隣町との距離はそうさな、十二、三キロ、ってところか、いや、ことによると十四、五キロはあるやもしれぬ。或いは十一キロ、よもや、十キロを切ることはあるまいが、はは、その細かい距離の情報、どうでもええねんっ、という突き込みがここで入ると具合がよいのだが、これは漫才ではないからそうはいかんよね。まあ、それはよいとしてその片側一車線、左は山、右は海へ続く崖、って道を快調に走っていたらね、おっどろいたねぇ、道の真ん中にね、岩が落ちているんだよ。岩？どんな？って聞きたくなるでしょうね。そうさな、直径五十センチくらいな、結構、大きな岩なんだよ。これが落ちている。私は咄嗟にハンドルを右に切ってこれを避けましたがね、もしあのとき、対向車がいたら結構、大きな事故になっていただろうね。それに、もう既に落ちていたからよいようなものの、走行中に落ちてきたらお陀仏だよ。こちとらお陀仏だよ。と思いましてね。それで思ったのはやはり生きていて、つまり人生においてもっとも注意しなければならないのは落石だなあ、ということをそのとき悟ったのです」と言ってポチは一瞬間を置き、それから鋭い語調で、「それでしまいかいっ」と言いました。

吉岡氏はなにも言いませんでした。なにも言わずただ黙って虚無的な顔をしていました。池の鯉が跳ねて、ぽちゃん、という音がしました。その場に漂う重苦しい気配を敏感に察知したキューティーが涎を垂らし始めました。シードは横たわったままピクとも動きません。私も何度も欠伸をしました。

暫くして沈黙に耐えられなくなったポチが、「あの、だめ、です、よ、ね」と恐る恐る言いました。むっつりと黙っていた吉岡氏はたった一言、「言わないとわかりませんか」と言い、俯いて額に拳を当てました。

「ですよね。僕もそう思います。では、気を取り直して次、いきたいと思います。それでは次はですねぇ、思い切って一発ギャグいきたいと思います」

主人はそう言って立ち上がり、池に面した障子を背にして立つと、「一発ギャグ。万華鏡」と高らかに宣言したうえで、横向きになり、右手を前に突き出し、左手を腰に当て、やや腰を落とし、膝を高く上げて足踏みのようなことをし、唇を尖らせてヘッドバンギングして、「キーラ、キラキラキラ、キーラ、キラキラキラ、マンゲキョー」と節をつけて言いながら、五十センチ程前に進んだかと思ったら、こんだ後退し、また、前に進むというようなことを繰り返しました。

胸が痛みました。ポチは今年で五十三歳。後二月すれば五十四歳になります。そんな歳になって、どんなにお酒が飲みたいのか知りませんが、こんな阿呆なことをしているのです。このとき同じ年頃の人間は社会の中核にあって重要な職責を担い、これを果たしています。しかるに私たちの主人・ポチは、尻をプリプリ振って、目には媚を含み、婀娜(あだ)な笑みを浮かべて、「ボワボワボホワボワ、マンゲキョー」などと歌っているのです。それでもそれが面白ければまだ救いがあります。人様に笑いを齎(もたら)しているわけですからね。ところが。

ちっとも面白くないのです。目を背けたくなるようなシロモノなのです。犬としてこれ以上、飼い主にあんなことをさせておくことはできません。私は立ち上がって吠えようと思いました。そのときです。目の前をもの凄い速さで黒い塊が通ったかと思うと、黒い塊はポチの足に飛びかかり、ギャルギャルギャルギャル、という音を発し、これに驚いたポチは、マンゲキョーの踊りをよしました。さてその黒い塊とはなんだったのでしょうか。

黒い塊は、そう、シードでした。シードが見るに見かねて踊りをやめさせてくれたのです。私は猛烈に感動しました。だってそうでしょう、シードはこれまで超然主義を貫き、主人のことも、あの人、と呼んでいました。ということは、いくらポチが浅ましい姿で狂乱したところで私のように胸が痛むことはない、ということで、私はこのことを少々、さびしく思っていました。ところが、そのシードがポチのアホーなマンゲキョーの踊りを見て、私と同じく、見ていられない、と思ってくれたのです。これはとりもなおさずシードが、自分を家族の一員と思っていることの証左でしょう。私は戻ってきて昂然と胸を反らしているシードに話しかけました。

「シード」

「なんだよ」

「ありがとうな」

「なにが」

「だから、あんなポチを止めてくれて」

「いいってことよ。ムカツクからやめさせたまでだ。気にすんな」

そう言ってシードは広縁に行ってしまいました。照れているのでしょう。気がつく
とキューティーが隣に立っていました。キューティーは広縁のシードに向かって、がうっ、がうっ、がうっ、と三声吠えました。キューティーなりの謝意を表したのです。

さて、そして肝心のポチはというと、気持ちよく踊っていたところを突然に吠えかかられて虚を衝かれた恰好で曖昧に踊りやめて暫く立ち尽くした後、夢中の人のような足取りで座卓の前に座ると、しょんぼり項垂(うなだ)れて黙り込みました。

表から、「こちらは廃品回収車です。御家庭内でご不要になりましたパソコン、テレビ、冷蔵庫などを回収いたします。壊れていてもかまいません」という女性の声がまた聞こえてきました。

「壊れていてもかまいません、か。いっそ、俺自身を回収に出すか」

ポチは呻くように言いました。それを見てさすがに気の毒になったとみえて、それまで黙して一言も発しなかった吉岡氏が言いました。

「あのさあ、取りあえず一杯飲めよ」

「いいよ。だって、俺まだ、面白いこと言ってないから」

「まあ、いいじゃないか。取りあえず一杯飲め」

「いいのか」

「ああ、いいとも。そして取り戻せ」

「なにを」

「人間の心を」

「人間の心？」

「そうだ。一杯、飲め。飲んで少しは人間らしくしろ。いまの君はまるで餓鬼だ。正視に耐えぬ」

そう言って吉岡氏は湯呑みに酒を注いでポチの前に置きました。ポチは両手で湯呑みを摑んで背中を丸めて口を近づけ、一気にこれを飲みました。

「どうだ、うまいか」

「うまいねぇ、いやあ、ありがとうありがとう、すっかり生き返った。さあ、じゃ、気を取り直しておもしろいことをやりましょう。こんだね、とっておきの芸を披露いたしますよ。じゃあやります。送りバントに失敗してひょっとこに叱責されるお多福」

そう言って、腰を落としバットを手にしているという体で両の手を前に突きだした上で、顔をお多福にしているポチに吉岡氏が言いました。

「ちょっ、ちょっと待て」

「なに」

「あのさあ、ちょっと俺の話を聞いてくれないか。ちょっとその、お多福の顔もやめてもらっていいですか」

「なんだよ」

「俺は思うのだが……」と言って吉岡氏がした話はポチがおもしろいということを少々間違ってとらえているのではないか、という話でした。

吉岡氏曰く、ポチはおもしろいということを変な動作をしたり、変な顔をしたり、或いは珍妙なコスチュームを着る、或いは変な声を出す、或いは下ネタを言うなどなにか奇抜なことをして鬼面人を驚かすことと心得ているようだが、それは真のおもしろさではない。真におもしろいことはもっと普通の顔、普通の声調で語られるべきもので、そのように奇を衒(てら)うのはむしろ世の中の、おもしろくないこと、の部類に属する。したがっていまの延長線上でいくら熱演しても、おもしろくない感じ、が増大するばかりで永遠におもしろくはならない云々、ということでした。横で聴いていた私は、成る程、と感心し、思わず吉岡氏の顔を見上げました。吉岡氏はしかしまるでいたずら者のような目をしていました。ポチも感心した様子で、深く頷き、そして言いました。

「いや、成る程。君の言うとおりだ。そういえば僕はテレビジョンやなんかでいま君が言ったような、というのはいま僕がやったような芸を見ると嫌な気持ちになったものだが、いや、どうも人間というものは自分のこととなると判断が付かなくなるものなのだな、普段、嫌っていることを見境なくやってしまった。反省するよ。心から反省するよ」

「いやさ、欠点を指摘されて反論しないで率直にこれを認めるのは大したものだ。普通は図星を指されたらムキになって反論するものだが。いや、見上げたものだよ」

「よせやい。でも、僕はもうどうしたらよいのか。わからなくなっちまったよ。この喋り方自体もなんでこんな喋り方してるのかすらわからねぇや。僕はどうやったらおもしろいことを言えるのだろう、いや、僕はもう金輪際おもしろいことは言えねえのじゃないかな。そんな気さえしちまうのさ」

「そんなことを言うな。弱気になるな。元気を出せ。いまのおまえに欠けてるものを知りたいか」

「ああ、知りたいよ。教えてくれ。そのためだったらなんでもする。そこの酒を全部飲め、と言われたら飲んでやる」

「調子が出てきたじゃないか。じゃあ、教えてやる。いまの君に欠けているもの。そいつは切実さ、だよ」

「切実？」

「そうさ。真実味、と言ってもよい。つまりな、おもしろいことのバックグラウンドにはその人の人生の真実がないと駄目なんだよ。それは喜びであってもよいし悲哀であってもよい、とにかくその人が人生において体験した真実、認識といったものが背景にないと真におもしろいことは成立しないんだ。それが君のやったことにはまるでなかったって訳さ」

「ってことは僕の体験を語ればよいってことか」

「いや、そんな単純な問題ではないんだけれども」

「でもそれをやるとなんかこう哀しい話になりそうな気がするんだがなあ」

「それこそ語り方次第さ。どんな悲惨な話でも滑稽に語ることはできるし、どんなに滑稽なことでも見方によっては悲惨な話になる。とりあえずは、おもしろくしようと思わないで最近、君が切実に感じていることを話してみろよ。そうしたら自然におもしろくなるよ」

「そうか、じゃあ話そう」

そう言ってポチは話し始めました。もはや拳杯はどこかへ行ったようで普通に湯呑みを手にしています。気楽な奴らです。と、思っていると、シードが遠い目で庭を眺めています。牧場での過酷な日々を追憶しているのでしょうか。私はシードに、「なにを考えているのだい」と問いました。シードは言いました。「座卓の上に煮玉子があるだろう。どうにかして盗めないものかな、と思案しているのだ」と。これはこれで切実な話ですね。長くなりました。続きは来月に話します。今月はこの辺で。

シードの親切　2

切実なストーリーしかおもしろくない。切実な人生のストーリーにこそ真の笑いがある。吉岡塵美氏にそう諭されてポチが始めた話は驚くべき話でした。一言で申しますと、なんということでしょうか、ポチは禁酒をしたい、と申したのです。

それを聞いて私は自分自身の不明を恥じました。というのはだってそうでしょう、私は飼い犬であるのにもかかわらず主人であるポチが自ら禁酒をしようとしているとはつゆ知らず、酒をやめさせようとあれこれ画策していたのです。

わんっ。なんたる粗忽。私はそう自らを責めると同時に、「それだったらそうと早く言ってくれればよかったのに」とも思いました。

そうなのです。ポチは、「あー、うまい」とか、「ややや、これはまずくはない。けっしてまずくはないが私の舌には合わぬ。もずくを食ってみようか。もずくはない。いまもずくはない」など言いながら心底、楽しんで飲酒をして、これをよそうなんて素振りはまったくみせなかったのです。

いったいいつ頃、どんな心境の変化があってポチは禁酒を考えるようになったのでしょうか。できればそれを知りたいものだ、と思っていると、そう思う私の心を知っているかのように、吉岡氏が言いました。

「異な事を言うね。君は仲間内でも酒飲みの部類じゃないか。いやさ、大酒飲みと言っても言い過ぎではない。その君が酒をやめよう、てなア、ぜんてぇ、どういう風の吹き回しだい」

問われたポチは盃を手に暫くの間、ポカンとしていましたが、やがてポツリ、ポツリ、と語り始めました。

「最初に禁酒したのは、そうさな、十五年くらい前かな」

「そんな前……」

「そうなんだよ。あるとき新橋を歩いていてね、ふとこう、なんて言うのかな、やめてみようかな、ってね、思ったんだよ」

「なるほど。それで少しはやめたの」

「そのときはちょうど夕方だったから飲みながら考えてみようと思ってね、居酒屋に入って飲むうちに忘れちゃってね」

「それって禁酒って言うのかな」

「それから何度かやめようと思ったんだけど、まあ、そこまでしなくてもよいか、と思ってたんだけどね、去年の春頃、なんだか飯を食えなくなって痩せちゃってね、それで飯が食えないものだから酒だけ飲んでたらきまって胸のあたりが痛くなってね、それが激痛で転げ回るくらいに痛くって、こりゃいかん、と思って二、三日、酒をよしてみたら飯も食えるようになって」

この話を聞いて私は驚愕しました。なぜならポチがそのように苦しんでいる姿を見たことがなかったからです。私の見る限りポチは、佐川急便の物真似をしたり、ルンバと会話するなどして楽しくしているように見えたからです。いったいどういうことなのだろう、訝っていると、まるでその私の心中を察したかのように吉岡氏がまた言いました。

「酒を飲んだら胸が苦しくなるのかい。いま、苦しんでいるようには見えんがね」

「いまは苦しくないんだけれども、っていうか、いまはその症状はあまり出ないんだけどね」

じゃあ、その当時はどうだったのだろう。と私が思うと同時に吉岡氏が、「その頃はどうだったの」と問いました。

「その頃も飲んでいるときは苦しくないんですよ。むしろ、うまい。それで、そろそろおつもりにしようかな、と思う頃になって、なんだか胸が重苦しくなってくる。あ、しまった、と思って慌てて二階へ上がって横になるんだけれども、そうなったらもういけない、ドッドッドッ、って鼓動が早くなって、胸に激痛が走って、横になってるのが苦しいから起き上がる。起き上がるとそれも苦しいから、床に座る。それでも激痛が走って泣きじゃくる、水を飲む、っていろんなことをするんだけど痛みは去らず、真っ暗な部屋で少なくとも数時間は苦しみ抜くんですな」

成る程、と思いました。ポチが苦しんでいる姿を私たちが見なかったのはこういう訳なのですね。ポチは人知れず二階で苦しんでいたのです。一階で苦しんでいたのであれば、行って舐めてやることもできますが、二階じゃあ、そういう訳にはいきません。二階には猫さんたちが住んでいて、私たちは立ち入ることを禁じられているからです。私は一度でよいから二階に上がっていき、猫さんの横腹に鼻を押しつけたり、それを鼻で押したりしたいと念願しています。シードによると、「プライドばかり高くて、つきあいにくい奴らだよ」ってことらしいですが。

でもそういうとき、多くの猫さんたちはどうしているのでしょうか。曲がりなりにも飼い主であるポチがそうして苦しんでいるのだから、行って顔くらいは舐めてやっているのでしょうか。私は二階に参れないので、せめて猫さんがそうしたことをしていてくれると助かるんだがなあ、と思った、その瞬間に吉岡氏が、しかし……、と言いました。

「しかし、この家の二階には仰山の猫がいるだろう。そういうとき猫はどうしているんだ。永年の恩義に報いようと猫が君を助けに来るってことはないのか。長靴を履いた猫、なんて話もあるが」

「いやー。駄目だよ。猫はそんな恩義なんてものとは無縁の生き物だ」

「そうかい」

「そうだよ。例えば、くしゃみひとつとってもそうだよ。私がくしゃみをするとスピンクたちは遠くにいても、大丈夫かー、って走ってくる。けれども猫は近くにいても一斉に走って逃げていく」

ポチがそう言うと、いつの間にか隣座敷の座布団の上に移動して眠っていたシードが首をもたげ、「俺は行かんぜ」と言ってにやりと笑いました。そしていつの間にゲットしたのでしょうか、その前肢と前肢の間には煮玉子が転がっていました。

「ほう、そんなものかね」

「そんなものだよ。まあ、そこが猫のよいところなのだがね」

「なるほどね。しかしまあ、それはよいとしてその症状は剣呑だな。僕はそれと似た症状を井伏鱒二の小説で読んだことがあるな」

「ほーん。井伏か。井伏のなんだい」

　とポチは井伏鱒二とは知り合いで昨日も会ってたよ、みたいな感じで言いました。

「井伏鱒二の『多甚古村』という小説だよ」

「『多甚古村』か。僕は文学教室で『多甚古村』の講義をしたことがあるぜ」

「ああ、講義を聞きに行ったのか」

「ちげーよ。僕が授業をしたんだよ」

「君が？　授業を？　おそろしい話だな。大丈夫だったのか」

「ああ、大丈夫だった。猛烈に声が小さくて、激烈に滑舌が悪い奴の振りをして一時間ずうっと、ほへひゅぼひゅぼひゅ、いぴゅしぇはじゃいのすぽぽんぽん、とか言って乗りきった」

「ああ、それだったら問題ないな」

「あるよー。あるけど、それは終わった話でまあいいとして、『多甚古村』にそんな話あったっけか」

「あるんだよ。平本平太先生という柔道家が長男の出征兵士祝賀会で飲み過ぎて君と同じ症状に陥った。平本平太先生は動悸に耐えながら家の外に出て岩にしがみついて痛みに耐え、九死に一生を得たそうだが、君が言う居ても立ってもいられない感じに似てないかね」

「似てるなあ。でもそんなシーンあったっけ」

「あるよ。後で読んでごらん」

「うむ。読んでみよう」

じゃなくて、それからその胸の痛みはどうなったのかということが心配です。最近は、あまりならない、と言っていましたが、ということは完全に治ってないということなのでしょうか。私がそんな心配をしているとまるでその胸中を見透かしたかのように吉岡氏が言いました。

「いやいや、そんなことはどうでもよいのだが、君も悪くすると死ぬぜ。そういうのは完全に治さないといかん。病院へは行ったのか」

「うんにゃ行かぬ」

「じゃあ、治ってないんじゃないの」

「うん。まあ、そうなんだが、けど最近は、これ以上、飲むと後で胸が痛くなる、というのが経験的にわかるようになったので、あんまりならないんだよ。まあ、ときどきは読み違えてなるときもあるがな」

「じゃあ、問題ないな」

「まあね」

「って、問題あるよ。病院に行った方がいいよ」

「まあね。ただ、それより問題なことがあるんだよ」

「なんだい」

「いや、実は仕事のことなんだがね、このところ妙に詰まってしまってるんだよ」

「商売繁盛、けっこうなことじゃないか。僕なんざ、最近、暇で困ってるんだよ。目利部の奴なんかもそうらしい。こういう、雌鳥がキャベツ刻んでるような世の中じゃ、俺たちのような者は商売あがったりです」

「ルルル。僕だって仕事がたくさんあるわけじゃないんだよ。ただ、生産性がうんと落っこっちまったのさ」

「ルルル、そりゃあいかんね。ぜんてぇ、どういう訳で」

「それが酒だってのさ。つまりね、前の晩に飲むものだから大体において午前中は宿酔、まだ酒に酔っている状態だ。酔ってりゃ、そりゃあ能力が低下するだろ。走り幅跳びやなんかしても酒に酔っているとよい結果を出せない。だから多くの運動選手は試合前に熱燗を頼んだりしない」

「当たり前だ」

「それに加えて過度の飲酒は内臓にダメージを与える。内臓の労(つか)れは体力のみならず気力の減退も招くだろ。気力体力が充実していないと、当然の話だが生産性が低下するんだよ」

「間違いないね」

「だから酒をやめれば生産性が上がって、この詰まった状態から逃れることができるんじゃないか、とこう思うわけだよ」

「君の言うことはいちいちもっともだ。酔っ払いとはとても思えない。ま、一杯行こう」

「ややや、こ、こりゃ、どうも」

「この盃を受けてくれ、どうぞなみなみ注がしておくれ」

「さよならだけが人生だ、ってやつか」

「そうそう。今度、ふたりで目利部を殴ろう」

「おお、絶対、殴ろう」

など言って盛り上がっている吉岡氏と主人の姿を眺めつつ私は非常に驚いていました。私は起き上がって座布団の上で微睡（まどろ）んでいるシードのところへボタボタ歩いて行きました。

「シード君」

「なんだい、スピンカー」

「口の周りが黄色くなっているぞ」

「ははは、煮玉子を食ったからだろう。舐めてくれ」

「よかろう」

私はシードの口の周りを舐めました。

「煮玉子ってのはうまいものだな」

「そうかあ。そんなでもないだろう」

「それより驚いたよ。ポチが君の言ったことをほぼそっくりそのまま言っていたよ。君はポチの心が読めるのか」

「いや、そういう訳じゃない」

「じゃあ、なんでポチは君の言ったことをそっくりそのまま言ったんだい」

そう聞く私にシードは言いました。

「じゃあ聞くが、なんでポチは君の考えたことをそっくりそのまま書いてるんだい」

私は思わず、バフッ、と声を挙げました。私がポチの脳を操作してこの文章を書かせているのと同じようにシードはポチの思考を操って酒をやめさせようとしてくれていたのです。

「シード、君もポチのことを心配してくれていたんだね」

「まあな。いま死なれたら煮玉子も食えなくなるからな」

そう言ってシードは私の目を舐めました。

深夜、四人が吠える

酒などまったくやめる気がなかったポチがシードによって酒をやめる気になりました。シードによって、というのはシードがポチの頭脳を操ってそう思わせてくれたということです。

それから吉岡麈美氏と主人・ポチはどうなったでしょうか。あれから主人はシードの考えのまま、飲酒によっていかに自分が駄目な人間になっているかを縷々、陳べました。聞いていた吉岡氏もそれを否定することはなく、「おまえの最近の仕事は驚くほど腐っている、と目利部や栗禿が言っていた。儂もそう思う」とか、「酔ったおまえは人間ではない。ゾンビでもない。じゃあなんだって？　ははは。粕漬けじゃよ」など言ってこれを積極的に肯定しました。

そして普段の意固地なポチであれば、そしてこのように大酒を飲んでいれば猶更のこと、ますます意固地になって、いやそんなことはない、なんとなれば、と混濁理論を炸裂させて執拗に反論したでしょう。けれども頭脳にシードの理論が入っているのでそういうこともせず、「いや、そうなんだよね」「仰る通り」と同意・同調しました。

ということで、飲酒の害について共通の認識ができたわけですから、話は次のステップ、すなわち、禁酒についての具体的な方法や手順、に進んでしかるべきなのですが、二人とも酔っているものだからなかなかそこに話が進まず、いつまで経っても、知り合いが酒に酔って沼に落ちた、とか、酔余のあげ句、俺の肋骨の強さを見せてやる、と絶叫して自らの拳で肋骨を殴った結果、肋骨が全部折れた、とか、某君は酒が元で離婚した、とか、某氏は酒が元で宇宙人に攫われた、などと酒の害を説くばかりで、話がちっとも前に進まないのでした。

というのはでももしかしたら、シードに操られたポチの頭脳の、懸命の抵抗であったのかも知れません。

そうなんです。もちろんシードの操作は強力ですが、ポチの頭脳の奥底にある、飲みたい、なんとしてでも酒を飲みたい、という根源的な欲求もまた苛烈で、そう簡単には、「じゃあ、酒をよしましょう」ということにはならなかったようなのです。とはいうもののシードもまた一筋縄ではいかない男です。

いったんやろうと思ったことはどんなことをしてもやり遂げる男です。くろーい顔で。

なので隣座敷で素知らぬ顔をして向こうを向き、林檎の蔕のことを考えているような素振りをしつつ、内心では、「主人の分際で私に逆らうとは猪口才な。どんなことがあっても禁酒を決意させてやる」と思っているようでした。

そのときふと庭を見ると蠟梅が咲いていました。

「飲みたい。どんな卑怯な手段を使ってでも飲みたい」「禁酒をしなければ滅亡して死骸は鹿センベイになり、その結果、鹿に食われる」この二つの思いがポチの貧弱な頭脳のなかで熾烈なバトルを繰り広げました。

果たしてその結果や如何。というのは言うまでもありませんね、甘やかされたぼっちゃんで、万事において意志薄弱なポチが、子供の頃から他人の飯を食い、過酷な牧場で生き延びて今日の地位を築いたシードに勝てるわけはなく、そんな不毛なやりとりの挙げ句、ついにポチは朦朧たる酔眼を、くわっ、と見開き、

「ひょし、今日を限りに僕は酒をやめる。金輪際、一滴も飲まぬ。神に誓って飲まぬ。ひょし、ひょし。スピンク、ひょし」

と言ったのです。

ひょし、というのは、よし、の謂いです。いやー、よかった。ついにポチは禁酒を

決意した。結句、それが本人のためだ。よかったあ、よかった。吉岡氏も小馬鹿にしたような笑みを浮かべてこれを祝福している。これというのも、シード、君のお蔭だ。シード、ありがとう。と私はシードに感謝し、シードの顔を舐めに行こうかな、と思った、ちょうどそのとき、ポチは、「だが、しかし」と宣言を保留するようなことを言い、続けてこう言いました。

「だがしかし、このままやめるわけにはいかない」

「どういうことだ。やはりやめぬのか」

と、言ったのは吉岡氏です。

「いや、やめる。私の禁酒、いやさ、断酒の意志は金剛不壊。ただ、後顧の憂いを残したくない」

「どういうことだ。ぜんぜんわからない」

「いやね、つまりね、まあ、酒はやめる。あんな危険な毒物を摂取するなんて正気の沙汰とは思えないからね。もしそんなやつがいたら僕はそいつとは絶交する。たとえそれが自分であってもだ。ただね、まあやめるのはやめるのだが今日はもう飲んでしまってるわけだから、いまからやめたとしてもだねぇ、後日、振り返った場合、やめた日付としては明日からということになる訳でしょう」

「まあ、そういうことになるよな。何日から酒をやめた、とは言うけど、あの日の何時何分からやめた、とは言わないでしょ」

「でしょ。それに今日飲む酒は人生最後の酒になるわけで、断酒の後、ああ、あのとき飲み足らなかったんだよなあ、なんてことになったら大変でしょ。禍根を残す、みたいな感じになって」

「いちいちもっともだ」

「でしょ。なので今日はもうトコトン飲もう。トコトン飲んで明日からスパッとやめる。これが男の魂じゃないか」

「賛成。酒が廃ればこの世は闇だ。ただ、気になることがひとつあるのですがね」

「なんだ。言え」

「言え、とは恐れ入る。というのは僕が持参した酒がね、もはや残り少なになってしもうた」

そう言って吉岡氏は酒瓶を持ち上げて左右に振りました。

「なるほど。ちゃぷちゃぷ、つってんね。いや、それについては少し前から僕も気がついていた」

「どうする。コンビニに行って黒霧島と関東煮でも買ってくるか」

「馬鹿な。普段ならそれでもよいが、今夜は僕の一生を左右するほどの重大な夜なんだよ。そんな貧乏くさいことがやってられるか。車を呼んで街まで行って盛大にやらかそうじゃないか」

「それはいい、と言いたいところだが」

「どうしたんだね、ワシーリィ・ステパノヴィッチ」

「誰がステパノヴィッチやねん。いや、実は少々、ゲルピンなんだよ」

「ゲルピンってなんですか」

「素寒貧なんだよ」

「素寒貧ってなんですか」

「ネカがないんだよ」

「ネカってなんですか」

「ああ、もう、わからん人やなあ、お金がないんです」

「お金ってなんですか」

「君、最初からわかって言ってるだろう」

「すまん、すまん。けれどもそれについては心配は要らん」

「ああ、君、あるのか」

「いや、僕もないんだが僕は不思議な札を一枚持っていてね、さんざん飲み食いしても会計の際に、この札を見せて署名をすると許して貰えるんだよ」

「ほお、そりゃすごい、って、それただのクレジットカードやがな」

なんてやり取りがあって、残りの酒を飲み干した主人と吉岡氏はタクシーに乗って出掛けていき、私たちは暫くの間、床柱にマーキングをしたり、縁側から庭の草花や池の鯉を眺めるなどして和室で楽しい時間を過ごしました。

その日、私たちは散歩に参っておりませんでした。まあ、別に参らずともよいのですが、毎日、参っているものを今日だけ参らないというのもナニなので、ポチが戻り次第、そう命じて散歩に参ろう、と考えておりました。もう夜分だし、ポチは酔っていて運転ができないだろうから、家の近所をグルッと回ろうとも。

ところが、その肝心のポチが帰ってきません。どれくらい帰ってこなかったかというと、二回、八つが食べたくなり、三回、寝てはのそっと起き上がるくらい帰ってきませんでした。というとどれくらいの時間なのでしょうか。シードによると、新幹線というものに乗って名古屋というところに行き、歩廊で赤福餅という餅菓子を買い、その場で貪り食らって帰ってこられるくらいの時間、だそうです。

今日は泊まってくる、と言って出た日は別ですが、そう言わないで出掛けてこんなに遅いことはかつてなく、私はそろそろ心配になってきました。ううむ。粗忽なポチのこと。悪い人に騙されているのではないか。海岸で無理矢理にキューリを食べさせられているのではないか。彼はキューリアレルギーなのに、と寝そべっていてもそんな不吉な考えが次から次に頭に浮かんで寝そべっていられず、起き上がって四肢を踏ん張って立ち、虚空に向かって、ワン、と太い声で吠えるなどしてみましたが、そんなことをしてもなにもならず、やはり探しにいかないと駄目だろうか、と思う頃、表の方からポチを乗せたタクシーが坂を登ってきました。

というと、え、なんでわかるの、って思うかも知れませんが、私たちの感覚はとても鋭敏なのでそれがセダンなのかトラックなのか、近所の人が乗っているのか配達の車なのか、なんてことを簡単に聞き分けることができますし、大事の主人が乗っているかいないか、なんてことは当然、わかります。

といってでもこのときは私どもよりも感覚が劣る人間でもわかったのではないでしょうか。というのはポチが大声で歌を歌っていたからです。ポチはタクシーに乗っている最中はこんな歌を歌っていました。

「こころ、震える、ヘアピンカーブ。臭い森からゴーゴーゴー。ヤングポピーは喫茶店、ホワイトポピーは喫茶店。臭い森からブライトに禿げる。だから負けるな、負けるな、ゴーゴーゴー」

っていうのはそう以前、ポチが車を運転中に歌い、夢中で歌うあまりハンドル操作を誤って石垣にタイヤを激しくこすり、タイヤを破裂させたときに歌っていた歌です。こ、これを歌う、ということはどういうことなのでしょうか。あれ以来、ポチはこの歌を封印してきたはずなのですが。ポチはパンドラの箱を開けてしまったのでしようか。

　と、心配していると、手元の覚束ぬポチは長いことかかって運転士さんにお金を渡し、ようやっと車から降りたのですが、足元も覚束ぬようで、歩き出そうとしてよろけ、よろけた拍子に、ゴン、と門柱に頭をぶつけ、

「あ、いたたたたた」

　と声をあげました。

　なんて、一部始終を私は見ていたわけではありません。ありませんが、さっきも申し上げたように私は音によってそのポチの一連の行動がわかるわけです。

　そしてポチは怒鳴りました。

「どこのガキじゃ、こらあ。いてもたろか、こらあっ」

　と言ってももちろん門柱が返事をするわけがありません。じーっ、と黙っています。それでようやっと門柱に頭をぶつけたのだ、と気がついたポチは、「くほほん。門柱やンか。こんなところに門柱みたいなもん建てやがったクソ間抜けはどこのどいつじゃ、ぼけ。って、俺や、ちゅうねん」と、愚昧なことを言いながら木戸をくぐって邸内に入ってきました。

　いくら人間の耳が悪いからといって、あんな大声を出せば近所に丸聞こえです。おそらく近所の人は爆笑しているか馬鹿にしているかのどちらかでしょう。いや、もし

かしたら激怒しているかも知れません。このあたりに住む人はポチのような遊治郎と違い、夜は早くに寝てその分、朝早くから起きて働く真面目な人ばかりだからです。かかる夜分に、こんな阿呆声で歌ったり喚いたりされたら寝ていられません。

と、そのときはそう思いました。けれども玄関の鍵を乱暴に音を立てて開け（よく鍵を落とさなかったものです）、廊下を通って私どものいるリビングルームに入ってきたポチを見て私は深夜でよかった、と思いました。

なぜなら泥酔者と変じて帰ってきたポチはいったいどういうわけなのでしょうか、純白のウェディングドレスを着ていました。

まずキューティーが激怒して吠えました。ワンワンワンワンワンワンワンワン。そしてシードがその尻馬に乗って甲高い声でキャンキャンキャンキャンキャン。初めは啞然としてポチの姿を見ていた私も、次第に吠えたいような、吠えないとやっていられないような気持ちになって、ワンワンワンワンワンワンワン、と太い声で吠えました。前肢もジタジタしました。

したところなぜかポチがぶち切れ、「おまえら、その態度はなんだ。おまえらが吠えるなら俺も吠えてやる」と絶叫し、全力の大声で、ワンワンワンワンワンワンワンワンワンワンワンワンワンワン、と吠え始めました。

私らは深夜のリビングルームで吠え合いを始めました。そのうちの一人は純白のウエディングドレスを着た五十三歳の男でした。二重三重におかしいですよね。と申しているうちに、お時間がみえたようですね。続きは来月に申し上げましょう。

ポチになにがあったのか

みなさん、こんにちは。スピンクです。先月の続きを申し上げます。

さて実際のところ、ポチの身の上になにがあったのでしょうか。結論から申し上げますとよくわかりませんでした。なぜなら肝心のポチが忘却してしまっていたからです。翌日の午後、最悪の二日酔いに苦しむポチを美徴さんは厳しく追及しました。隣で聞いていて、これほど厳しく追及されるのであれば、なまじ隠すよりすべて話してしまった方が楽だろう、と思われるくらい厳しい追及でした。あのシードが、「俺なら腹を出すがな」と思わず呟くような厳しい追及です。にもかかわらずポチが答えられなかったのは本当に覚えていないからです。

本人が忘れてしまったことを誰が語れるでしょうか。ましてや私は犬です。「主人はなにも覚えていなかった」と申し上げるしかありません。けれども、です。一家の

講談社の新刊

届け、物語の力。

あらすじ

高校二年生の越前亨は母と二人暮らし。父親が遺した本を一冊ずつ読み進めている。亨は、売れない作家で、最後まで家族に迷惑をかけながら死んだ父親のある言葉に、ずっと囚われている。

図書委員になった彼は、後輩の小崎優子と出会う。彼女は毎日、屋上でクラゲ乞いをしている。雨乞いのように両手を広げて空を仰いで、「クラゲよ、降ってこい！」と叫ぶ、いわゆる、“不思議ちゃん”だ。

クラゲを呼ぼうと奮闘する彼女を冷めた目で見ながら亨は日常をこなす。

八月のある日、亨は小崎が泣いているところを見かける。そしてその日の真夜中——街にクラゲが降った。

物語には夏目漱石から、伊坂幸太郎、朝井リョウ、
森見登美彦、宮沢賢治、湊かなえ、村上春樹と、
様々な小説のタイトルが登場します。
この理不尽な世界に対抗しようとする若い彼ら、彼女ら、
そしてかつての私たちの物語です。

主人が深夜、ウェディングドレスを着て帰ってきたというのは飼い犬として看過できる事態ではありません。

私はシードとキューティーに話しかけました。そのときシードは赤いソファーの上で、私は気がつきませんでしたが、猫でも通ったのでしょうか、ウッドテラスの様子を窺っていました。キューティーは床に落ちているポチの上衣の上に奈良公園の鹿のように腹這いになっていました。ポチは床に落ちて呻いていました。時が経つにつれて宿酔の症状が重くなっていくのでしょう、時折、譫言(うわごと)を発しておりました。

「シード、そしてキューティー。話があるんだがちょっといいか」

「いいぜ」

「いいよ」

「話というのは他でもない、そこに倒れて苦悶している……」

「ああ、ポチのことか」

「そうなんだ。まあ、君がそうして冷淡なのはわかるよ、シード。飲み過ぎというのは100％、自分の責任だからね」

「自業自得、ってやつか」

「おっしゃるとおりだよ、奈良公園の鹿君」

「誰が奈良公園の鹿やねん」

「げらげら、って、笑い事ではないんだよ。もちろん、宿酔は自分の責任だよ。けれども」

「みなまで言うな。昨日のウェディングドレスの一件だろう」

「そうなんだよ。いったいなにがあったのか。場合によってはポチの身に危険が及ぶことはないのかどうなのか、それが心配なんだよ」

「それも含めて自業自得と私は言ってるんだがな、スピンク君」

「仰る通りだ。しかし、気の毒だとは思わないか、シード君」

「誰がですか」

「って、キューティーに真顔で問われると困惑するなあ、いや、別に、ポチだけど」

「なるほど、まあいいや。とにかくなにがあったかをみんなで考えたいとこういうのだな」

「そういう訳だよ、シード君。そうして真相を解明したうえで力になれる部分があれば力になってやりたいと、こう思うんだよ」

「力になってやるかどうかは別だが、なにがあったかについて考えるだけなら考えてやってもいいぜ」

「おおきに」

「私も考えますよ」

「キューティーもおおきに。難しいですが三人で考えればなんとかなるでしょう」

「それを称して、三人寄れば文殊の智慧、とこういうんだよ」

「シードはなんでも知ってますね」

キューティーはそう言って尻尾を上下に小刻みに動かしました。

「まあね。別の言い方で言えば三人官女とも言うんだよ。それが三つ集まって初めて御三家と言われる。三番叟（さんばそう）というのはそうした出来事を収めたソングブックのことなんだ」

「途中からなにを言っているのかわからんのだがねぇ、とにかくなにがあったと思う？」

「君はどう思うんだ、スピンキー」

と、シードに言われて私は考えを巡らせました。いったいポチの身の上になにが起こったのでしょうか。まず考えられるのは、外的な要因、例えば突然、悪漢が襲いかかってくるとか、隕石が落ちてくるとかそういったことを考える以前に、ポチ自身の内的な要因が大きくかかわっているということで、はっきり申し上げますと、ポチは泥酔しており、正常な判断能力を失していた、ということです。

だからつまり、ポチが平和かつ穏健に道を歩いていたところ、突如として数名の男がやってきて無抵抗のポチの服を脱がせ、持っていたウェディングドレスに着替えさせた、ということではなく、そこにはなんらかのポチの意志が反映しているはずです。つまり世間がおかしいのではなく、ポチ自身がウェディングドレスに着替えるなんて突飛なことをするくらいござっていた、ということですね。

じゃあそれはよいとして（ちっともよくありませんが）、どういうことでポチはウェディングドレスを着ることになったのでしょう。例えば私が、ぱっ、と思い浮かぶのはこんなことです。ポチと吉岡氏はいい気持ちに酔っ払って町を歩いていました。したところショーウインドーにウェディングドレスを飾ってある店がありました。普通なら通り過ぎるところですが、酔っている人は思いも寄らぬことをします。このときもそうで吉岡氏はスタスタとその店に入っていきます。一緒にいる人がそんなことをしたら普通はもう一人の人が、「冗談はよせ」など言ってとめるのですが、ポチもまた泥酔しているので、ゲラゲラ笑いながら入っていきます。そのうえでゲイのカップルの振りをして、「私たち再来月、結婚するんでウェディングドレスを誂えたいんです♡」かなんか言い、ウェディングドレスを試着、鏡を見るうちに、このまま町を歩いてみたい、という気持ちになり、店員の制止を振り切って町に出てそのまま逃走した、みたいな。

と、そこでそれをそのままシードに話しますとシードは、「うむ、それはありうるかも知れない」と言い、そのうえで、「しかし、その可能性は低いだろう」と言いました。シードは、高価なウェディングドレスを着たまま外に出るのを店員が許すわけがなく、制止を振り切ることはまずできないだろう、と言うのです。考えてみればその通りですね。まさかそのまま遁走するとまでは思わないにしても、商品を汚されたりする可能性は高いですし、外に出ていこうとしたら身体を張ってでも留めるに違いありません。

「ううむ。そうですねぇ。じゃあなんだろうなぁ」

と、何年かぶりかで、プードル特有の首傾げ、をしてしまい、ああ、子供みたいなことしちゃったよ、と思っていると、自分の前肢をガジガジ囓りながら何事かを考える体であったキューティーが突然スクと立って、「花嫁じゃないですか」と言いました。なんのことやらまったくわからず、私とシードが、「花嫁？」とまるで、オウムが聞き返すように聞き返すとキューティーは、「そうです」と言って説明を始めました。

「ほら、ポチという人間は時折、なんの前触れもなく歌を歌い始めて、自分でも制御できなくなって止まらなくなるときがあるでしょう」

「あるあるあるある」

「あれが吉岡氏と連れだって歩いているとき、或いは腰掛けて酒を飲んでいるときに起こったんですよ。けれども、店のなかや道で大声で歌うと駄目なんです。駄目なんですよね、シード」

「ああ、駄目だ。事実、俺の飼い主に、それをやって連行され、二度と戻ってこなかった奴が何人かいる。ああ、一人だけ戻ってきたかな。けれどもそいつは戻ってきたときにはすっかり無気力な男になっていた。国体まで行った男だったのだがな」

「でしょ。だからポチは……」

「我慢したんだな」

「莫迦な。あの幼児的なポチが我慢なんてできるものか。だろ、キューティー」

「そうなんですよ」

「じゃあ、どうしたっていうのだ」

と問う私にキューティーが言いました。

「ポチと吉岡さんはカラオケというところに行ったんです」

カラオケ。以前、酔っ払ってポチが歌いやまず、美徴さんに、それまでに歌いたいのならカラオケルームに行って歌いなさい、と叱られた際にシードに教えて貰ったことがあります。世の中にはポチと同じ病気を抱える人が意外にもたくさんいて、そんな人のために防音設備を施した個室が幾つも並んだ施設があり、そこに行けば歌の中毒患者は連行を恐れずに歌を歌うことが出来るのだそうで、シードによると、「歌の阿片窟のようなところ」らしいです。その阿片窟というのがまたわからんのですが。

とにかく急に歌いたくなったポチはその歌の阿片窟に行き歌を歌った、その歌の題名が「花嫁」だとキューティーは言うわけです。

そう言われて初めてその曲調と歌詞を思い出しました。ポチはときどきこの歌を歌い、例によってやめられなくなることがあります。ポチが美徴さんに話していたのを聞いたのですが、なんでもこの歌はポチがまだ子犬で小学校というところに通っていた頃に流行した歌で、恋人のためにすべてを捨てた花嫁が夜汽車に乗ってひとりで嫁いでいく情景を歌った歌なのです。「流行していた歌なのでいたるところで聞こえていたが、休日、両親及び妹と、箕面（みのお）、というところに車で出掛けた折り、カーラジオから流れているのを聞いたのが、もっとも印象に残っている。子供心にも悲しさと明るさ、希望と絶望が入り交じったように感じられた。蓋（けだ）し昭和の名曲じゃよ」とポチは美徴さんに申しておりました。

それで二時間も三時間も、はーなーよめはー、よぎしゃー、にのおってー、と歌い続け美徴さんに、「気が狂いそうなのでやめて貰えないか」と苦情を言われ、「愛しい人のために親を捨て兄弟を捨て郷里を捨てて、花嫁衣装もなく、結納もなく、ケーキ入刀もなしに、汚らしい木綿のズボンと珍妙な手編みのセーターで外套もなしに鼻水を垂らして寒さに震え、駅弁を食べるカネすらなく、コッペパンと水で飢えを凌ぎながら夜行に乗ってひとりで嫁いでいく女の気持ちがお嬢さん育ちのおまえにわかるのか」と言って、怒られぬ程度に小規模に暴れたのです。もちろん、ポチはそのとき泥酔していました。

「ああ、あの『花嫁』か。あれなら私も何度も聞いたよ。勿論、ポチのバージョンだけどね。なるほど。それで気分を出すためにウェディングドレスを着たってわけか」

「そういうことですよ」

「しかし、着たいからといってウェディングドレスがそう簡単にあるかね」

「ああ、それなら、あるだろう。歌の阿片窟には各種のコスプレ衣装というものが取りそろえてあるらしい」

「そんなものかね」

　ということで歌の阿片窟すなわちカラオケに行ったという説がキューティーによって唱えられ、その後も、コスプレバーに行った。たまたま結婚式場の近くを通りかかったところ、挙式直前になって花嫁が元彼と遁走、けれども年老いた両親のために嘘でも式だけは挙げたいから代わりに花嫁になってくれと懇願され、「年齢的に無理、そもそも男だし」と断ったのだけれども、「そこをなんとか。お礼として五万円払うから」と言われ引き受けたものの途中で嫌になって逃げてきた。などの諸説が提出されましたが、どれもどこかしらがしっくりこず、結局、真相は藪の中、ということになりました。藪の中、というのはわからないということで、芥川龍之介という人が、

「藪の中」というわからない小説を書いて以降、わからないことを、藪の中、というようになったらしいです。私はポチに、「壺の中」という小説を書いてほしいです。ということはまあよいとして、そうして私たちが話し合う間も美徴さんの厳しい追及は続いていました。しかしいくら問い詰められてもポチは本当に覚えていないらしく、追い詰められたポメラニアンのようなポチはついになにも答えることができません。そこで美徴さんは質問を変えました。美徴さんは主人・ポチに、

「あなたはいったい今日のこの事態、すなわち泥酔の挙げ句、ウェディングドレスを着て帰って、なにも覚えていない、ということこの事態をどのように認識しているのか」

と、問いました。それに対して、「そ、それは……」と答えて絶句したポチはミノを失ったミノムシのようでした。

ポチ、乱舞。

庭池の畔に馬酔木(あせび)、そして木蓮が咲いています。いずれも白い花です。私の毛皮も白なのでなんだか嬉しいような心持ちがします。まるで自分が咲いているみたいな、って、へっ、そんなことはありません。ちょっとお小便かなにかをしようかなと思って、主人を連れて木戸をくぐって表の方にでると、こんだ、道沿いにハナニラが咲いています。これも白い花ですね。

あ、そうそう池の畔には枝垂れ梅も咲いているのですが、これはもはや散り始めて池の水面に花弁を散らしています。風が吹くとそれがグルグル渦巻いて流れます。ちょっと前は敷地の東の隅の崖に突きだした山桜が咲いていましたが、これはもはや完全に散ってしまって葉っぱが茂っております。

というとおかしいなあ、と普通は思うはずで、そりゃそうですよね、普通はまず梅が咲いてそれから桜です。桜が咲いてその後、梅が咲くなんてことはありません。犬が西向きゃ尾は東、雨が降る日は天気が悪い、親父は俺より年が上、という類の、万古不易の理論です。

　ところが私どもにおいてはまず桜が咲いてそれから梅が咲く。なんでこんなことになるのかというと、言うまでもありません、この家の主人、ポチが変コだからです。変コというのは聞き慣れない言葉ですか？　ポチがよく使う言葉で、変人・偏屈、変わり者ほどの意味です。ならば誰でもわかるように真っ直ぐに、変人、または、偏屈、変わり者と言えばよいところをわざわざ変コと曲げて言うのはとりもなおさず主人・ポチが深更にウェディングドレスを着て帰ってくるような、変コ、だからです。そうしたポチの変コが庭に感応して変な花の咲き方をするのです。なぜ感応するかというとそれがポチが所有する庭だからです。おそるべきことです。

　ということはポチの飼い犬である私もまた変コな犬なのでしょうか。マア、こんな文章を書いているのですからそうなのかもしれませんね。ならば私たちは助け合って生きていくべきでしょうし、まあ実際のところ、そうしてなんとか生きているのです。

　ということですが、あのとき、即ちポチがウェディングドレスを着て帰ってきた翌朝の出来事は、実際のところ、一大転機であったと言えましょう。

美徴さんに、なぜ、そんな馬鹿な恰好で帰ってきたのか、どういう経緯でウェディングドレスを着ることになったのか、と問い詰められたポチは、覚えていない、と答えるしかありませんでした。本当に覚えていなかったからです。

そして次に、では今日のこの事態をどう認識しているのか、と問われて追い詰められたポチは呻くように言いました。

「申し訳ないことをしたと思ってる」

それに対して美徴さんが言いました。

「申し訳ない、っていうのは具体的に言うとどういうことなんですか」

「はあ?」

「いや、だからね、申し訳がない、というのをもっとわかりやすく別の言葉で言うとどういうことになるのですか」

「まあ、それはですねぇ……」

とポチは、暫くの間、南の窓や分電盤の上の方にかかった蜘蛛の巣を見て苦しげな顔をして口ごもり、そして言いました。

「それは、申す、訳がない、ということになりますねぇ」

「そのままじゃん」

「え、まあ、そうなんですけどね、つまり、もう、訳というものですね、これが、もはやない、という状態とでも申しますかね、そういうことですね。つまり、この、もう、訳とか理由とかですね、そんなものが一切ない。自分もない、他人もない。存在がない。認識がない。一種の、このお、般若心経のような、なにもない状態っていうのかな、その中に、ただ一着のウェディングドレスだけが存在する？　みたいな？」

「もしかしてぜんぜん反省してなくない？」

「いや、それはない。それは絶対ない。もう反省はムチャクチャしてるっていうか、私は生まれてからこれまで生きてきてこんなに反省したことはないと思ってるくらいですよ。っていうか、人類史上、いまの私ほど反省している人間はまずいないんじゃないですかねぇ。私の知る限り思い当たる人がおりません。はっきり申し上げて」

「成る程。じゃあ、どうするんですか」

「と、申しますと」

「今後、こういったことのないようにするためにどういう対策をとるのですか、と聞いているのです」

「ああ、それについては私も随分と考えましたが、やはりですねぇ、なるべく結婚式場のあるようなところには近づかない。いや、もちろん、もちろん、そうしたコスプレ衣装が置いてあるようなカラオケ屋には行かない。いや、むしろ僕は生涯、いいですか？　生涯ですよ？　一生涯、カラオケで歌うことはしない。歌うならいくらお金

がかってもいい。生バンドで歌う。そのことを誓います」

「いや、そういうことを言ってるんじゃないんですわ」

「そういうことじゃない。そういうことじゃない。ですよね。ですよね。当たり前の話です。問題はカラオケではありません。ウェディングドレスを着ない、ということが重要なんです」

「いや、それだけじゃないでしょ」

「それだけじゃない……、ってことは、そうか。そうですね、僕はもう、なんていうんでしょう、ナース服とか、あとは、ミニスカポリスの恰好は殺されてもしない、と、こういうことですよね」

「いや、だからそうではなく……」

「そうではない？　ということは、あー、なんだろう。あー、わかった、そういうことか。つまり、僕が誓うべきはナース服がどうのとかそういう次元のことじゃない」

「やっとわかったのかよ」

「やっとわかったよ。つまりこういうことでしょ。ゴスロリは絶対に避ける」

「ちげーよ」

「違う。ううむ。じゃあ、どういうことなのだろうか。皆目、見当が付かない。まるで雲を摑むみたような話だ」

「ええ、マジい？　マジでわかんないの。嘘でしょ」

「私は生まれてから嘘を言ったことは一度もありません」

「まあ、それ自体が嘘なんだけどね。じゃあいいよ。教えてやるよ」

「ぜひぜひ」

「なにが、ぜひぜひ、だよ。てめぇがいま誓うべきことは禁酒じゃねぇのかよ」

「キンシュ？　はて？　聞き慣れない言葉ですが、ちょっと待ってください。あ、わかったわかった。茸とかそういったものの種類というか分類というか、そういったとき確か、菌種、という言葉を使いますよね。そっちの菌種でよろしかったでしょうか」

「違いますねー」

「ああ、違う。そういたしますとお、お金を出す人のことを金主と言いますよねぇ。そっちの金主でお間違えないでしょうか、ってあの、なんか、どうされました？　ご気分でもお悪いのでしょうか。どちらへいらっしゃいます？　あの、お客様」

「誰がお客様や」

「あれ、なんか、棒を持って戻ってこられましたが、手打ち蕎麦をなさいますか。それでしたらあちらのウッドテラスの方が広くて快適でございます」

「手打ち蕎麦、しません」

「島仙一家の赭熊の虎や、というやつですね。ではいったいなにを？」

「え、別に普通に」

「普通になんですか」

「撲殺」

「あ、ちょっと、待ってください、ちょっと待ってください。いま急に頭に浮かびました。あなたの仰っているのはもしかしたら禁酒、すなわち酒を断つことではありませぬか」

「なにが、ありませぬか、よ。っていうかさあ、昨日、酒をやめる。それにあたって最後に心残りにならないように飲む、それで飲んだらやめる、って言って出掛けたんじゃないの」

「ぎょぎょっ。なぜそれを知っている？」

「知っているもなにも狭いうちであんな大声でしゃべってたらそりゃ聞こえるよ」

「マジですか。ううむ」

「男が口に出していったん言ったことをやっぱりやめる、っていうのはメチャクチャ、恰好悪いよね」

「まあ、それはそうです。しかしですねぇ、それを言ってしまうと、じゃあ、女性はいいのか、という話になり、それを敷衍していくと、女は嘘を言っても許される、ということ、女はかなりの割合で嘘を言っている、ということになりましてですね、非常にこのお、女性蔑視のような思想に繋がりかねないという危険性を胚胎している、ということになりゃあしないかと私は懸念してるんですね」

「あ、そう。じゃあ、言います。女性蔑視にはならない」

「あ、そうですか。なるほど。ということになりますと、これは困ったことになるのですが、しかしですねぇ、そうしますとですねぇ、あの宣言したときのですねぇ、私の精神状態がどんなだったかということを考えないと議論の方向性を見失うと思うんですね」

「別に議論なんかしてないんだけどね」

「じゃあ、勝手に喋りますがね、喋らせて貰いますがね、僕はあのとき正常な状態じゃなかった。酒に酔って善悪を弁別する能力を著しく欠いていた。つまり、あの断酒宣言ですね、あれは正常な精神状態でなされた宣言ではない、ということなんですよ。だって考えてもごらんなさい。節酒とかそんなものじゃない、断酒ですよ。これがどれだけ恐ろしいことかあなたにわかりますか？　生涯、死ぬまで酒を飲めないということなんですよ。そして当たり前の話ですが死んだら酒を飲めない。そんな身の毛もよだつようなことをするなんて、まともな精神状態の人間が言うわけないでしょ。ちょっと考えたらわかることじゃないですか」

「なるほど。断酒は嘘だった、と」

「嘘、というと聞こえが悪い。まあ、激情酩酊中の犯行で責任能力がない、といったところでしょうか」

「わかりました。じゃあ、お飲みなさい」

「ありがとう。頑張って飲みますわ」

「ただ、条件があります」

「みなまで言うな。ウェディングドレスは二度と着ない。なんだったらついでに黒紋付も着ないでおこう」

「違います。逆です」

「逆？　どういうことだ」

そう言って訝しげに目を細めるポチに美徴さんは言った。

「酒を飲むなら起きている間中、ウェディングドレスを着ていてください」

「はあ？　意味わかんないんだけど」

と、問うポチに美徴さんはその趣旨を説明しました。曰く。

酒をどうしてもやめぬのであればそれは致し方ない。しかし問題は、貴公は酒を飲むと必ず馬鹿なことをするという点だ。それのなにが問題かというと、いろいろ問題なのだが、大きな問題のひとつに、まともだと思っていたら馬鹿だった、というのがある。そこそこまともだと思ってそれなりの応対をしていたら急に馬鹿なことを始めて周囲が困惑するのだ。ならば。最初から、馬鹿でござい、という看板を上げていた方が余程よい。それによって周囲の者は、ああ、馬鹿なんだ、と判断することができるので無用の混乱を防止することができる云々。

「つまり二六時中、ウェディングドレスを着て生活をして恥をかけ、と。君はこう言っているのか」

「そうです」

「わかった。そこまで言うのなら、そこまで言われるのなら、いいよ。やってやるよ。僕をなめるな。僕はそれくらいのことは平気の平左でやってのける男だ」

そう言うとポチは和室に駆け込み、暫くごそごそやっていたかと思うと、和室につくねてあったウェディングドレスに着替えて戻ってくると、

「たーかーさーごーやー、こーのーうーらーぶーねーに、ほーをーあーげーてえええええっ」

と厳粛な声で自ら歌い、手ぬぐいを振り回して舞い、ひとしきり舞うた後、

「酒や、酒や、酒、持ってこいっ」

と怒鳴り散らすなどして狂乱しました。私はちょっと驚きました。

職務質問されました。

みなさん。こんにちは。四月になって寒かったり暑かったりして天候がめまぐるしく変わって気圧の変動も激しいようですが、皆様におかれましてはお変わりはございませぬでしょうか。スピンクでございます。私事で恐縮ですが、私は夏に向けてイメチェンを図っております。といって急にシェパードになったりブルドッグになったりするわけではなく、プードルはプードルのままなのですが、ほほほ、プードルというのは毛の刈り方によって外見を自在自由に変えることができて、それは恰も人間の女の人の服装や髪型や化粧を変えることによって雰囲気を変えるが如くです。

というのは例えば私とキューティーは同月同日に生まれた六つ子のうちの二人で、紛れもない兄弟なのですが、見た感じは他人にしか見えません。それは髪型がまったく違うからで、私が耳の毛を長く伸ばして威厳があるのに比して、キューティーはまん丸なアフロヘアーで可愛らしい感じなのです。なので往来を通行している際など、私たちを兄弟と見破る人は皆無です。親子ですか？　と訊かれることはありますけどね。

まあ、そういう私もときにはキューティーのようなまん丸な頭にしてみたいな、あんなまん丸な頭で道を歩いたらどんな気分なんだろうな、と夢想することはあります。

と言うと、「え？　じゃあ、イメチェンって、アフロヘアーにするってこと？」と早合点する人があるかも知れませんがご安心ください。もちろんそんなことはいたしません。私はこれまで喇叭ズボンを穿いているような形だった足をブーツを履いているような形にしようとしているのであってまん丸頭にしようとしている訳ではありません。そんなことをしたら、峻厳でクールなスピンクのイメージが台無しですものね。そんなものはポチがすればよいのです。

と言って思い出しました、ポチのことを申し上げなければなりませんですね、あの後、ポチはどうなったのでしょうか。本当にウェディングドレスを着て日を暮らすようになったのでしょうか。

と言うと多くの人が、「そんな馬鹿な。いくら酒を飲みたいからといって五十の坂を越した大僧がウェディングドレスを着て生活できる訳がないでしょう」と思うことでしょう。けれども、飼い犬の私がこういうのもなにですが、主人・ポチ。自分でも宣言していたとおり、ムチャクチャな男で、ウェディングドレスに着替えたまま酒を飲み始め、その日からウェディングドレスで日常生活を送り始めたのです。

それがどんな感じなのか、朝から夜までの大まかな様子を記しますと、眠るときはさすがにウェディングドレスでは具合が悪いので起きたときはパジャマ姿です。「おっ、今日も起きてきたな」と思いつつ、私はまだ眠いので横になったまま様子を窺っているとポチは、パジャマ姿のまま、二階の猫さんのトイレを掃除したり、ごはんを差し上げたりしているのでしょう、一階と二階を行ったり来たりします。それから和室にぶら下げてある純白のウェディングドレスに着替えると一階の仕事場に籠もり、例のポチポチを始めます。二時間くらいやっていたかと思うと幽鬼のような表情で居間に現れ私に、「スピンク、オションさんにいこうか」と声を掛けます。

オションさんとはシードによると、なんでも仏蘭西というところに棲んでいるバルザックという人が書いた小説に出てくる人の名前らしいのですが、ポチが私に言う場合、「朝の散歩」を意味します。それはよいのですが問題はポチの服装でポチはいまも言うようにウェディングドレスを着用しています。家のなかにいる分にはよいのですが外に出るとなると、近所とはいえ人目というものがあり、そのあたり、ポチはどう考えているのだろうか、と横目でポチの様子を窺うと、ポチはあくまでも淡々としていて、引き綱を手に私に「コム」と言います。コムとは同じくポチ語で、come という意味です。なので仕方ありません、のそのそ行くとこんだ、「明神」と言います。これは、座れ、という意味です。最初のうちは、座れ、と言っていたのが、すわ、と略され、次にそれが、諏訪明神、に発展し、次に、諏訪、が略され、明神、となっていったのです。

さすがにここまで得手勝手に言葉を展開されるのは私も不本意で、明神、と言われたときは理解しつつもわからない振りをするのですが、このときばかりはウェディングドレスのことが気にかかっていたのですぐに座りました。

したところポチは、よーしよし、U are good boy. とかなんとか言いながら引き綱をかけ、いつも通りの感じで下駄を突っかけて表にポイと出ました。シードが背後で、「ウェディングドレスに下駄はおかしかろうよ」と言いましたがおかまいなしです。

それで表の方に出て歩き始めましたが、どんな感じだったかと申し上げますと、人々の視線が突き刺さるようでした。

といってでも人の反応は各々差がありました。一番、多いのは、向こうから歩いてきた人が一瞬、ぎょっとして立ち止まり、それから慌てて俯いて絶対に目が合わないようにして足早に通り過ぎて行く、という反応でした。暫く行って振り返るとそうした人は必ず立ち止まってこちらを訝しげに眺めており、写真を撮っている方も何人かおられました。

というと山奥のポチ方にそんなに通行人があるのか、とお思いになる方もいらっしゃるでしょうが、実はポチ方は元は別荘地として開発された土地の一角にあって、分譲されて暫くは別荘として所有する人が多かったらしいのですが転売されるにつれて定住者が増え、駅に向かう路線バスのバス停が近くにあることも相俟って朝などは、山奥にしては意外なほど多くの人が家の前を通っていくのです。

なのでバス停に向かう道は一本しかなく、迂回する道もないはずなのですが、ポチと私の姿を認めるや、慌てて来た道を引き返す方も多くいらっしゃいました。小さなお子様連れのお母さんは慌てて子供を抱きかかえるようにして逃げるように来た道を戻っていきました。

かと思いますと、ちょっと離れたところの門口や辻に何人かで立って、私とポチの方を見ては顔をくっつけてヒソヒソと話をする人もありました。「前からおかしいとは思ってたんだけど……」「やっぱりねぇ」など言う声が風に乗って聞こえてきます。これはご近所の方々ですが、ポチはご近所付き合いを殆どしませんので知らぬ顔です。

或いは、ガラガラと窓が開く音がするので、ふっ、とそちらを見ると、目が合うなりいきなりガラガラピシャンと戸を閉めてしまうお宅もありました。

そしてこれはごく少数ですが、ウェディングドレスに下駄履きで、プードル犬を連れている主人を見るや、剥き出しの敵意を隠そうとせず、というか、「なめとんのか、こらあっ。やんのか、こらあっ」と口では言わないが目で言うなどして、ことさら敵意を露わにして喧嘩腰の方も幾人かおられました。

という訳でポチのウェディングドレス姿は山奥の渓間の集落に恐慌をもたらしましたが、ポチ本人はどこ吹く風で、

「おい、スピンク。早くお小便をしろよ。僕がこの朝の散歩のことをなぜオションさんと呼んでいるか知っているか。それは室内はおろか、敷地内ではけっして用便をしようとしない君のお小便のための散歩だからだぜ。そしてさらに、お、という接頭語を忌み、何事につけ、お、を省略したい僕が君の小便に限って、お小便、と、お、付けて呼ぶその理由が君にわかるか？ それはだなあ……」

などと駄弁をふるって気楽なものです。私はポチの駄弁を遮って言いました。

「そんなことはどうでもいいから家に帰ろう」

「帰ろう、っておまえ、オションさんはどうするんだい？」

「いいよ。こんなんじゃ決まりが悪くって出るものも出やしない」

そう言って私はポチを邸内に引っ張って帰り、不本意ですが敷地内でオションさん

をしたのです。

それから午後はまたぞろ部屋に籠もってポチポチ、私は美徴さんと店に出勤するかよいのですが問題は夕方で、そんな浅ましい恰好をしているのだから自粛するのかと思いきや、犬よりも犬らしい性格で毎日、同じ行動を繰り返さないと頭がおかしくなるポチは、いつものように店に迎えに参ります。

「すみませんけど、その恰好で店に入ってこないでください。他のお客様がご不快ですので」

と美徴さんに言われたのですが、「うどんにかけたらおいしいんじゃない？」など と反論にもならない痴言を言いながらズカズカと店の奥に入ってきて私に引き綱をかけるとサークサク出掛けていきます。その足元はさすがに下駄ではなくスニーカーですが、だからといって珍妙な感じが払拭されるわけではもちろんありません。

行き先はと申しますといつものビーチ沿いの遊歩道で、知り合いの方も多く、また、東京を始め他の地方からの観光客の方も多く出歩いているところで、あんな人目の多いところにこんな馬鹿げた恰好で出掛けるのか、飼い犬である私の体面も少しは考えて欲しい、と陰鬱な気持ちでトボトボ付いていくと、言わぬこっちゃない、多くの人から目引き袖引き噂され、たまたま横を通りすぎる人は絶対に目を合わせないようにしたり、慌ててルートを変えたりするのは家の近所と同じです。ただ、著名人から通り魔まで、ありとあらゆる珍奇なものになれている都会の人は違いますね、これを見ないのではない、見えないものとして空気のように扱って通り過ぎる術を心得ておられるようで、ごく自然な態度でお連れの方と談笑しつつ通り過ぎて行く方もおられます。こういう人は絶世の美女が全裸でベンチに寝そべっていても、ゾンビがおいしそうにモスバーガーを食べながら歩いていても、それを空気のようにないものとして通り過ぎることができるのでしょう。凄いことです。

しかしそういう人は少数派で多くの人は、ぎょっ、とします。ただ、子供とガイジンには大人気で、子供は歓声を上げながら近寄って参りますし、ガイジンはニコニコ笑って写真を撮っていいか？ と尋ねてきます。もっとも子供の場合は、親が死にもの狂いで制止、大声で叱りつけ、抱きかかえて逃げるように去って行くのですが。

また、そうしてウェディングドレスで歩き始めて二日目だったか、三日目だったたか、誰かが通報したのでしょう、向こうから警官がやってきて職務質問というのをされました。

名前や住所を聞かれて、ポチはスラスラと答えました。鞄の中身もすべて見せましたが怪しいものはなにも出てきません。ただひとつだけ、緑色の小さなビニール袋に入った得体の知れぬ物体がありました。ポチはこのビニール袋を専用のポーチに小分けして所持していました。警察の方は鋭い嗅覚でこれに着目し、これはなにかとポチに問い糾し、中身を見せるように迫りました。ポチは「これはよした方が……」と言いましたが、執拗に開封を迫られ、ついに開封しました。果たしてなかに入っていたのは？

私の用便でした。

鋭い嗅覚を持つ警察の方は開封作業が完全に終わらないうちにこれを察知し、「もういい」と言い、それから二言三言、ポチと会話して帰っていかれました。気の毒なことをいたしました。

といった具合で、夕方に散歩が終わります。さあ、これで人々の視線から解放される、と思ったらさにあらず、ポチは散歩の帰りにスーパーマーケットまたはコンビニエンスストアーに寄って帰ります。

というのはもちろん、食糧品を買うために決まっていますが、ポチにとってなによりも重要な買い物はその日に飲むためのお酒です。

この間、私は駐車場で待っているので、好奇の視線に晒されて決まりが悪い思いをすることはないのですが、それがどんなだったかは戻ってからのポチと美徴さんが交わす会話から推測せられます。初めてウェディングドレスを着て散歩から戻ったポチは、先に店から戻っていた美徴さんに、「いやー、僕もまだまだだよ」と言いました。

「どうしたの。」って、すでにその恰好がどうかしてるけどさ」

「いやー、僕も若い頃は過剰な自意識に苦しんだものだがさすがに五十を過ぎてそうした自意識の問題は克服したと思っていた。ところが豈図らんや、このところどうも他人にジロジロ見られているような気がしてならないんだ。五十過ぎたおっさんに他人が興味持つ訳なんてないのにさ」

「いやいやいやいやいや」

「いやいやいやいやいや」

「いやいやいやいやいや」

と二人の会話は嚙み合いませんが、もちろん正しいのは美徴さんです。それからいつものように泥酔、譫言を発し、ときに痙攣的な踊りを踊り、やがて体力知力の限界が来ると、和室に行ってウェディングドレスを脱ぎ捨て、二階へ行って意識不明の重体に陥る、と、まあ、そんな感じでポチは日を暮らしていたのですが。

そんな日が続いて一週間が過ぎた頃より、ポチの様子に僅かですが変化が現れ始めました。その変化については、もはや大分と時間が過ぎてしまいましたのでまた日を改めて申し上げることにいたしましょう。

ポチの内心と再交渉

池の端に花菖蒲が咲いています。さきほどから私は、その池の周囲をグルグル回って匂いを嗅ぎ、ときには石橋の上に立ち緋色の鯉を眺めたり、うんと奥の方へ入って行って草だらけになったりします。そして興が乗れば用便をします。って私はなにをやっているのでしょうか。それは散歩、それも朝の散歩です。

以前は朝の散歩と言えばけっこう遠くまで歩いて竹藪、田園、沢、草地なんていろんなところに行きましたが少し前から、家のぐるり、と申しますとそうですね、半径百メートルくらいのところでお茶を濁すようになり、ここ暫くはそれすらせず、このようにもっぱら敷地内をグルグル回るにとどめています。

なぜか。怠惰か。違います。私がそうして散歩している様を広縁にあぐらをかいて座り無気力な瞳で眺めている不気味な花嫁のせいです。

あの花嫁のせいで人々の好奇の視線にさらされ、ただ見られるだけならよいのですが、雑言を浴びせかけられたり、石を投げられるということはさすがにありませんが、バイクや車で、もう少しでぶつかりそうなくらいに近いところまで近づいて通り過ぎる、など嫌がらせを受け、ならば君子危うきに近寄らずとこれを避ければよいのですが、ともすれば片意地に傾きがちのポチが、「他人の服装が気に入らないからという理由で罵倒したり暴力をふるったりするのは間違っている。それは他の思想が気に入らないという理由でこれを排撃しようとする問答無用のテロリズムと同じで自由と民主主義に対する挑戦である。私はそんなものには負けない。百万人と雖も我行かん。私はパンクロッカーだ。富士には月見草が似あふ。って、富士、関係あらへんがなっ」とひとりで惚けたことを言い、ひとりでその誤りを指摘する、俗に言う「乗り突き込み」のようなことまでして不気味な花嫁姿での生活を改めないため、外を出歩くのが嫌になりポチが毎朝、行こう、と言う度に、「あ、まあ、今日のところは邸内でいいですよ」と言って外に出ないようにしているのです。

しかし口では勇ましいことを言っていますが実際には消耗しているとみえ、私がそう言うとポチが、一瞬、ほっとしたような顔をするのも事実です。

実際の話、ポチはこのところ疲れているように見えます。特に先週、東京に行く、と言って出掛けていき、夜遅くになってがっくり帰ってきて以来、元気がありません。この夜、ポチは帰ってくるなり、誰とも口を利かず、和室に直行、灯りも点けずウェディングドレス姿のまま、一時間ほど蹲っていました。さすがに様子がおかしいのに気がついた美徴さんがなにがあったのかを尋ねて、ようやっと重い口を開いたポチが話したところによるとなんでも、東京の町は重要な国際会議があるというので、その警備のため角角辻辻に警察官が立っていて、あやしの者、と判断されたポチはここでもたびたび職務質問され、「こんな目立つ恰好でテロする阿呆がおるはずないやろっ」というポチの主張に警察官も「成る程、仰る通りだ」と納得、部署が違うということで別のところに連れて行かれ、尿検査を受けさせられるなど散々な目に遭い、その他にも人々の耐えがたい視線を浴び、いたたまれない気持ちになって精神が猫の用便を清掃するために使用した襤褸布のようになったのだそうです。

　という訳で散歩は敷地内ということになったのですが、まあしかし広くはない狭い庭のこと、ものの五分も歩きまわれば散歩は終わってしまいますので相変わらず広縁にあぐらをかいて座り、無気力な瞳であらぬ方を見つめ、鼻毛を抜いたり、うどんを食べるような仕草を繰り返しているポチに、「散歩が終わったのでリビングに戻るよ。裏の戸を開けてくれたまえよ。そんなうどんを食す真似事なんてしてないでさ」と声を掛けるとポチはなぜか狼狽えて、「え、俺、いまうどん食ってた？」と言いました。

「食ってたよ。つか食う仕草をしてた」

「ああ、そうか。まあ、いいやな。リビングに戻るんならここから戻れよ」

「いいのかい。犬は玄関の脇を通って側庭に回り込んで裏口から入るんじゃなかったのか」

「いいよ。もう、いいよ。僕は疲れた。疲れ果ててしまった。どれくらいって、知らぬ間にうどんを食べるほど疲れた」

　そう言うとポチは突然、

〽疲れ果てていることは誰にも隠せはしないだろう
ところがおいらはなんのために
こんなに疲れてしまったのか
やっとこれでおいらの旅も終わったのかと思ったら
いつものことではあるけれど
ああ、ここもやっぱり土砂降りさ

　と、心を込めて歌い始めました。なんという馬鹿なのでしょうか。いまうどんを食べる振りをしていたかと思ったら、もう阿呆声を張り上げて歌っています。しかもウェディングドレス姿で。これでまた通報なんぞされたらますます疲弊してしまいます。そこで私は広縁に飛んで上がり、「よせよせ」と言いました。もちろんそれはポチ以外の、例えば美徴さんの耳には、ドワンドワン、と野太い声で吠えているようにしか聞こえません。

暫くそんなことをしていると、これに反応してシードが小さい犬特有の甲高い声でキャンキャン吠え始め、バカ騒ぎがますます激しくなって、このままいくと確実に通報されるがどうしたものか、と思うとき美徴さんが、「やーめーなーさーいー」と一喝して、私とシードは吠えるのをよしました。

ところがポチはやや声を低くはしたものの歌そのものはよさず、「心の中に傘を差して裸足で歩いてる自分が見える」などと歌いながら座敷へ上がっていき、私はそのままリビングに通っていきました。リビングの中央にシードが胸をそびやかして立っていました。叱られた割に傲然としているその様子が気になって、いったいこの男はどういう訳でいつもこう自信満々なのだろう、と不思議に思って思わず見ているとシードが話しかけてきました。

「やあ、スピンク君。散歩はどうだったね」

「どうもこうもありませんやね。あの恰好じゃろくに歩けないんでね。庭池の周りをグルグルしてますよ」

「それはそうだが本人も大分とこたえているようだね」

「そうかなあ。自由と民主主義を守護するなんて随分と勇ましいことを言っているが」

「いやいや、それは口先だけさ。それは例えばさっきの歌、すなわち、『たどりついたらいつも雨ふり』に彼の心情がよく表れている」

「なるほどね。それにつけてもシード君、君はよくあの歌の曲名を知ってたね。牧場で流行ってた歌なのかい。僕は牛というものはよく知らんのだが、牛は雨が大嫌いであんな歌を歌うのかね」

「ちがわい、ちがわい。あれは僕らが生まれる何十年も前に流行した歌だよ。蓋し、人間は変わらん、ってことさ。まあ、犬はもっと変わらん。万古不易、不易糊。変わらない生命のグルーヴが太古から繰り返されてある、ってことよ」

「ちょっと、なに言ってるかわからんのだがね。とにかくその歌の文言の通り、ポチが元気がない、疲れているというのは確かなようだね、おおっ、言っていたらポチが来るようだ」

「るふふ。そりゃ来るだろう。おっ、なにか手に包みのようなものを持っているがもしかして僕たちに食わせるために牛肉を何斤か買ってきたのかね」

「シード。君は犀利な男だが、こと食べ物のこととなると急に莫迦になるね。真冬ならともかくこの時季、和室に肉を置いている訳がないだろう」

「ううっ、うううっ」

「なにを唸ってるんだ」

「いや、別に唸っているだけだがね。じゃあ肉でないとするとなにだろうね」

「なんか衣服のような感じだが、なにだろうね」

「ふーん。衣服か。つまらん。向こうに行って思索か用便でもするかな」

シードがそう言った、ちょうどそのとき、主人が包みを丸テーブルのうえに置き、美徴さんに話しかけました。

「いまちょっといいかな」

「なんでしょうか」

「少しばかり相談があるんだけれども」

「なんでしょうか」

「話というのは他でもない、僕のこの服装のことだ」

「ええ」

「まあ、これはこのお、僕はこうやってウェディングドレスを着ておるのは君との約定によってだ。酒を飲むなら、この辱めを甘んじて受けよ、という君の人生観というか、思想というか、そういうものを僕は全面的に受け入れている、とこういう訳だ」

「っていうか、ただの罰ゲームなんですけどね」

「うん。そういう言い方も確かにできる。言い得て妙だ。イイエテミョーダー、ってなんかベンチャー企業っぽいしね。エルピーダメモリみたいな。っていうのはいいとして、実は僕から一つ提案があるのだがね、これでは駄目かな、っていうひとつのね、提案を僕の方からしたい、っていうのはね、見て欲しいものがある。というのはこれなんだがね」

そう言ってポチは包みを開けました。中身を見た美徴さんは、「こ、これは、もしかして……」と言って絶句しました。ポチはスルメのような口調で言いました。

「そう。お察しの通りこれは白無垢の花嫁衣装だ。なかなかの逸品だろう」

「どこで買ったの？」

「ルフフ。もちろんネットオークションさ。これだけのものがたった三千円で落札できた。素晴らしいことだ」

「素晴らしいはいいけど、これがなんだっていうのよ」

「それを僕に言わせるのか。さすがは若き日、韓非子を愛読したという君だけのことはある」

「見たこともねぇよ」

「ほほほ。じゃあもう駆け引き抜きで申し上げますが、単刀直入に申し上げましょう。白無垢じゃ駄目ですか？」

「仰っている意味がわかりません」

「ええぇっ、なんでぇ。つまりですね。酒ですね、酒。酒を飲む場合は僕はウェディングドレスを着る。飲まないなら着ない、ということういうルールになっているわけじゃないですかぁ？　そこでね、これをウェディングドレスから白無垢に変更して頂けないかと、こういうお願いなんだけど、別に大丈夫だよね。だって、洋風か和風かの違いだけで婚礼衣装という意味では同じだからね」

「あーん、そういうことか」

「そういうことなんだよ。どうですかねぇ」

とポチはそう言って媚びるような窺うような視線で美徴さんを見ました。私は部屋の隅で胸を反らして思索をしているシードに話しかけました。

「シード君、聞いたか。ポチの話か。ポチがあんなことを言ってるぜ」

「また、ポチの話か。どうだっていいじゃないか。あんな奴」

「まあ、そうなんだがね。しかし気になるじゃないか。なんだってあんなことを言い出したのだろうか」

「そりゃあ、ウェディングドレスがよほど耐えがたかったのだろう。あれは意外に打たれ弱い男だから」

「なるほど。そうだったか。そう言えばさっきからかなり言動がおかしかったな」

「だろう。あんな奴にウェディングドレス生活ができるものか。ミニスカポリスですら難しいだろう」

「そこで白無垢って訳か！」

「白無垢も無理だろう」

とシードは断言しましたが果たしてその予測は的中するのでしょうか。美徴さんは、「ウェディングドレスと白無垢は別のものであり、ウェディングドレスを着ないなら酒はよすべき」と主張し、ポチは、「ウェディングドレスを和訳すれば婚礼着であり、ふたつは同じものである。また、余がそれを着用することによって受ける侮蔑、感じる恥辱になんら変わりはない」と反論、これに対して美徴さんは、「同じなのであればそのままウェディングドレスを着ておればよいではないか」と再反論し議論は平行線をたどりました。

さて、ポチは白無垢を美徴さんに認めさせることができるのでしょうか。それは誰にもわかりません。とりあえず今月はこのへんでよしておきましょう。

ポチの誓い

　若い頃、梅雨は耐えがたい季節でした。なんとなれば毎日毎日雨が降って散歩に参れないからです。けれどもいまはそうでもない、というのは歳をとって散歩に参るのが大儀になってきたからです。もちろん知らないところや珍しいところなら行ってみたいとは思うのですが、主人・ポチがあんな妙ちくりんな、どこに参っても必ず通報されるような恰好をしている以上、それは望むべくもありません。なので寝そべって咲き始めた紫陽花（あじさい）を眺め、雨の匂いを嗅ぎながら先月の続きを申し上げることにいたしましょう。

　さて先月。ウェディングドレスを着用しての生活に疲れ果てたポチは美徴さんに、白無垢への変更を申し出ました。これに対して美徴さんは、ウェディングドレスと白無垢は別のものであり、白無垢への変更は認められないとしてこれを却下しました。

しかしウェディングドレスをどうしても着たくないポチは粘り強く交渉、角隠しも着用することを条件に白無垢への変更を勝ち取りました。

これら交渉の一部始終を見ていたシードは、たとえ白無垢に変更したところでポチの精神は持たぬだろう、と予測しました。

さて、それから一ヵ月が経って実際にどうなったでしょうか。結果を先に申し上げますとさすがはシードですね、シードの予測は的中しました。

ポチの予測に反して、白無垢はウェディングドレス以上に人々の好奇心をかき立て注目を浴びました。私自身、ポチと一緒に歩いていてそれを強く感じました。なんていうんでしょう、ウェディングドレスのときは、また単に頭のおかしい人、という扱いで、そこには、気の毒な人、というニュアンスも含まれて、差別・迫害のなかにも同情心のようなものが、ほんの僅かですが含まれていました。ところが、白無垢を着て歩いていると、なにかこう、社会の害悪と申しますか、そんなような扱いを受けて、人々は、積極的にこれを打破しなければならない、こんなものを許していては私たちの社会が成り立たない、こんなものは一刻も早く社会から除去しなければならない、という態度を隠さないのです。

しかし私が一緒にいるときはまだマシでした。

なぜなら私やキューティーの可愛らしい外見によって白無垢姿のポチの異常性、狂気性、反社会性といった要素がかなりの部分、中和されるからです。実際の話、普段のポチはたとえウェディングドレスや白無垢を着ておらなかったとしてもかなり胡乱な、人の警戒心をかき立てる存在で、見知らぬ人が気さくに話しかけてくることなどまずありません。というか、街角でティッシュペーパーやチラシを配っている人でさえ、ポチに限ってはこれを手渡しません。なぜなら見るからに、変な人、だからです。そんなポチに私たちと一緒なら若い娘さんなどが話しかけてくる。ポチの、変さ、が私たちで中和されるからです。

勿論、いかな私たちと雖も、五十半ばのおっさんが白無垢を着て角隠しをしているという変さを完全に中和することはできません。しかし、少しは中和しています。ところがポチがひとりで歩いているときはというと、まったく中和されないわけですから、ポチは人々の剝き出しの敵意、憎悪、反感にさらされるのです。

しかし、ポチは偏屈です。意固地です。ならば、自分の変なところを改めよう、とは考えません。どうせ変と思われるのであれば、逆に攻めていこう。つまり、自分が変であることを隠して隠しきれず変、であるよりは、自ら変であることをアッピールしていこう。おまえらの評判などまったく気にしていない、というよりこっちは変であることを積極的に楽しんでいるのだ、好きでやっているのだ、という態度でいこう、と考えるのです。

もちろんこれは虚勢です。内心では、好奇の目で見られることが嫌で嫌でたまらない、迫害されることが悲しくてたまらない。孤独がつらい。孤独に耐えられない、と思っています。けれどもそれを正直に言うことができず虚勢を張り、ポチは、得意のネットオークションで蛇皮線をゲットし、外出の際にはこれを首からぶら下げるようになりました。

そして後日の述懐によるとポチは、浜辺に座り、「花嫁」「マッハGOGOGO」「花笠道中」「喝采」「悲しみのアンジー」といった得意のナンバーを涙を流して絶唱しました。

なんでそんなことをしたかというと、どうせ気ちがいと思われているのなら、どうせ通報されるのなら、いっそのこともっとおかしいことをしてやろう、もっと変なことをしてやろう。そんな風にしてトコトンまで突き詰めれば自ずと道は開ける。人生なんてそんなものだ、と思ったからだそうです。

それでどうなったのでしょうか。自ずと道は開けたでしょうか。

率直に申し上げてまったく開けませんでした。それどころか反対にもの凄い勢いで閉じていきました。

そしてポチは次第に無口な男になっていきました。めっきり老け込んで足元も覚束ず、手すりにすがってよろぼい歩く姿はまるで老人のようでした。私は心配になりま

した。シードでさえ、「流石にありゃあ、まずいんじゃないのか。スピンク、なんとかしてやったらどうだ」と言いました。

勿論、私だってできるものならなんとかしてあげたかった。けれどもできないのです。できない自分がもどかしく、いったいポチはどんな地獄に、どんな孤独に耐えているのだろう、と心を痛めていたある日、夜中にふと気がつくと廊下を隔てた和室から灯りが漏れてきていました。

あれ？　この時間、和室に人がいる訳がないのだが、と耳を澄ますと、くっくっという忍び泣きが聞こえてきました。そっと覗くと和室には白無垢姿のポチが向こうを向いて座っていました。傍らには酒瓶と湯呑みが置いてあって、ポチはなにか、本を読んでいるようでした。

ああ、可哀想なポチ。人生に思い悩み、誰に相談することもできずにひとり夜中に本を読んでいるのは書物に救いや解答を求めたのだろう。けれども書物からは救いや解答を得ることができず酒に逃げ、そんな自分を不甲斐なく思ってひとり、忍び泣いている。

犬の人生は楽なものではないが、人間は人間で苦しいのだなあ、可哀想に。耳でもなめてやろう。私にできることはそれくらいしかない。

そう思って、そっと和室に入り、ポチの側に行った私は愕然としました。私はポチは宗教や哲学の本を読んでいるのだと思っていました。ところがポチが読んでいた本のタイトルは、「ギャグマンガ日和」。嗚咽だと思っていた声は笑い声。そう。ポチは太平楽にも夜中に酒を飲みながらギャグマンガを読んでクックツ笑っていたのです。

気がつくと後ろにシードが立っていました。私はシードに言いました。

「私にできることはなにもない」

「仰る通りだな」

とシードは言い、私たちは、私たちに気がついて「おお、君たち。ママー・スパゲティーの味はどうだい」などと御陽気な口調で言うポチを無視して、寝よ寝よ、と言いながらリビングに戻っていきました。

そして翌日。ポチは珍しく仕事を休み、寝間着のままリビングに現れると昼頃までだらけて過ごし、ワイドショーを見て、「嗚呼、この世は闇よ」と悲憤慷慨したり、パントマイムをしている人を見ている人をパントマイムで表現したり、革靴にラナパーを塗布するなどしていましたが二時頃になって、「僕はちょっとコンビニエンスストアーというところに参ってくるよ。あんなところで弁当やサンドを買って食ってるような奴は人間の屑だよ。でも行ってくるわ。田笠の紅緒がちらつくようじゃ振り分け荷物重かろに、ってやつね。口座残高ゼロなのに、ってやつだな。そいじゃ、失敬するよ。空腹ですので。人間ですので」と言うと服を着替えて出ていきました。

もちろんそれは構わないし、なにを言っているのかよくわからないのはいつものことなのですが、どうしたことでしょう、いつもの白無垢ではなく、黒いチノ・パンツに白いシャーツという尋常の恰好で出ていこうとするのです。私は驚き惑い、「おいっ、ちょっと、ちょっと、その恰好……」とポチを呼び止めましたが聞こえているのかいないのか、ポチは向こうを向いたまま手を振って出掛けてしまいました。

「いったいどうしたことだろう」

と訝っていると横手からシードが、

「まったくだ。あいつは俺たちのためにプチシューかなにかを買ってくる気があるのだろうか」と言い、「いや、そうではなく……」など言って論争しているところにポチが戻ってきて、「スピンク、貴様の好きなプチシューを買うてきてやったぞ。いま食うか。それとも後にするか」と問うので、「いや、後でいい。それよりもその服装なんだが……」と言いかけると部屋の隅から、真っ黒な塊が疾風のようにやってきて私の隣で、シュタッ、と座りをして真っ直ぐにポチを見上げました。もちろんシードです。それを見たキューティーも訳もわからず慌てて走ってきて、仕方ないので私も座りをし、プチシューをみなで分け合って食べ、その後、ポチがなんだかわからない

QUEEN
TWICE

弁当を食べるのを待ってそして問いました。

「あのさあ、ポチ」

「なんだい、スピンク」

「その服装なんだけど、どうしたんだ。白無垢を着なくていいのか。角隠しも放置してあるが」

「ああ、これか。この服装か。わかった。口で説明するよりこうした方がわかるだろう」

そう言うとポチは扉に塗装した細竹が貼ってあるインドネシア的な棚から盃のようなものを取り出し、「ついてきなさい」と言うとリビングルームを出て、廊下を横切って和室に入っていきました。

私は、和室でなにをするのだろうと思いつつ、ついていきました。なにを思ったのかシードとキューティーもゾロゾロついてきました。したところポチは和室を横切り、広縁にいたりました。広縁でなにをするのだろう、と思いつつみなでゾロゾロついていくとポチは広縁も横切りました。

広縁を横切れば、もうその先はありません。硝子戸があって、その先は庭です。ポチは硝子戸を開けました。庭に降りるのだろうか。ならばついでに用便でもするかな、と思っているとポチは、

「スピンク。そしてキューティー、そして、おおおっ、シードもいるのか。よし、見よっ。これが僕の心だあっ」

と絶叫するとポチは持っていた盃のようなものを庭石に叩きつけ、盃のようなものは粉々に砕けました。

まったく意味がわかりませんでした。シードもキューティーも首を捻り、「あれ、なにをやっとるんだろうね」と言っていました。そしてポチだけが顔面を紅潮させ、ハアハアと荒い息をしていました。

後で本人に確かめたところ、あれは「禁酒砕杯の約」という奴で、お気に入りの盃を惜しげもなく割ることによって禁酒を誓う儀式だそうです。ということは。そう、ポチがついに禁酒の決意をしたということなのです。

ポチは興奮のあまり息を荒くしつつ言いました。

「そうさ。僕は酒を飲まないことを決意したんだよ。いいか、シード、キューティー、そしてスピンク。もう一度言う。私はいまこの瞬間から一滴の酒も飲まないことにした。したがってこんなものは、もう要らぬ」

とポチは和室にいったん入り、白無垢と角隠しを持って戻ってくると、「死ねや、あほんだらめがっ」と絶叫し、白無垢を庭池に叩き込みました。

鯉が驚いて逃げていきました。そしてポチはまた和室に行き、今度はウェディングドレスを抱えて戻ってきて、「こいつが一番、むかつくんだよ。死にやがれ、クソ野郎が」とおめいてこれも池に投げ込みました。

鯉は驚きを通り越して呆れ果てているようなまん丸な目で泳いだり止まったりしていました。そしてポチは三度、和室に行くと今度は蛇皮線を持って戻ってきて、振りかぶって庭石に叩きつけようとしましたが、「これはちょっといいからおいておこう。っていうか、こいつは善意の第三者に過ぎない」と言って広縁にそっと置きました。

もちろんその通りですが、といって白無垢やウェディングドレスが悪いわけではなく、元を正せば酒を飲みすぎるポチが悪いのだ、と私は思いました。そしてようやっとポチはその根本を改めなければ問題は解決しないのです。そしてようやっとポチはその根本の問題に逢着したというわけです。

「なるほど。ようやっと気がついたという訳か」

とシードは呟いてリビングルームに戻っていきました。キューティーも戻っていきました。広縁には私とポチが残されました。ポチは暫くの間、ぼう、と立っていましたが、やがて脱力したように座り込み、暫くして、「そうか。折々に移り変わる、この庭の景色を眺めて酒を飲むことも、もうないわけだな。そうか。そうか」と言いました。それはそれは寂しい口調でした。私はポチの隣に座り、並んで庭を見ました。そんな私たちに午後の日が射しておりました。

信仰か狂気か。

大切にしていた盃を砕き、鯉の迷惑も顧みずウェディングドレスや白無垢を池に叩き込んで禁酒を誓ったポチがその後どうなったか。

みなさんも気になるところでしょうから前置きなしに申しあげることにいたしましょう。

さあ、ポチはどうなったか。というと、ポチのこれまでの言動から類推して皆様方は、「はーん、どうせポチのことだから、これまでと同じようにあれやこれやと理屈にもならぬ理屈を言い立てた挙げ句、結局は誓いを破って酒を飲み、ぷはは、とか、たはは、とか言つて茶を濁したのだらう」と仰ることでせう。ところが余程、ウェディングドレスが辛かったのでしょう、その日は日が暮れたというのに酒を飲もうとせず、手ずから月見うどんを拵えて食したかと思ったら、「私はもう寝るからね」と言い、宵から二階へ上がって寝てしまいました。
もちろんポチのことですから、私もキューティーもシードも、そしておそらくは美徴さんも、深夜に起きてきて「いやあ、ノミノスクネとタイマノケハヤの闘いたるや凄まじいものだったときいているが、やはり勝ったのはノミノスクネだってね。奇妙な符合だ」かなんか言いながら終夜営業の店に行って安ウイスキーかなにかを買ってくる、と信じていました。

ところが朝まで降りてこず、朝になって降りてきたかと思ったら、昼まで仕事をして午後は幽鬼のような表情、その割には落ち着かぬ様子で家の中をうろつき回り、落ち着きのなさは夕方になると極に達し、洗い物をしていたかと思ったら急によして剪定ばさみを片手に庭に飛び出していき、一分も経たぬうちに戻ってきたかと思ったら、書棚から大部の書物を引っ張り出してきて和室に入っていき、三十秒経たぬうちに出てきて意味のわからない舞踊のようなことを始め、これは二分ばかし続いたものの、やはりそれでよして冷蔵庫から玉葱を取り出してコチコチ刻み始める、といった体たらく、もともと落ち着きのない人間であったのが、もはや、一切の統一的行動がとれないような状態と成り果てて、かと思えば放心したように座り込んで、ときおり、「ああああっ」と怒鳴ったり、まるでアナウンサーのような冷静な声、明確な発音で、「森の木陰でドンジャラホイ」と言うなどしていて、まったく手がつけられない状態でした。

そんなことでこのままいったらどうなるのか、と心配になった頃、突然、ニヤニヤ笑いだし、「僕なんか、月見うどんでいいんですよ」と言って、月見うどんを拵え、これを食したら早々に二階へ上がっていき、翌朝まで降りてこないのです。

という具合に断酒一日目は過ぎましたが、いずれにしても辛抱・我慢ということが苦手なポチのことですから二日目の宵には飲み始めるだろう、とそう思って一同が注視していたところ二日目も同じような感じで断酒し、月見うどんを食べて寝てしまいました。

そして驚くことにこれが三日、四日、と続いて、気がつくと一週間が過ぎていました。奇態なのは、ポチが必ず決め事のように月見うどんを食すということで、夕方になるとまるで取り付かれたように月見うどんを拵えて食し、余の一切のものを口にしないのです。

それがなぜ奇態かというと人間の場合、私たちとは違って朝昼晩の食事に差別があって、朝と昼は簡単・簡素に、飯と漬物、パンとコーヒーやなんかで済ましたとしても夜は、ディナー、晩餐などと称して、パンや米飯に獣肉や魚肉、豆類、新鮮な蔬菜類やなんかを添え、もちろん飲む人は酒を飲むなどして、いわゆるご馳走を食す、ということになっており、偏屈のポチも長いことこの習慣を守っていたからです。

　というか酒を飲むポチはこの晩餐には随分と拘泥して、わざわざ魚屋で造りを買ってきて食したり、また、牛肉を誂えてバーベキュウなんてなこともしたというのは以前に申し上げた通りです。

　ところが酒をよして以来、うどん一杯でこれを済ましている。また、うどんにだっていろいろな種類があるのに月見うどん一本槍を通しているのであり、どのように考えてもこれは奇態です。

　ううむ。いったいどうしたことだろう。悩み苦しんでいるとシードが向こうから近づいて来ました。

「ワッショイワッショイワッショイワッショイワッショイワッショイワッショイ」

「おいっ、シード君」

「なんだ、スピンク君」

「ちょっと相談したいことがあるのだが、しかし……」

「しかしなんだね」

「君、なんだ、そのワッショイワッショイワッショイワッショイワッショイワッショイワッショイと言いながら尻を左右に振って肩を上下に振って歩く歩き方は。どこか具合でも悪いのか」

「ああ、これか。これはな、ふざけてるんだよ」

「折角ふざけているところを悪いんだが、ちょっといいかな」

「勿論だ。俺だってふざけたくてふざけているわけじゃないからな」

「じゃあ、なんで……」

「決まってるだろう。あんなふざけた主人に飼われた日にゃあ、犬だって少しばかりふざけないとやっていけないのさ」

「そのふざけた主人なんだがね、どうしちまったんだろうね」

「どうしちまったもかうしちまったもあるめえ、酒をおやめになったんでしょ。ウェディングドレスが嫌で」

「それはまあけっこうなんだがね、君も気がついていると思うがあれ以来、ポチときたら月見うどんしか食わぬのだよ。どういう訳だろう」

「ああ、それか。それは簡単なことだよ。俺はそういう例を牧場で何例も見てきた」

「どういうことでしょうか」

「なんらかの宗教に入信されたんだよ」

「入信すると月見うどんしか食べなくなるのでしょうか。月見教？」

「月見教なんてのはおそらくないが、いろんな教えがあるからね。そして戒律もいろいろある。ことに食べ物については、豚肉を喰ってはならぬ、とか、鱗のない魚はダメー、とか、魚肉も含めてNGという戒律もある。だから、月見うどん以外は全部禁止という戒律があってもちっともおかしくない」

「なるほどね。じゃあ心配ないかな。私はてっきりお酒をよして頭がおかしくなっちまったのかと思ったのだが……」

「う～ん、どうだろね。宗教というものはあの世のことだから、この世の理屈で考えて筋の通る話でもない。とすればやはり少々、ござっちまってるということになるだろうね」

「そうか。やめさせたほうがよいのかな。どうしたらやめさせられるかな」

「少しばかり嚙んでやったらどうだ。ショックで元に戻るかも知れないよ」と言われて私はそれも一興かもと思い、ポチを軽く嚙んでみることにして、「じゃあ、そうしてみるよ」と、言ったときには既にシードは、「ワッショイワッショイワッショイワッショイワッショイワッショイワッショイ」と尻を振りながら去って行っておりました。

そのときポチはちょうど外出しようとしているところで、キッチンの壁のフックから家の鍵と車の鍵を上衣のかくしにしまい、引き戸を開けて出ていこうとしているところでした。このまま出ていかれると嚙めないので、私は慌てて駆け寄り、後ろ足で立って両肩に手をかけ、上衣の襟首を嚙んで引っ張りました。したところ主人は、

「うわっ、うわっ、うわっ、なにすんね、なにすんね、スピンク、なにすんね」
とかなんとか言いながら他愛なく、尻餅をつくように腰を落としました。といって私が無理に引き倒したというわけではなく、半ばはポチ本人の意志で、なぜポチがそうするかというと、頑張って立っていると上衣の襟首が私の牙によって裂け、破れてしまうからです。しかし、そうなるとこっちはより噛みやすくなり、私はここを先途とポチにのしかかり、全体重で押さえつけながら、腕を噛んで引っ張り、或いは、耳をジョリジョリなめるなどしました。

気がつくと、その周囲を、ワッショイワッショイワッショイワッショイワッショイワッショイワッショイ、と言いながらシードが尻を振りながら、まるで行司のように駆け回っていました。

私はいい感じでポチを噛みました。けれども途中から大変心配になったのは、普通であればここまですれば、「スピンク、いい加減にしろ」かなんか言って反撃するような度胸はもちろんポチにはありませんが立ち上がって少しは人間らしくするはずなのですが、無気力なダメ人間になってしまったのか、あるいはそれが信仰というものなのか、ポチは、今日に限ってはいつまで経ってもされるがままでした。

そこで攻撃を中断してポチの表情を窺うとポチは虚無的な瞳で床を眺めていました。私は慌てて会話回路を開きました（私とポチの間には特別な会話回路があり、この文章も実はそれを使って書いているのです）。

「おいっ、ポチ。大丈夫か」

「噛むか話すか、どっちかにしてくれよ。大丈夫だよ」

「じゃ、話すが、ポチ、君はいったい何教に入信したんだ」

「はあ、なんの話だ。僕は鶏卵、冷凍うどん、出しの素を買いに行こうと思っているのだが。後、葱とか」

「いやだからそれさ。君は月見うどんしか食べない宗教に入信したんだろ。いったい何教なんだ。シードに聞いたんだが国民には信教の自由というのがあるらしいな」

「あるよ。しかし、僕は……」

「いやいやいや、別に棄教しろと言っている訳ではない。ただ、もしそれが一時の気の迷いだとしたら、立ち止まって考えてみることも必要なんじゃないか、と思っただけなんだよ」

「ええ、なになになに、なに言ってるかぜんぜんわからんのだが、つまりあれか、僕がここのところ月見うどんを連続して食べているから、なにかそれが宗教と関係ある、みたいに思っちゃってるのか」

「違うのか」

「違う。まったく違う。僕は耶蘇にも禅にも興味がない。僕が月見うどんしか食べないのは主に人生観の変化によるものだ」

「あー、やっぱそっちだったか」

「そっちってどっちだよ」

「だからあれでしょ、長いこと飲んでいた酒を急にやめたから頭がおかしくなっちゃったんでしょ」

「違う。僕はただ人生におもしろみを求めるのをやめただけだ」

「どういうこと」

「いや、僕はね……、なんていうのかな、まあ、簡単に言うと面倒くさくなったんだよ。今日はなにを食べようかなとかね、そういうことを考えるのが面倒くさくなった」

「それと酒がなんの関係があるの」

「いやだから、酒も飲まないのに肴ばかり、ご馳走ばかりあってもね、意味ないっていうか、君だってそうだろう、一切、なんの匂いもしない、無菌工場みたいなところを散歩したって楽しくないだろう」

「そりゃあ、まあそうだね」

「いろんな匂いを嗅ぐからこそ歩くのが楽しいわけであって、なにも匂いがしなければ楽しくもなんともない。人生だって同じこと、ってことがわかったんだよ」

「ということはどういうことだ」

「犬にとって散歩は必須だ。なぜなら運動が必要だからね。しかし、匂いや景色を楽しむ必要がないのであればトレーニングジムに行けばよい。食事だって同じことだ。雰囲気や味を楽しまないのであれば、簡単なものでよい。それが僕にとっては」

「月見うどん、ってわけか」

「その通り」

「でも、なんで月見うどんなんだ。世の中にはきつねうどんもあればおかめうどん、かちんうどん、といったようなものもある。或いは、うどん以外に蕎麦という選択肢もあるし、簡単に済ませたいのであれば、弁当を買ってくればよいわけだし、そこいらの安直な食堂に行けば洗い物の手間も省ける。なのに月見うどんにずっと拘泥しているところに異常性を感じるんだよ」

「そ、それは……」

と、ポチは絶句しました。どうも自分でも説明が付かないようでした。その後もポチとの会話が続きましたのでそれはまた来月のいま時分になったら申し上げることにいたしましょう。

いまなぜ月見うどんなのか／ポチの悟り

こんにちは。スピンクです。夏が到来して台風も何個か上陸して、庭に咲いていた名前も知らない白い花が無残に折れて倒れていました。太い木の枝が折れてそこいらに散乱していました。シードはこれを見て、まさに落花狼藉だな。天玉うどんでも食いたいものだ、と感に堪えぬように言っておりました。といって一個二個というとトートバッグかエコバッグに入れて持ち歩けそうな感じですが、台風の数え方って一個二個でいいのでしょうか。もうちょっとまともな数え方があるような気もしますが、そういえばシードがこないだの台風のとき、「俺が牧場にいた頃は台風のことを颶風とも言ったが、いまはそういう言い方をする人も少なくなった。俺にそれを教えてくれたアフガン君もいまは死んだことだろう」と述懐して風の音を聞いていました。

シードは十三歳で私は九歳ですが、大型犬の方が寿命は短いので人間の寿命に換算すれば私の方が年上で、私は既にシードの年齢を追い越しているのです。って、なんの話でしたっけ？　キューリアレルギーになった河童の苦しみの話？　もちろん違います。私どもの主人・ポチとの月見うどんに関する問答の話、私が、なぜよりにもよって月見うどんなのか。他のなにか、こぶうどんや、或いは弁当、カップ麺などでないのか。いまなぜ月見うどんなのか？　と問うたところポチは絶句しました。続きを申し上げましょう。

暫くの間、ポチは黙っていましたが、やがて思うところを語り始めました。しかしそれはいつもポチが公の場で発言を求められたときと同じく、予めまとまった考えがあってそれを順序立てて説明するのではなく、特になんの考えもなく話し始めるので途中からなにを言っているのかわからなくなり支離滅裂になるという体のものでした。

「そ、それはだなあ、まあ、仏のシャリベンっていうのかな。といってもシャリベン自体が一般に広く認識されている概念じゃないからよくわからんだろうけれども、っていうか僕自身が仏のシャリベンについてはなにも手が着いていない状態なので、なんとも言えないんだけれども、というか、シャリベンって架空の観念だしね、だから一回、シャリベン忘れてまあ、一言で言うとさっきも言ったとおり、酒をやめたわけだからね、添え物として楽しみはいらなくなったたっていうか、つまり一言で言うと酒というメインがなくなったから前菜もデザートもいらないっていうのかな、それを引き立てるための飾りのようなものが必要なくなった、ってことかな。ただまあ、なにも食べないと死ぬからね。それでやむなく月見うどんを召し上がってる、ってわけさ」

「答えになっていないね」

「うん。答えにはなっていない。いまのは確認だよ、確認。ここからいよいよ、いまなぜ月見うどんなのか、というシンポジウムが始まるわけだ」

「別にシンポジウムじゃないんだけどね」

「もちろんだ。もちろんシンポジウムではない。家庭内でそんなことがあるとしたらそいつはバカモノだ。仏のシャリベンだ。あれ、また言っちゃった。なんだろうな。なんで言っちゃうんだろうな。二階に行って考えてみようかな」

「考えなくていいよ」

「そうだね。そんな馬鹿なこと考えない考えない。時間の無駄だ。ムダダマだ。さあ、月見うどんか。それはまあ、なんだろう。あ、わかった。俺、いま凄いわかったよ。実はねぇ、僕は正式っていうのかな、とにかくちゃんとした月見うどんの作り方を知らなかったのだがね、今回それを初めて知ってね。っていうのはこれまではなにをどうやっても鉢の中に落とした鶏卵の白身の部分をうまく固めることができなかった。人間ってのはねぇ、白身を固めてなんぼなんだよ。白身すら固められない青二才が四の五の言ってンじゃないわよ、ってね、そんな感じで」

「どんな感じだよ」

と応じたのはシードでした。

「まあ、そうね。元官僚が無理して五反田でストリートライブやってるような感じですかねぇ、ってわかんないけど」

「わからんことを言うなよ」

「そうですね。ではわかっていることを言いましょう。全体、月見うどんっていうのはあれは御存知でした？　月とそれへかかる雲の見立てらしいですね。そういう意味でも白身が白く固まらないと意味がない。そのコツをね、勃然と、よござんすか、ここが大事なところなのですが僕は勃然と理解した。つまり段々にわかったのではなく、なんか知らないけど、ぱっ、ってわかっちゃったんですよ」

「そういうのを百合以下というのだ。百合の花ほどの価値もない」

「まあ、シードにとってはそうかも知れないが、僕にとっては価値あることだ。そんなこと言うのだったら僕はもう話さぬ」

「シード、本当のこと言うなよ」

「いや、別に僕は馬鹿にしたつもりはない。僕は百合の花を貴いものだと思っているから。ユリネは犬にとっては毒だが」

「まあ、そういうことだ。つまり僕は月見うどんを作るのは楽しいし、食べてもおいしいから、月見うどんを食べているんだよ」

「あれ、でもおかしいなぁ。さっき人生の楽しみを追求するのが面倒になったから月見うどんを食べてるって言ってたよね。でも月見うどん自体が楽しいのであればそれは楽しみを追求してることになりゃあしませんかね」

「あ、そうか。わかった。ならばいいよ」

そう言ってポチは手に持っていた鍵束をテーブルに置き、そして言いました。

「ならば僕は月見うどんをやめよう。漬物とご飯だけを食べることにしよう。それでよろしいでしょう」

妙に静かな、しかし決然とした口調でした。私はこの感じに既視感を覚えました。そう、口調こそ違え、以前、「わかったそれならウェディングドレスで生活する」と宣言したときの感じに似ているのです。ということは。そう、さらに事態がこじれる可能性があります。私は慌てて言いました。

「なにもそこまでして人生から楽しみを排除することはないじゃないか」

「排除しているわけじゃないが、酒が飲めないわけだから」

「けれども、そこまでしたらほら、あの……」

と言葉を濁してはっきりウェディングドレスと言えなかったのはポチの心が傷つくことを恐れたためですが、ポチの方から、「ウェディングドレスのことか」と言い、でも考えてみれば、と言ってやっと本質的な話を始めました。ポチは以下のようなことを言いました。

自分が酒をやめたのはウェディングドレスが辛かったからではない。確かに人の視線は辛かった。けれどもそれは気にしなければ意外に気にならないというか、自分で自分のことを気にしているほどには他人は自分のことを気にしていないということが次第にわかってくる。一瞬は、ぎょっ、とした顔でこちらを見るが、数メートル行かないうちに別のことを考えている。それがわかれば人の視線なんてなんともおもわない。というか逆に相手の反応を見ておもしろがるくらいの心の余裕が生まれてくる。

つまりやめた原因はそれではない。ではなにかというと面倒くささだ。朝、起きていちいちウェディングドレスに着替える面倒くささ。これには閉口した。そもそもウエディングドレスというものは一生に一度の晴れの舞台で着るためにデザインされており、毎日着るようにはなっていない。それを毎日着るのは本当に嫌なことだ。朝、目を覚ます度に、「ああ、今日もウェディングドレスを着なければならないのか」と思うと気がふさいでならなかった。そしてまた動きづらい。裾を踏むし、なにもかもが邪魔くさい。あれを着ているとズボンというのは機能的にできているなあ、とつくづく思う。考えてみれば身体を動かす仕事に従事する人は洋の東西を問わずズボン様の衣服を着ており、スカート様の衣服を着用していない。なんとなればスカートを穿いた状態で股を広げて踏みばることができぬからだ。それを改善するためにスカートはスカートでもミニスカートというものが考案されたには違いないだろうがミニスカートを穿いた大工などというものは私は見たことがないからやはりどうしたってスカートは動きづらい。ましてやウェディングドレスとなればなおさらだ。汚れが目立つ、という欠点もある。私はあの呪われた期間、うどん、そばといった麺類はけっして食べなかった。カルボナーラなんてものは論外だ。私が月見うどんに興味を持ったのはそのときに心のなかに芽生えた麺類への渇仰が根底にあるのかも知れない。大胆な仮説ではあるが。まあ、とにかくそれはよいとしてとにかくウェディングドレスそのものが面倒くさかった。

だから酒をやめる。砕杯して禁酒を誓うというは一足飛びだよ。と皆が思うのはわかるし、僕のこれまでの言動を記憶して、僕の思想を熟知する君や妻なら、なぜだ。なぜ、いつものように冗談事に解消したり、開き直って逆ギレしたり、それが通用しないとなるとヘラヘラ笑って謝るといったようなことをしないのか、と思うことだろう。それは僕が楽しみと苦しみは必ずバランスするということを悟ったからだ。なんだ、妙な顔をするじゃないか。このバカ、急になにを言い出したんだ的な。じゃあ説明しよう。つまり僕が言いたいのは楽しみを得ようと思ったらその反対側に同じ大きさだけの苦しみがある、ということだ。だから大きな楽しみを得ようと思ったら大きな苦しみを覚悟しなければならないし、小さな楽しみで満足すれば済むのさ。

なにかにたとえるとわかりやすいのかな。例えばサルマタを一枚百円で売ったとしよう。そうすると自分の手元に百円が残る。そうするとつい手元に百円があるから百円が儲かったような気がするがそうではない。なぜなら、そのサルマタには仕入の代金がかかっているからで、仮にそのサルマタを九十円で買ってきたサルマタだとすると、手元には百円があるが儲けはたったの十円ということになる。つまり百円の楽しみの反対側に必ず九十円の苦しみがあるということになる。

さてしかし、たった十円じゃどうしようもない、やはり最低でも百円くらいはほしい、というので、サルマタを新たに十枚買ってきて百円で売る。そうすると？　そう、売上は千円で仕入が九百円だから儲けは百円になる、ということになって、儲けは十倍になるが苦しみも十倍になる、という訳なんだ。

それだったら百円の利益がゲットできたのだからいいではないか、というようなものだが、それは飽くまでも利益率が一割と仮定したうえでの話であって、多くの場合はそんな利益を見込めない。というのは仕入れたサルマタがすべて売れるとは限らないし、仕入代金を借り入れている場合、その利息もあるし、固定費というものもあって、考えているときりがないくらい様々の経費がかかるからだ。

つまり多くの儲けを得ようと思ったらその何十倍、いやさ、何百倍もの苦労を背負い込まなければならない。それだったら最初から多くの利益を得るのを諦めて、その分の苦労を減らした方がよい。

というのを酒に置き換えて考えると、そもそも楽しい気分になるために酒を飲むわけだが、同じようにその反対側に苦しみがある。ウェディングドレスもそのひとつだし、身体的な苦しみで言えば宿酔の苦しみというのがあるが、酒を飲む際の仕入価格や経費としてもっとも大きな比重を占めるのは、やはり金と時間だろう。飲んでいる間はそれ以外のことはできないのは当然だし、重い宿酔の間はただ呻いているだけだし、回復したところで頭や身体が元通りに動き出すまでには、随分と時間がかかり、元通りになったときにはもう飲み始めている。つまり人生の大半の時間が経費としてのしかかってくる。そして得られる利益はというと面倒くさい思考の停滞と理性の麻痺に過ぎない。そしてそれは麻痺した状態で勘定しているから割と利益があるように思えるのだが、後日、勘定してみると、楽しくなって得意先の偉い人の奥さんに抱きついて頬ぺたを舐めるなど、損失を出している場合の方が多い。それを取り返すためにまた飲んでますます人生の経営は困難になっていく。僕が悟ったのはつまりはそういうこと、一言で言うと人生に利益なし、収支は均衡してそれでお終い、ということなんだよ。

とポチは言ったのですが、結論の部分は犬からすれば当たり前の話です。そんなことがいままでわからなかったって人間っていうのはなんてバカな生き物なのだ。それともポチが特別にバカなのか、と呆れていると、シードがポチに言いました。

「ひとつ聞いていいかな」

「ああ、なんでも聞いてくれ」

「じゃあさあ、死ねば一番、いいんじゃないの」

言われてポチは、「まあね」と言って急にいつもの、テキトーな感じに戻って、「それもひとつの見識かもしらんね。しかしまあ、取りあえず腹が減って死にそうだ。葱のくせうどんでも拵えるかな。いやさ、いっそのこと素うどんとしゃれ込むか」と言い、そうどんは作らないで傍らにあったギターを抱え、「こーのー、確かな時間ー、だけーがー、いまのー、ふたりにー、与えられたー、唯一の証しなーのですー」と歌い始め、いったんこうなるとポチは手がつけられないので私とシードはそれ以上の問答を諦め、シードは日なたに私は日陰に行って眠ったのでした。

私たち喜びに溢れて

きわめて暑かった夏が過ぎ、日中も肌寒いような気候が続き、こらまたすっかり秋だな、と思っているところへ台風が次々と到来して水に浸かるところもございますようですが、皆様はお変わりございませんでしょうか。私どもは相も変わりません、無事無為に暮らしておりますが、ひとつだけ変わったことがあったのはあれ以来、主人・ポチの断酒が意外にも続いているということです。

私やシードは、まあそんなことを言っていても二週間もすればまた珍論をこねくり回して飲み始めるだろう、と分析していました。なぜかというと、あれほど好んで飲んでいた酒をそう簡単にやめられるわけがない、と思ったからです。

けれども感心にと言うべきか、剛情にと言うべきかとにかくやめております。

それでどうなったかというとちょっと見にはほとんど変わりません。以前と同じように早朝、幽鬼のような顔で二階から降りてきたかと思うと閉じこもってごそごそやり、午後は宵まで一階と二階を行ったり来たりして書類や布団や猫のごはんやべったら漬けを運搬しています。

といってしかしそこから後は違います。といって、これには実は私の都合も入っているのですが、これまでは夏の宵の散歩には私もポチも随分と苦しんだものでした。というのは盛夏になると日中はもちろんのこと、夕方になっても気温が下がらず、でも宵から、できたら午後四時くらいから飲み始めたいポチは私のために酒を我慢し、そのために気が荒れて意味なく福助の物真似をしたり、手品を披露すると言って新聞紙を燃やして小火(ぼや)を出しかけるなど苦労が尽きませんでした。

ところが私も寄る年波で大儀というか面倒くさいというか、なんのおもしろみもない海岸や梅の園に行って直線的に歩くことに積極的な意味を見いだせず、ってね、昔はこんな、積極的な意味を見いだせず、なんて言い方はしない、もっと犬らしい快活な言い方をしていたはずなんですけどね、ファッファッファッ、て、まあまあ、そんな感じであまり散歩に行きたくない。

ポチは酒をよしたので手品も福助もしません。しかし、ご本尊の私が行かないと言っているのだからポチも、「君がいいってんだったらいいよ」って訳でそのまま黙りこくって自分の顔を福笑いのようなことにしているなんてことになったわけです。

そして以前であれば酔っているものですから、「実はこの福笑いというのはね」なんて誰も聞いていないのに、福笑いの縁起についての法螺(ほら)話を始め、受けないとなると、こんだそれを極度につまらない寸劇に仕立てて演じる、甚だしい場合はミュージカル仕立てで演じてみんなが迷惑したのですが、そういうこともなく自己に沈淪したまま福笑って、暫くするとその不気味な笑みのまま、「じゃあ、僕はもう寝るからね」と言って二階へ上がっていきます。不気味な笑みのまま眠るのでしょうか。

さあそれによってポチがどれくらいの苦しみを減らすことができたのか、それはわかりませんが、あの不気味な笑みを見ると、ほとんど減っていないのではないか、むしろ逆に増えているのではないか、と思うほどです。

その一方で楽しみはというとこれは間違いなく減っているように思います。家で寸劇やコントを演じることもなく、かといってどこかへ出掛けるわけでもない、人が訪ねてくることもない山奥の陋居(ろうきょ)の一室に引きこもり、来る日も来る日も訳のわからない小説とやらを書いて幽鬼と化していて楽しい訳がありません。

だからこそ私はポチがまた酒を飲み始めると思ったし、こんなに陰気なのであればむしろ逆に飲み始めてほしい、と思うくらいでした。

というか実際の話が、これだったらウェディングドレスを着て大騒ぎをしていたときの方が御陽気でよかったというか、そのときは、なにもウェディングドレスなんて着なくてもと思ったし、散歩もやりにくくて嫌でしたが、こんなに陰気ではありませんでした。

ところが酒をよしてからこっち、感情の振れ幅が極端に狭くなり、おもしろくもおかしくもない、石とか草みたいに静かな感じで、傍から見ていると無気力な人間にしか見えない、という状態になってしまいました。

これがポチの言う苦しみの少ない状態なのでしょうか。これだと確かにシードの言うとおり、死んでいるのと大差ありません。やはり喜んだり楽しんだり、そしてまた、その反面、苦しんだり悲しんだりするからこそ生きていると言えるのではないでしょうか。

「そのあたり、シード君、君はどう思う」

とシードに問うてみました。そのときシードは日だまりにいて枯れ葉を食べていて返事をしませんでした。

私はぎょっとして言いました。

「シード、君はなにを食ってるんだ」

シードはすまして答えました。

「御覧の通り、枯れ葉を食っているんだよ」

「そんなもの食ってうまいのか」

「うまい訳がないだろう。だって枯れ葉だぜ」

「じゃあ、なんで食うんだ」

「俺もう十三歳だからな。枯れ葉でも食わんとやっとれんよ」

そんなことを言うシードに私はそれ以上、なにも言えませんでした。なぜならシードの心の闇を見たような気がしたからです。と、途中で考えたり書いたりするのが面倒くさくなったときに心の闇といって誤魔化すテクニックを私は主人の仕事に学びました。そして枯れ葉のことはさておいて、ポチが無気力な人間になったことについて話し、シードに意見を求めました。最初来たときはなにを考えているのかわからない、気むずかしい黒犬でしたが、長い間、気の優しい私と過ごしてとげとげしかった精神が和らぎ、気がつけばなんでも相談できる頼れる仲間になった、という訳ではないのですが、まあまあ話せる奴になったのは確かです。

私の話を聞いたシードは言いました。

「なるほど。沈香も焚かず屁もひらず、ってやつか」

長いこと牧場にいたので、こういう普通の犬がけっして知らない難しいことをシードは知っています。だから頼りになるのです。意見を求めるのです。私はシードに聞きました。

「そりゃどういうことだろうか」

「それはだなあ、人口が増えないと屁もこけない、ということだ」

「なるほど、そのとおりだな。人間がいて初めて屁が生まれてくる。人間が生まれてこない世の中には屁すら生まれてこない。それはいいのだが、苦しみがない代わりに楽しみもない最近のポチについての話を聞きたいんだけどね。屁じゃなくて」

「なに、しょせんは屁のような男よ。けれどね僕はそうは思わないな。楽しみにはそれ単体で生まれてくるものもあるんじゃないか」

「難しいな。どういうことだ」

「つまり、ポチの理論は間違ってるということでね、苦しみのない純粋な喜びや楽しみ、ってのがこの世の中には間違いなくあるってことだ。どういうことかというと、例えば、天窓から差し込む日が作った日だまりのなかで微睡むのはポカポカして気持ちがよいものだが、さあ、この反対側になんの苦しみがあるというのだ。なにもありゃあしない。ただ気持ちよいだけだ」

「まあ、そうだな。日焼けのリスクくらいか。いや、あの程度のぼんやりした日射しならそれもないか」

「人間は本当はそういう喜びや幸せを感じているんだ。ただそれは自分ではコントロールできないものでね、さあ、今日は休日だから、ひとつ幸せってやつを感じるか、といって日だまりに行ってもあまり喜びを感じない。なぜかというとそれは求めて得られるものではなく、唐突に向こうからやってくるものだからだ。しかもいつくるかわからない。だからポチを始めとして人間は……」

「酒を飲む訳か」

「そう。酒を飲んだり、うまいものを食ったりして、望むときに望むだけの喜びを得ようとする。けれどもそれは自然の喜びではなく、いわば人工の喜びだろ、だから反対側に苦しみや悲しみがあるのは当たり前だわね」

シードの話を聞いているうちに私は次第に、そんな風にしてまで、というのは例えばウェディングドレスまで着て、楽しみを求め、それ以上の苦しみを味わう人間が可哀想になってきて、それでシードに、

「けどまあ、それでもときどき、ふと、その自然の喜び、っていうんですか？　それを感じるときはあるわけでしょう。そんな人間だって」

と尋ねました。けれどもシードは、「うんにゃ」とにべもありません。

「もちろん、どんな人間にもそうした喜びは訪れる。善人も悪人も関係ない。ただし、そうやって人工的な喜びを求め続けると、そういう自然の喜びが感知できなくなる。というのを喩えて言うと、それを感知するセンサーが壊れる、っていうのかな、喜びが訪れていても反応しなくなるんだよ」

「ということは自然の喜びより人工の喜びの方が強い、ってこと？　自然の喜びって

そんなに微弱なものなの」

「まあ、人工の喜びにはフレーバーがかけてあるからね。どぎついと言えばどぎつい。これも譬えで言うとわかりやすいかな。君は美徴さんが作ってくれる飯を甘いと思うか」

「思うよ」

「ところが、ある種の犬にとってはあんなものはなんの味もしない、っていうんだよ。やっぱりボツバウとかワニードギーといった市販のフードがよいというんだ」

「えええええ？　マジい？　僕はあれは駄目だ。薬くさくて」

「ところがあれがうまい、あれでないと駄目だ、という犬もいる。自然の材料を使って作った飯の旨さを感知するセンサーが壊れているんだよ。強烈な刺激がないと食欲が湧かない。大酒飲みのポチはそんな状態に陥って、でもそれは身体に悪いからいっそ飯なんか食わないでいよう、とこう言って痩せ細っているのさ。馬鹿な男だよ。その精神は屁よりも軽い。そして臭い」

「そこまで言わなくても」

「まあな。しかしまあ、そうやってセンサーが壊れた人は、美徴さんが作るものを食べてもその味がわからない。それはその料理の味がしみじみとして深いからだ。そしてそうしたものばかりを味わっている人、つまり君や僕は、どぎつくてうすっぺらな人工の味を受け付けない。なので両者の話はいつも食い違う。と、まあ、そういうことなのさ、言ってしまえば」

シードの話を聞いて私は心の底から合点がいきました。ポチは楽しみと苦しみは一対で、楽しみを得るためには苦しみという代価を支払わなければならない、と言っていましたが、苦しみと引き替えの楽しみなどというものは本当の楽しみではなく、本当の楽しみというのは無償で与えられ、しみじみと深いものなのです。

けれども不思議なのはシードです。そこまで深い理解と知識があるのにもかかわらず、枯れ葉を食べたり、唐揚げやハッピーターンといった、人工的な味のものを食しますがなぜなのでしょうか。こういうことも率直に聞いた方がよい。そう思って尋ねるとシードは言って笑いました。

「俺もセンサーが壊れてるんだよ。俺は牧場で育ったから」

おまえのような犬らしい犬にはわからんだろう、と言外に言っているような笑みでした。キューティーがその後ろで笑って立っていて、私は遣りきれない気持ちになりました。

それから数日後のこと。朝早くにポチと一緒に門の外に出て少しだけ歩いて、いつものように面倒くさくなってきたので帰るように促し、踵(きびす)を返して家の前の坂道を登り始めました。そして家の近くまで戻ってきたとき、ポチがふと足を止めました。こんななにもないところで立ち止まってなにをしているのだろう。屁でもこきたいのだろうか。と訝っていると、ポチは立ち止まったまま左右に揺れ、空を見上げて言いました。

「空が美しいなあ」

と。長いことポチと歩いてきましたがポチが空の美しさに言及したのはこれが初めてでした。そうですポチが、あのセンサーが壊れてしまっていたポチがようやっと、反対側に苦しみのない喜びを感じたのです。

私はなんだかうれしくなってしまって、まるで阿呆のように空や木の枝を見ているポチを促して門のなかに入り、さっきまでのだるさを忘れ、全力で走って庭を三周しました。そのとき私もまた反対側になんの苦しみもない喜びを感じていました。私は一歳半に戻ったような気分でした。

その私をポチが縁側に腰掛けて眺めていました。その後ろにみんなが来て走る私を見て笑っていました。

「スピンクが走ってるー」

など言いながら。

秋の朝、私どもには喜びが溢れていました。喜びが溢れていたのです。

人の情けに犬の牙

みなさんこんにちは。スピンクです。もはや晩秋ですね。もう少しすれば山の木の葉っぱが紅くなってそれを見に多くの日本の方々、また外国の方々がやってくるようですね。その際、外国の方は山を赤く染める紅葉を見て、「コーヨースバラシデス」と言い、そしてまた、道行く和犬を見て、「シバイヌスバラシデス」とか言うのでしょうか。最近ではアメリカンシバなるものも作られて取引されているようですね。

シードにそのことを言うと、「僕はダンシングシバが好きだ」と言って踊り、それから私にマウントしたり私の目を舐めたりしました。私どもに参った頃のシードは暗い、なにを考えているのかわからない無口な男でしたが、最近はこんなことをしてふざけるようになりました。私は目を舐められるのが嫌なのですが、そういう訳でまあ我慢をしています。

シードは私より四歳年長ですが平均寿命の長い小型犬なので、寿命の短い大型犬の私は人間の年齢に置き換えると遥かに年長なのです。

それにこうして明るい男になったのにまた屈折されるのもなにですからね。この程度のことは我慢しています。

しかしときどきどうしても我慢できないで、ううっ、と低く唸ったり、一喝したりすることはやはりあります。というのはでもシードにではありません。チビッキーにです。

といって、急にチビッキーという聞き慣れない名前が出てきたので戸惑っておられる方も多いことでしょう。申し訳ありません。御説明いたします。

実はチビッキーというのは一歳過ぎのトイプードルで半年以上前から私どもに住まっておるのです。というのはつまり家族が増えたということです。

と申しますと、「そんな大事なこと、なんでいままで黙ってたんだっ」と仰る方があるかも知れませんね。すみませぬ。本当はもっと早くにこの場でご報告すべきところ、主人・ポチがあまりにも次から次へと馬鹿なことをしでかすものですからそっちを語るのに忙しくて、つい延び延びになってしまいました。

けれども隠し立てをするわけでは御座いませんので、遅まきながら以下に経緯を申し述べようと思います。

となるとまず最初にトリミングサロンを経営している是谷さんの話をしなければなりません。是谷さんは美徴さんの友人で、私は行ったことがないのですが、他の友人らも含んだ六、七名で二ヵ月または三ヵ月に一度程度集まり、食事をともにしつつ四方山話をする会のメンバーだそうです。

会のメンバーは年齢も出身地も出身校もバラバラですがひとつ共通点があり、それは動物に関係する仕事に従事をしているという点で、だからこそ共通の悩みがあったり、意外な発見があるなどして会は盛り上がるのだろう、と私は睨んでいます。

その会で是谷さんが担当していた犬がチビッキーでしたが、一言で言ってしまうと、「飼い主さんの事情で」行き場がなくなったチビッキーが話し合いの結果、私方に引き取られる、ということになったということで、まあ、言ってしまえばよくある話で珍しい話ではありません。

と申しますか、私自身がそういう経緯でやって参りました訳ですからね。なので、なにか珍しい話があるとすれば、「飼い主さんの事情」の部分ですが、ご案内の通り、これは徹頭徹尾犬には関係のない、人間の話で私どもの知るところではないし、知ったとしてもこの場でお話ししようとは思いません。

むしろそれを話す、というか書くべきはポチでしょう。そうした、「人間の事情」を書くのが、ポチがウェディングドレスを着るなど、苦労をして書いている小説とやらだ、とシードが申しておりました。

さあ、ポチだったらどんな事情を考え出すでしょうか。普通だったら、急に病気になったとか、親が入院したとか、職を失って生活が立ちゆかなくなった、といった、誰にでも起きうる可能性のある事情を考えると思います。だからこそ多くの読者が共感するわけですね。ところが因果なことにポチはそういうことを思いつくことができず、脂汗を流して考え、やっと思いつくのが、「飼い主さんが天狗に攫（さら）われた」といったようなことで、ポチの場合はなかなか難しいみたいです。仕事を変えた方がよいのかも知れませんね。

とそれはまあよいとして。そういう訳でチビッキーは私どもにやって参ったのですが、といって当初はずっと私方にいる予定ではありませんでした。

どういうことかと申しますと、暫くの間は私どもで預かり、その間、これを飼いたいという人を募集し、然るべき応募があれば直ちに引き渡す、ということで、つまり里親募集ということをいたした訳です。

にもかかわらずチビッキーは一歳を過ぎたいまなお私どもにおります。どういうことなのでしょうか。というのは、そう、チビッキーを欲しいという方がこれまで現れなかった、ということです。

なぜそんなことになるのか。理由はいろいろ考えられますが、ひとつはトイプードルという犬種にあるのかも知れません。ご案内の通り犬にはいろいろな犬種があります。そしてその時代時代で流行の犬種、人々がこぞって欲しがる犬種というのがあって、そういう観点から言うとかつて大流行したトイプードルの人気はいまはそれほどでもなく、いまトイプードルを飼うのは本当に好きな人だけで、なんとなく犬を飼いたいな、という感じの人は、「ううむ。トイプードルか。それならよそうかな」と思う人が多いのです。

そしてチビッキーにはもうひとつ弱点がありました。それはマルチーズ疑惑で、最初これを指摘したのは是谷さんで、チビッキーのトリミングをしていて、毛の質がプードルらしくない。ことによるとマルチーズが混ざっているのではないか、と思った、というのです。炯眼でした。成長するにつれチビッキーはどんどんマルチーズらしさを増していき、いまではチビッキーを見た人のうち、その半分の人が、マルチーズですよね、と仰るほどにマルチーズらしくなり、もはや、疑惑、ではなくなったのです。

といってもちろん完全なマルチーズという訳でもなく、半分はプードルですから、プードルでもない、かといってマルチーズでもない、半マル半プーという珍妙な犬となってしまったのです。つまりは雑種ということで、これもまたご案内の通り、犬を飼育される人間の方は基本的に純血を尊ばれます。純血種を尊び雑種を蔑むのですね。なのでチビッキーは蔑まれ、貰われません。

というと皆様のなかには、「なにを仰いますやらキャベツやら」と反論される方もおられるでしょう。どういうことかというと、確かに以前はそういう傾向にあり、いまでもそうした傾向は根強く残ってはいるが、けれども私たちの社会は成熟し、意識も変わった。いまは純血とかそういうことではなく、命の尊さ、多様性、共生社会といった考え方が浸透して、雑種だから嫌だ、なんて人は随分と少なくなりましたよ、と仰るのです。

それはそれで私たち犬やなんかにとっては実にありがたいことですが、実はチビッキーはもうひとつの問題を抱えていました。

それは人間社会のなかで暮らす犬として、或いは犬そのものとして学んでおくべきことをなんら学んでおらなかったということで、普通はこうしたことは生まれてから三ヵ月かそれくらいのうちにいろんな犬と会ったり、いろんな人間と会ったり、いろんなところに出掛けたりするうちに自然と身につくはずなのですが、「飼い主さんの事情」なのでしょうか、チビッキーはそうした経験を殆どしておらず、なにも学んでいない状態だったのです。

その結果、どうなるかというと、極端にキャパが狭いというか、ちょっとしたこと、というのは例えば、玄関の呼び鈴が鳴る、とか、人が脇を通る、とか、カタン、と音が鳴るとか、そんな程度のことで恐慌をきたし、前後の見境がなくなって、吠えるとか、嚙みつく、或いは、あらぬ方向に走っていく、立ちすくんでガタガタ震え出す、などするようになるのです。

なので身体を押さえつけられて顔の回りを刃物で刈る、トリミング、なんてなことはまず無理で、それでもなんとかしようとしてくれた是谷さんの指や手を本気で嚙もうとして、もちろん是谷さんはプロですからむざむざと嚙まれることはなく、すんでのところでこれを躱しましたが、普通の人だったらまず大怪我をしていたでしょう。

と言いますと、「これだからプードルは大袈裟だってんですよ。たかがトイプードルでげしょ。ちょいと嚙まれたくらいなんだってんですか。あたしンとこにも実はプードル犬がおりましてね。あたしなんかしょっちゅう嚙まれてますけどたいしたことありませんよ。逆におもしろいくらい」など仰る方がいらっしゃるかも知れませんが、違います。その人の言っているその嚙みは、甘嚙み、というやつでチビッキーがするような本気嚙みとは違うもの、というかぜんぜん別のものです。

本気嚙みを真剣だとすれば甘嚙みは木刀、と言いたいところですが木刀ですらありません。ビニル樹脂でできた玩具と言ってよいでしょう。さほどに本気嚙みというのは凄まじいもので、私くらいの体重の犬がそのつもりで本気嚙みをすれば人間なんて簡単に殺せます。どうするかというと喉笛を狙えばいいのです。一撃です。

私は自分でそれがわかっているので本気嚙みはけっしてしません。というか右に言ったような幼少時に人間との付き合い方、犬との付き合い方を学んだ犬は相手が犬であれ、人間であれ、そう簡単に本気嚙みはしません。

それを知らないで右の人は犬の牙を侮って、変な江戸っ子弁で、おもしろいくらい、なんて言っているのです。って実はそれ言ってたの、ポチなんですけどね。

と思うと逆に、本気嚙みしかしない犬というのもいます。

闘犬、と言われる人たちです。あの方たちはスイッチが入ると一撃で相手を倒します。そのように訓練されているのです。ここだけの話ですが私は、こんなルックスをしていますが、闘犬になったらけっこう出世したのではないか、と窃かに思っています。スピード、殺傷力、気迫・気合い。どれをとってもそこいらの土佐犬やロットワイラーに負ける気がしません。或いは体重で圧倒してくる相手もいるかも知れませんが、そんな奴にはスピードで勝てるし、それよりなにより、私には秀でた知能というものがあります。頭脳が優れているのです。虚ろな目で涎を垂らし、牙をむいているだけの奴らとは頭の出来が違うんです。

って私はなにを言っていたのでしょうか。ええっと、そうでした、とにかくチビッキーが本気嚙みをしてくるということで、もちろん体重が軽いですから一撃で死ぬということはありませんが、大怪我を負わすことはでき、「いっやー、昨日は指、三本もげたよー」「マジ？　私はアキレス腱がほとんどないのよ。もう、毎日、血まみれでお掃除が大変、おほほほ」といった生活を送りたい人がそういるわけではなく、なかなか貰い手がないのです。

というとチビッキーは体力が有り余った犬のように聞こえますが、運動が足りていなかったのか、チビッキーは筋肉があまり発達しておらず、ほんの僅かの段差を登ることもできませんでした。また、感情の起伏に乏しく、なにもないときは暗い表情で部屋の隅にしょんぼりうずくまっている、みたいな奴でした。

あたたかい人の情けも、胸を打つ熱い涙も、知らないで育った僕は、みなしーごーさー。

とせめてそんな歌でも歌ってくれればまだ話のとっかかりになるのですが、歌を歌うということはその気持ちを表に表したい、と思うからで、けれどもあの頃のチビッキーにはそうした考えなどある訳もなく、ただ暗い目をして怯えていたのです。

それを見てキューティーは知らん顔をしていました。私は気の毒なことだと思いましたが、まあ、ここにいる分には大丈夫だろう、と思っていました。なぜなら、なぜそうなったのかはわかりませんが、同じように暗かったシードが明るい男になったからです。

ただひとつだけ心配だったのは、その明るくなっていく途中でどこかに貰われていき、それはそれで特別な事情があったらますます奇妙な、突然、哲学や思想を語るような犬になってしまうのではないか、ということでしたが幸いにしてそういうこともなく、一ヵ年が過ぎ、私が予測したとおり明るい犬になってきました。

それでもまだ犬や人と暮らすために必要な仁義を弁えぬ部分も多く、例えばさっき言ったように私のような遥かに年長の犬の脚を噛む（非本気）などという非礼を働くので、一喝をしているというわけなのです。

という訳で拙宅にチビッキーという厄介者がやって参りましたこと、遅まきながらご報告いたします。どうぞお見知りおきください。よろしくお願いします。

犬の名前と人の名前／ポチの苦しみ

急に寒くなりましたが皆さん、お変わりございませんでしょうか。先日は雪も降って、また冬ということになりました。こうして短い命のなかで季節の移り変わりを眺めていると犬ながらなんとも言えぬ心持ちになりますが、まあそれはそれとして、私どもにやって参った珍妙犬、チビッキーのお話をいたすことにいたしましょう。チビッキーという名前をつけたのはポチです。スピンクという名前をつけたのもポチで、なぜか私方では私たちに名前をつけるのは美徴さんではなくポチのお役なのです。

私はかねてよりこのことを不思議に思っておりました。というのはポチというのは陰気というか縁起が悪いというか、物事をすべて後ろ向きにとらえ、例えば語呂合わせで番号を覚えるときなどでも、１１４２８２、と聞けば瞬間的に、「いい死に場に」、６９６８６０と聞けば、間髪入れずに、「骸でハムを（作る）」などを思いついてしまうような男で、そんな人間に名前をつけさせてよいのか、と思うのですが、なぜか美徴さんは自分で名前をつけず、ポチにつけさせ、このことを不思議に思い、シードに尋ねてみたことがあります。そのときシードは以下のように言いました。

「それは実に興味深い問題だ。それについては僕は牧場にいた頃、牧場の人たちが牛や山羊に名前をつけるのを見ていて考慮したことがある。それでわかったのは、人間は自分たち人間に名前をつけるときは、脳が痺れるほどに考え、凝りに凝った名前をつけ、その中にはそら恐ろしいほど大仰だったり、メルヘンだったりするものもある。ところが犬や猫、牛や豚に名前をつけるときは、至極簡単だ。黒いからクロ、白いからシロ、或いは雄だからタロー号、メスだからハナコ号、てなものだ」

それを聞いて異論があったので私はつい口を差し挟んでしまいました。

「いやー、最近はそうでもなかろう。犬の名前でも猫の名前でも最近はけっこうご大層な名前がついてるぜ」

「どんなだよ」

「そうだな。例えばだけど、信長、という名前の猫とかアレキサンダーという名前の犬とか」

「それこそが、なにも考えていない証拠だよ。ちっちゃな子猫に、信長、と名付ける、ってどういうことかわかるか。信長のように立派な猫になれ、と心の底から希ねがっているんだと思うか。違うだろ。ははは、この子猫が信長だってよお、といって笑っているのだ。たかが猫の子が信長というところがおもしろいし、気がきいている、と人を馬鹿にして己のセンスを誇っているのだ。といっても自己満だがね」

「どうも手厳しいね」

「べつに厳しくはない。俺は事実を語っているだけさ。それに第一、人間だったらそんな風なふざけた名前はつけんだろ」

「そうでもないんじゃないか。そういう名前の子供もときどきいるぜ」

「そりゃ、大勢の中にはね、少々、残念な感じの親もいるからね。けれどもそれだって、犬や猫につけるように乗り・受け狙いでつけたわけじゃなくて、考えに考え、凝りに凝った結果、そうなっちゃったわけでね。つまり、相当いい加減に名前をつけちゃってる、ってわけさ」

「なるほど。そう言われればそうだな」

と私はいったんは納得して前肢を舐めました。けれどもじゃあなんで美徴さんはポチに私たちの名前をつけさせるのか。それこそ、どうでもいいと思っている証左ではないのか、という最初の疑問に対する答えはまだない、ということに気がつき、慌てて問いました。

「けどじゃあ、それだったら美徴さんだっていい加減に考えてる、ってことにならないか。だって、あのネガティヴなポチに名前を考えさせているわけだから」

「そこさ。そここそが美徴さんの深慮遠謀ってやつよ。つまりこれはだなあ、態と縁起の悪い名前をつけることによって逆に長寿を願うっていう呪術だよ」

「なんだそれはどういうことだ」

「それは人間の方で昔から信じられていることで、例えばだよ、子供に健康で長生きして欲しいと思ったらどういう名前をつけると思う」

「そうだな。僕には人間の気持ちはわからんが、健康の健の字をとって健夫とか、康の字をとって康なんて名前をつけるんじゃないか」

「じゃあ、幸福になって欲しいと思ったら？」

「そうだな。幸子とかそんなとこか、福太郎とか」

「福太郎なんてのはいまどき流行らんがまあそうだろう」

「いまどきといえば、もっと軽いが、しかしイメージとしては人間を超越して神に近かったり、あるいはもう宇宙の始原みたいな、誇大妄想狂めいた名前も多いよね」

「そう。なんとかネームというやつだ。しかしそれらはいずれにしても子と自分の健康長寿繁栄を願ってつけられる」

「なんだか話が難しくなってきたな。それがどうしたというのだ」

「一方で、それが間違いだという、考え方が人間のなかにあるんだ」

「ほう、どういうことだ」

「説明しよう。ええっとですね。あ、ちょっと待ってください」

と、シードはそう言って向こうで大福のようなものを食べ始めたポチのところに走って行き、足元にビシッと座りをして見上げることによってポチから大福の皮をせしめて戻ってきました。

「るっふっふっ。あいつはバカだから俺が少しばかりビシッとしただけで大福の皮を呉れやがる。で、ええっと、なんの話でしたっけ」

「だから、縁起のいい名前をつけるのがよくないという話だよ」

「ああ、そうでしたそうでした。つまりそういうことでね。あまり縁起のいい名前は逆に縁起が悪いという考え方が人間にはあるんだ」

「なんでだ。なんでそんな考え方があるんだ。犬にはまったく理解できない。というか私たちに縁起がよいとか悪いといった概念はない。ただ眼前の事実があるのみだ」

「それはね、人間はこの世界の割と上の方に人間を超越して、人間を好きなように操れる、偉大なパワーの持ち主が住んでいる、と考えている」

「神様、ってやつか」

「えぐ、ざくとり」

「なんだそら、呪いか」

「仰る通り、という南蛮語だ。鴨南蛮を食べるときに使用する言語だ」

「君はなんでも知ってるんだな、シード」

「俺は牧場にいたんだよ、スピンク」

「そうだったな。それで、それで？」

「それで、ええ、なんの話でしたっけ？」

「だから人間は神様がいると考えているという話だよ。君は記憶力が悪いなあ」

「ああ、牧場は犬の記憶力を根こそぎ奪う。あいつらは犬の記憶力を牛の餌にしている悪の帝国だ。嘘だ。ってそんなことはどうでもいい、神様の話に戻ろう。そもそも縁起のよい名前をつけるのは神様に気に入って貰うためなんだ」

「あ、そうなの？」

「うん。神様が名前を見て、おっほーん、こいつはなかなかいい奴だな。少しばかり幸せにしてやるか、ってことになるんだ」

「ほんとかしら」

「理論的にはそうなっているらしいし、実際、そういう傾向にあるということが長年のデータの蓄積によって証明されているらしい。ただし」

「どうした」

「ときどきそれだけでは説明のつかない事象が起こることがわかってきた。どういうことかというと、どこからどう考えても神様の好きそうな名前、どころじゃない、神様にもうメチャクチャに好かれそうな名前なのにもかかわらず、早死にする人がけっこういるんだ」

「なぜだ。おかしいじゃないか。なんらかの理由で神様が怒ったのか」

「逆だよ。神様に好かれすぎてしまったんだよ。神様は、うえーい、げっさええ名前やんかいさ。こんなええ名前の奴を人間の世界に置いておくのはもったいない。俺の手元に置いておくとしよう、と考え、そいつを上の方、これを神様行動学では、天、というのだが、ひょいとつまみあげてこれを、天、に持って行ってしまう。というのはつまり人間からすれば死ぬということだね」

「なるほど。だから縁起のよすぎる名前はダメだ、つんだね」

「そうなんだよ。だから長生きしたい場合に、逆に奇妙な、汚らしい、神様に嫌われるようなネガティヴな名前をつける場合もある。捨吉とかそんな名前がそうだ。クソ子とかね」

「なるほどね。バカ子とか」

「そうだ、アホ子とか」

「或いはまたネコゲロとかイヌクソとかね」

「なるほど。吉岡イヌクソとかね、響きはまあまあいいね」

「そういう問題かっ、つの」

「しかしまあ時代が進んでそういう、神を畏れて、みたいな人は次第に減っていって、いまではそういう名前の人はほとんどいなくなり、さっき言ったみたいな感じの、もの凄い感じの名前が増えたってことさ」

「じゃあ、まずいんじゃないの。なんで、ってだってそうじゃん。そうすっとみんな神に愛されて早世して高齢化がますます進む」

「そんなことは俺らにはなんの関係もないから高齢化が進もうが低齢化が進もうが別に構わんのだがね、ただそうはならんのだ」

「なぜだ」

「神がその子を愛さないからだ、括弧名前がひどすぎて括弧閉じる」

「なるほど。仰る通りだな。えぐ、ざっくとりいっ、だな。それで、ええっと、なんの話をしてたんだっけ」

「おまえも記憶力悪いな。つまりだ、美徴さんがネガティヴな名前しか思いつかないポチに名前を考えさせる意味はそこにあるってわけだよ」

「なーるほど、そういうことか。つまりポチがネガティヴな名前をつける、そうすると神様が嫌がって放置する、そうすると死なない、死なない、ってことは長生き、と、こういう寸法か」

「そうってことよ」

「なるほどなあ」と私はそのとき得心したのでした。

そうしたわけでチビッキーのチビッキーという呼称は主人・ポチが考えたのですが、しかし、しかれどもそれはつけたようなつけないような中途半端なものでした。というのはその頃、チビッキーは他家に貰われる可能性もあり、その際、ポチが考える縁起の悪い、コツツボちゃんとか、ヨメイジメちゃん、腐乱死体といった名前がついていたら、やはり敬遠されるでしょうし、それでもなんとか貰われていき、先方でもう少し増しな名前をつけて貰ったとしても、やはり負のイメージが暫くの間は残り、誰の得にもならないと思われたからです。

なのでネガティヴな名前はだめ、あまりにも印象が強い、Unique な名前もだめ、ということになってポチは名前をつけるのに苦しみ抜き、断酒を始めたばかりの頃であったのもあるでしょう、いつまで経っても名前をつけることができず、数多くの愚案が浮上してはうたかたのごとくに消えていきました。曰く、のり、くも、へなめ、まなづる、キンシャサア、ツンドラ地帯、スクナマロ、モーガン・フィッシャー云々。そして決定打が出ぬまま日ばかりが過ぎていきました。

けれども日々、その名を呼ぶ呼称はどうしても必要で、美徴さんは、自然発生的にこれをチビッコちゃん、と呼ぶようになりました。そしてついに進退窮まったポチはこれをつづめ、チビッキー、と呼んで、もうこれでよいではないか、と言い出し、えええええええっ？　などという異論がありつつも、なし崩しにチビッキーはチビッキーとなっていったのです。

もうこれでいいじゃん。ポチは自分の仕事のうえでもそんなことをやっているのでしょうか。やっていないといいですね。うふふ。るふふ。

犬の掟とその限界について

万両や南天が赤い実を付け、木枯らしに落ち葉が舞う。そんな季節になりました。ポチは三日に一度、暖房用の石油を買いに行き、「このようにOPECが減産に合意し、かつうはまた、米国の大統領が変わる空隙を狙い澄ましたが如くにFRBが利上げに踏み切って、円安に振れるかもしれないなか、プーチンの愛犬がまったくなんのトレーニングも受けていないことがわかって、原油の価格がこれからどう変動していくか。僕の希望としては一バレル五十円くらいになってほしいのだが、いったいどうなることやら。はてさて前途多難な時代になったものだ」などと、聞きかじった中途半端な知識情報をモザイク状につなぎ合わせて分析を試みた結果、なにひとつわからず、結局、個人的な慨嘆で終わって、なにもわからないのだったら黙っていればよいのにと傍で見ていて思うようなことを言っていますが、皆様におかれましては、風邪などお召しになっておられないでしょうか。

この忙しい時期に風邪を引いたら大変だ、なんてことは皆さん、思っていらっしゃることでしょう。でもだからといってその一事を思い詰めるあまりに、深夜、白い、修行者風の着物に着替え、人知れず井戸端に行って、凍るように冷たい水を何杯も何杯も浴びる、所謂、水垢離(みずごり)をとる、なんてことはよしてくださいね。身体が冷えて一発で風邪を引いてしまいます。

なーんて、私はその水垢離というのはポチがテレビジョンの時代ドラマを見ているのを脇で見て知ったのですが、あれはいまから何百年も前の風習で、いまどきそんなことをする人はおりませんよね。ただ、毎日、ポチを見ていると、そういうことを普通にしそうな感じがあるんですね。夜中に浴室でなにかやっているので見に行き、「なにをしているの」と問うと半ギレで、「水垢離に決まってるだろう」と言う、みたいな。

っていうのはつまりポチ固有の性質、性格、ってやつですよね。まあ、そういう訳で、人にはそれぞれ固有の性格がある。犬にもある。猫にもある。かく言う私にも固有の性格がある。そういうことを称して、なくて七癖あって四十八癖、というのだ、とシードが教えてくれました。

そういうとちょっと感じが変わりますよね。固有の性格、というと個性という言葉と結びついて肯定的なイメージですが、癖、というと、あの人は癖があるからなあ、などというように否定的なイメージになります。

これはどっちが正しいというわけではなく見方と申しますか、視点・視座によって評価は変わるということなのでございましょう。

だから、御自分のことや御家族のことを余程変わっていると思い、心配されている方は心配に及ぶこともないし、Unique＝唯一、と思い、ちょっと得意な感じになっておられる方は、いやいやけっこう平凡ですよ、と思われた方がよいのかも知れません。

ということはポチだってマアマア普通の人間ということになり、それは私どもにとっては非常に心温まる話なのですが、それはそれとしてさて先月より話題のチビッキーはいったいどんな性格の、また、どんな癖のある犬なのでしょうか。

申し上げた通り、私どもに参ってすぐのチビッキーは陰気かつ凶暴な犬でした。

というのは、生まれて暫くの間、というのはまあそうですね、三ヵ月とか、それくらいの間に学ぶべき犬の言語を習得しないまま、人、それもおそらく初めて犬を飼う、或いは、あまり犬についての知識がない人に飼われ、適切な扱いを受けられなかったからで、これは喩えて言うなら、中学を卒業してすぐ都会のブラック企業に就職した地方出身の少年のようなもので、普段は暗く無口で、あまり人とコミュニケーションを取らず、でも、じゃあ、おとなしいのかというと、ちょっとしたことですぐに切れて暴れる、みたいな奴になってしまっていたのです。

それにたいして私とキューティーとシードがどんな態度をとったかというと、まあ基本的にはあまり相手にしませんでした。無口にしているからといって、「おい、おまえ、そろそろみんなに溶け込んだらどうだ。コミュニケーションを取ったらどうだ。そのためには。そう、先輩には自分からどんどん話しかけていかないとダメだぞ。わからないことがあったらなんでも聞けよ。うどんは太麺が好きなのか？　とかいちいち俺は聞かないよ。自分からドシドシ発言していけばいいんだよ。それで実際のところどうなんだよ、太麺がいいのか？　それとも細麺なのか？　そのあたり、どうだ、今晩、一杯やりながら」といった感じで話しかけることはしなかったのです。

孤独にしたいなら孤独にすればよい。話したくないのなら話さなくてもよい。自由にすればよい、という方針です。ということができるのはでも一応、申し上げておきますが、私だからできたことです。

というのはどういうことかと申しますと、私は、こういうことを自分で言うのは気が引けるのですが、すごく人間のできた犬、というか、まるで大海のように広い度量を持った犬で、これがそこいらの普通の柴犬とか、そんなんだったらとんでもないことになります。

というのはやはり人間と違って犬には所有という概念がなく、そのあたりすがすがしいのですが、領域・テリトリーという点について繊細です。

なので主人の家すなわち自分の領域によく知らない犬が来て勝手にくつろいだり、マーキングをするなどしたらどえらい騒ぎで、吠えるのはまだいい方で、ひどいのになると発狂して噛みかかっていき、刃傷家の廊下。みたいなことになってしまうのです。

けれども私はいまも言うように度量の広い犬ですから、そうしたことはせず、

「あ、まあ、ここに住まいたいならそうしなさい。賑やかになっていいじゃないか」

てなもので、きわめて鷹揚にこれを迎え入れます。

というのは前にキューティーが来たときもシードが来たときもそうでした。そしてまたキューティーもシードも自分がそうやって迎え入れられたものですから、ここではそうするものと心得て、チビッキーが来ても、これを噛んだり、虐めたりすることはありません。これすべて偏に私の度量というか、器量というか、人徳というか、そうしたものによるものです。その点、この家の一応の主人たるポチはどうでしょうか。ポチは以前、道路に面した駐車場に勝手に入って雨宿りをしていた人を、「われ、誰に断って人の家の駐車場に入っとんじゃ」と怒鳴ったことがあります。さて、ポチの度量の広さはどれくらいでしょうか。川くらいあるのでしょうか。それとも溝

くらいでしょうか。言わぬが花でしょう。

とまあ、そういう訳で私はチビッキーには自由にさせておきましたが、じゃあ、完全に自由放任主義をとったかというとそうではなく、最低限の犬社会の掟と言語は教えました。

どういうことかというと、暗い奴とは言い条、チビッキーはまだ子供なのでときにじゃれついてきたりします。寝ている人の前に来て唸り声を上げたり、前脚で抱きついて後脚でゲムゲムしたり、甚だしき場合は嚙みついてきたりしますが、こうしたことを放置しておくのはよろしくありません。

というのは、それは犬の道に反する善くないことだから、或いは、神の教えに背くから、といった道徳的宗教的理由ではなく、端的に死ぬからです。

そうなんです。犬の掟に背いた者は殺されます。誰に、というと犬にです。顔の近くに来て、うー、とか言った知らない犬に対して、私でない多くの犬がどう感じるかというと、非常に嫌な気持ちになります。その嫌な感じを人間に喩えて言うと、そうですね、私は乗ったことがないのでわかりませんが、電車の座席に座っていると、空いているのにもかかわらず、知らないおっさんがすぐ隣に座って、なぜか身体を密着させてくる、みたいな感じです。

人間の場合だと、取りあえず通報というようなことをするのでしょうが、犬の場合、通報はありません。で、どうするのかというと、警告を発します。例えば、うーっ、と低く唸るとかというのはそういうことですね。

その警告を無視して、さらに身体を密着させてくる、或いは、もっとふざけた、マウントみたいなことをしてくるとどうなるでしょうか。まあ、警告にはいくつか段階があるのですが、最終的な警告を無視してなおも続けると……、そう、嚙み殺されてしまうのであり、それが犬の掟、というか、言い方を変えれば法則なのです。

もちろんそれでも自分が大きければ体力で圧倒して嚙み殺されるということはありません。軽自動車と十二噸積みの貨車が衝突した場合、十二噸貨車はびくともせず、軽自動車はクチャクチャになるのと同じです。

ところがチビッキーは小型犬、いわば軽自動車の部類です。ということは。掟を理解して、相手の警告を感知し理解して、適当なところでやめないと嚙み殺されてしまうのです。と言うと、いや、そんな大型犬と接触するような局面は滅多にないでしょう、と楽観論を述べ、そんなことは教えなくていいんだよ、と力説するロマンスグレーの紳士がいらっしゃいますが、散歩中など、初対面の大型犬も多く、そうした大型犬の中に、そうやって相手の警告を無視して近づき、一瞬で嚙み殺される、ということがないとはいえない、というか、けっこうあるように思えます。

なので私は、一定程度まではあえてやらせますが、あるポイントを超えた場合は、

唸り声を上げる、立ち上がって、ガウッ、と一喝する、などして警告の種類と意味を教えました。

最初のうちは意味がわからず、逆上して暴れるなどしていましたが、別に話し合ったわけでもないのにシードも同じことをしてくれたせいか、何度も繰り返すうちにチビッキーはこれを理解するようになり、一応、犬の法体系の習得を終えました。

じゃあそれですべて大丈夫かというと、そういう訳でもありません。というのは散歩という状況でいうと、さらに難しい問題があるからで、それがなにかというと人間の問題です。

と言うとまたさきほどのロマンスグレーの紳士が祖先の霊毛が一杯に詰まったダウンベストを着て現れ、「そんなことはないでしょう。人間には分別というものがあり、また言葉というものがある。理性があり悟性がある。犬と同じようなトラブルを起こす訳がない。事実、このダウンベストには祖先の霊毛が詰まっている。先祖を敬う気持ちだってあるのだ。もっと言おうか、実は僕は、いまはかぶっていないが、ニット帽を持っている。それもまた祖先の霊毛で編んだニット帽なのだ」などと墓場鬼太郎のようなことを言うかも知れませんが、そんなことはなくて実はチビッキーのような犬にとって人間は犬より危険な存在なのです。

どういうことかと申し上げますと、犬の場合、右に申し上げましたように、「来んな、こっち来んな」という警報を発し、それでもチビッキーのほうから近づいていって、それで殺されるわけですが、人間の場合はその反対で、人間の側から、公園など散歩していると、「犬ちゃん、かわいいー」と言って近づいてくる方がおらっしゃるのです。

もちろんそれがすべて問題というわけではなく、そういうことをきわめて好む犬もいるし、私のように度量の広い犬なら、多少、面倒くさいな、と思いつつも、ポチの面目なども考慮に入れ、頭を撫でたいのなら撫でなさい。嚙み合いがしたいのならかかってきなさい。くらいな態度でいることができます。

しかしチビッキーのようなキャパの狭い犬だったらどうでしょうか。その通り。急に目の前に知らない人間の手や顔が近づいて来たことに驚き、恐慌をきたし、ガウガウ吠えるくらいならまだよくて下手をすると、近づいて来た相手の鼻や手指に嚙みついて咬傷を負わす、下手をするとこれを嚙みちぎってしまうかもしれないのです。

さあ、そうなると大変です。前後の経緯は一切、関係なく、チビッキーは加害者、嚙まれた人は被害者ということになります。というのはそれはそうですね、実際に鼻がもげ、指が取れているわけですから。

さて、この場合、もっとも悪いのは誰か。それは、人を嚙むような犬を公園のような場所に連れてきたポチということになります。よってポチは法的な、また道義的な責任を取らなければなりません。それは別によいのですが、それにともなって保健所がチビッキーに対して殺処分の命令を出す場合があるということです。

まあ、そこまで行く場合はあまりないようですが、例えば、親子が歩いていて、三歳くらいの子供が、「ワンちゃーん」など言いながら駆け寄ってきて親はかなり後ろでそれを微笑ましく見守っている、なんていう光景を目にする度に私は、大丈夫だろうか、と心配してしまいます。

なんとなればその犬がどんな犬かは飼い主以外の誰にもわからないからです。もしチビッキーのようなキャパシティーの狭い犬だったらどうなるでしょうか。私はポチのようにその光景を詳細に文章に表すことはしませんが、おそろしいことが起きて、そこにいる全員が不幸になるでしょう。

それを防止するためには。そう、犬の言語、犬の掟の習得だけでは不十分で、さらなる学びが必要になってきます。扨、チビッキーはそれを一年で習得できたのでしょうか。それについては、ルフフ、また今度申し上げます。ごめんください。

犬の最高法規とその学習について

こんにちは。スピンクです。ポチは最近、私のことを、ストイク、と呼ぶようになりました。朝、ちょいっと庭先に出て草を食んでみたり、猪の匂いを嗅いで山崎街道を想起したり、催して小用を足すなどし、自分が帰りたくなったときに、ストイク、と私を呼びます。

そうすると私はなぜか喜んで走って行きたいような気持ちになって、実際に喜んで走って行きます。どうもこのストイクという響きが好きなんですね。ストイク、って言われると、ピュー、と走って行っちゃうン。考える前にもう走っているって感じ。ストイク、という語に風のような疾走感を感じるんですね。

ところが、ポチはまたときに私のことをスポンクと呼ぶこともありますが、これだとどうもいけない。なんだか呼ばれても行く気にならない、いつまでもその場にじゃがみ込んで蟹と戯れローマ字で日記を書いていたいような、山椒昆布をたきたいような、そんな気持ちになってきます。

なので、そこはやはりストイクの方がよいわけですが、それはあくまでも私の判断というか、好みに任せられており、私の気分によって、呼ばれて行くか／行かないか、が決まります。

けれども元来、犬が生きていくためには、ことにチビッキーのような犬が生きていくためにはそれではいけない。というのが、そう犬の掟の他に犬が学ばなければならない別の最高法規、すなわち、呼び戻し、というやつです。

というのはいたってシンプルなことで。飼い主に、戻ってこい、と言われたらなにをおいても戻っていく、ということです。

と言うと、「なーんだ、そんなことか。最高法規とかいうから、どんな難しいことかとおもったら、はは、簡単なことじゃないですか。まあ、一杯いきましょう」と油断なさる方も多いと思いますが、いやいやなかなか、これが犬にとってはきわめて難しいことなのです。

というのはまあ右に言ったように気分の問題だったら、まあまだなんとかなるのですが、自分の意志ではどうしようもないこと、というのはやはりあります。

人間に例えて言うなら、向こうから途轍もない美人が歩いてきたとします。するとどうしますか。とりあえず見ますよね。これを見るな、と言われても無理です。どうしても見てしまいます。

犬だって同じことです。例えば散歩をしていておもしろそうな匂いがする。これを嗅ぐな、と言われても無理です。どうしても嗅いでしまいます。或いは、ちょっと一緒に遊んだらおもしろそうな犬がいたり、或いは非常にうまそうな食い物があったり、変な奴がいてむかついてどうしても噛みたくなったり、なんてことは必ずあります。

そういうときでも飼い主に、戻ってこい、と言われたら、それらをすべて放棄してとりあえず戻る。それが、呼び戻し、です。

つまり。呼び戻され、ではけっしてない。あくまでもどこまでいっても飼い主の側からの召還、呼び戻し、なのです。だから、

「おおおおっ、大当たり、キター」

みたいな状態でも戻る。そこに犬の都合はないわけです。というと、それは人権侵害に当たるのではないか。やはりそこは個人の自由を尊重して犬の判断に任すべきではないか、と仰る方も中にはおられますが、言うまでもなくそれは間違いです。

なぜなら。そう、右にも申し上げた通り、世の中には犬の掟を超越した危険があるからです。先月に申し上げたのは、警告を発したのにもかかわらず接近してくる人間

のことですが、それ以外にも、世の中には自動車や鉄道といった犬の掟が想定していない危険が多くあって、それらから犬を守るのは飼い主の呼び戻しに頼るより他に方法がございません。

よってチビッキーはこれを学習せんければならない、という訳です。

と言うと、「なんだか随分、上から物を言っているけれども、そういうあなたは呼び戻しが出来ないんぢゃねぇの」という批判が巻き起こるのでしょうが、仰る通りだと思います。だって右に、ストイク、ならば、すっ飛んで行くが、スポンク、ならば行かぬ、と申し上げましたものね。それははっきり言って、呼び戻し、ではなく、呼び戻され、です。犬の主体性が入っちまってる。

けれども申し訳ありません。私は、呼び戻し、実は完璧なんです。どういうことかと申し上げますと、ポチの場合は仰る通り呼び戻されません。呼んでいるのはわかっていてもノソノソ草を食んだり、鳥を眺めたりして行かないわけですからね。でも美徴さんに呼ばれた場合は行きます。なにをしていても行きます。例えば、どう考えても向こうが悪い、向こうが犬の掟に背いた行為をしてきた。そこで犬の掟に従ってこれを成敗していた、そういう場合でも美徴さんに呼ばれれば、私は成敗を途中でやめて戻っていきます。

これはキューティーも同じです。

そのことによって私たちは人間が作った専ら人間にとって都合のよい社会で安全に生きていくことができるのです。

ではなぜポチには随わないのか、というとそれはポチが半分は人間だが半分は犬だからで、皆さん、覚えておられるでしょうか、成長とともにその能力はなくなっていったのですが、私は子犬の頃、人間の前世を見ることができて、それによるとポチは人間はまだ一回目で、前世はスピッツと柴犬のミックス犬で、香川県というところで飼育されていました。随分と可愛がられていたようですが、弘法大師という人と縁があって、今世は人間に生まれたのです。

なのでいまだ犬の感じが色濃く残っており、友人として付き合うにはいい奴なのですが、安全と生存とをゆだねる飼い主にしては器量と貫禄が不足していますし、人間社会のこともよく知らず、いまだに八十二円切手を一枚も持っておらず、だからといって二円切手を買うわけでもなく、八十円切手と五十円切手を貼って郵便を出しているような男です。

だから、ストイク、と言ったり、スポンク、と言うなどして定見がありません。最近では、スタコイ、などと呼ぶ始末です。

という訳で、私たちは、呼び戻しができます。で、チビッキーもこれを習得しないといかぬわけで、美徴さんが日々、これを教えているわけですが、どういう感じかと申しますと、そうさなあ、私から見れば半分くらいの出来でしょうかね。というのはやはり犬も若いうちはいろんなことが珍しく、いろいろなものに興味があるので呼ばれたからといって、ぱっ、と行くのはなかなか難しいようです。というのを人間の側から言うと呼び戻しを教えるのは難しい、ということになりますようでございます。それで呼び戻しはこうやったらできる、いやさ、こうやった方が早い、なんてな話を人間同士でされておられるようですが、本日はお日柄もよろしいようなので犬の立場で、こういう場合は呼び戻されやすい、こういう場合は呼び戻されにくい、という事例を公開いたしましょう。

私たち犬からすると、呼ばれても絶対に行きたくないなあ、というときと、まあ、行ってもいいがいまはやめておくかと思ったり、いまは行くかと思ったりする場合と、もうなにも考える前にその人に向かって走り出している、というケースがあります。

その三つのうち、三つ目が人間から見ると呼び戻しができているケース、一つ目が、ぜんぜんできない状況ということになりますね。

そして、二つ目。これは冒頭に申し上げた、ストイク、と言われたら行くが、スポンク、と言われたら行かない、ということになります。

ということはどういうことになりましょうか。そう、一つ目の状態から二つ目の状態を経て、三つ目の状態にもっていけばよいということになります。

さて、ここで着目すべきはなんでしょうかと申しますと、そう過渡期である二つ目の状態です。ここで私の心になにが起こっているか、それをお教えいたしましょう。

と言うと私は私の心の内でなにが起こっているかをすべてわかっているように聞こえますがそんなことはありません。自分でも説明のつかない気持ちの綾のようなものに一応の理屈をつけて説明をいたすのです。それはおもしろきことでしょうか。

やってみないとわかりません。なのでやってみましょう。

まず、ストイクと呼ばれたときの私の気持ちは、と申しますと、申し上げた通り、喜んで飛んで行きたいような気持ちになります。「ストイクっ」「わひゃーん」とでも申すのでしょうか。ところが、スポンク、と呼ばれると、なにかピンと来ないというか、スポン、と穴にはまった間抜けなおっさんが手招きしていて、あんな間抜けなおっさんにはなんの価値もない、と思ってしまうようなそんな感じがあります。行ってもしょうがない、みたいな。

と言うと、じゃあ、ポチが常に、「ストイクっ」と呼べば絶対に必ず行くか、というとそうでもないような気がします。そりゃあ、ストイクっ、という語には抗しがたい魅力というか磁力というか、そうしたものが籠められているのですが、しかしその魅力・磁力以上に重要な自分の用事があるときはやはりそちらを優先してしまうのです。

ここでひとつ戻って考えてみましょう。つまり、絶対に呼ばれても行きたくない状態です。それはそう、呼ばれて行ってもなんのおもしろ味もない状態ですね。飲み会があると言われたが、会場は殺風景な部屋で、会議用テーブルの上に発泡酒とペットボトルのウーロン茶と紙コップと乾き物が並べてあって、来ているのは陰気で不細工なダメ人間、それで会費が五千円と予めわかっていれば絶対に行きませんよね。それと同じことです。

呼ばれて行っても不景気なおっさんが立っているだけで、まったくおもしろくなく、それどころか、行ったら、「遅いんじゃ、ぼけっ。呼ばれたらすぐ来い、アホンダラ」と罵倒される。だから行かない。そうすると、「なんでけぇへんのんじゃあああっ」と、逆ギレして向こうからこっちへ走ってくる。そうすると厭だし怖いから逃げる。もちろん犬の脚に追いつける訳はありません。そうすると遠くの方から、「戻ってきたらどつきまわすから、覚えとけ」とか「メシやらん」とか言います。そうすると、ますますその人のところには行きたくなって、呼び戻しはほぼ絶望、ということになります。

つまりなにが言いたいかというと、呼び戻しは言語やそのときの行動に拠るのではなく、その人自体を私たちが好きかどうか、好ましいと思っているか、ということにかかってくる、つまり属人的ということです。

ということは？　そうなんです。相手が嫌いな人だったらスピンクと呼ぼうがストイクと呼ぼうがスポンクと呼ぼうが関係がない、ということなのですね。なので私たちを恐怖と暴力で支配しようとしても無理で、そこは人間と同じです。うわべは随っているように見えて、ちょっとでも隙があったら逃げるし、自由に振舞おうとします。常に上目遣いで様子を窺っているのは信服しているのではなく、様子を窺っているのです。

ということは犬に好かれればよいのでしょうか。それはそうです。私はポチが好きです。頭はちょっと残念ですが基本的に善良な人間です。けれどもそれで犬の命が救えないのは、犬に好かれようとする場合、人間の特性として、どうしても犬の機嫌をとってしまうからです。だから私たちが楽しく遊んでいるとき、強引に呼び戻すのは可哀想だ、など考え、つい犬に遠慮して、犬に我が儘放題を許します。となれば、呼び戻し、この場合は呼び戻され、といった抑制的なことができるわけもないのです。

ならばどうすればよいかというと、言葉を弄んでいるように聞こえますが、犬に好かれるのではなく犬に愛される人になればよいわけです。この人が好き、程度であれば行かないこともありますが愛している人に呼ばれればなにをおいてもすっ飛んで行きます。

じゃあ犬に愛されるにはどうしたらよいのか。というと、それはもうわかりますよね。人間と同じです。人に愛されようと思っても愛されません。まず自分が人を愛さなければなりません。自分が腹が減っているからといって、「スタコイ、おまえも腹が減っているだろうが。まず俺が先だ。俺が飯を食って腹が一杯になったらおまえにやろう」という思想では犬に愛されません。

そこが私どもから見たポチと美徴さんの違いであり、呼び戻しの第二段階から第三段階への道程なのです。

って、チビッキーの学びの話をしていたのがポチの学びの話になってしまいました。と思っていると窓際の方から犬の唸り声がするので見ると、チビッキーとポチが嚙み合いをしています。どうやらキューティーに与えた八つをチビッキーが強奪、これを取りあげようとして最初のうちは、ノー、とか、アウト、とか言っていたポチが言っているうちに興奮し、ついに先祖返りをして嚙み合いを始めたようです。先は長いようです。ちょっと犬の掟を食らわしてきます。そいじゃ。

私たちの日々

昨夜は暴風が吹き荒れました。なんでも春一番というやつらしく、春が近づくとこのような風が吹くのだそうです。しかし九年間、この世に生きて、台風でもないのにあんなに吹くのを見たことがありません。ポチは軒先のウインドチャイムがあまりにも激しく鳴って近所迷惑になるのではないか、と考え、これをからげて縛ろうとしてウッドテラスに出た際、始末し忘れていた誰ぞの用便を踏みつけて強風の中で奇声を発しておりました。

それはまあよいとして、まあそういう訳でチビッキーは愛と信頼を醸成中です。

しかし公平な目で見てチビッキーはおかしな奴で、なかなか難しいのではないのか、と思われます。実際の話、かなり変なのです。

というのは例えば。チビッキーは一歳そこそこです。犬で一歳そこそこと言えば遊びたい盛りで、自分のことを考えれば一歳の頃なんて爆発しているようなものでした。目の前になにかありゃあ、じゃれつき、噛みかかり、走り、飛び、というのが普通で、せんど暴れて突如として眠くなってことっと寝る。それが日常でした。

しかるにチビッキーはというと、確かに毬を追うくらいのことはします。しますがどこか投げやりというか、いい加減というか、ちょっと追ったかと思ったらすぐにやめてしまって、座り込んでまるで鼻毛みたいな顔をしているのです。また、私は子犬の頃は置いていかれるのが嫌で、人が部屋を出て行こうとしたら慌ててその後を追い、絶対に置いていかれないようにしたものですが、チビッキーの場合は違って、人間が出掛ける準備を始めると、自分はそれから逃れるように物陰に隠れ気配を消します。ここから出て行きたくない、一緒に行きたくない、と言っている訳です。

私も歳をとり、散歩に行きたくないときはそういう態度をとることはありますが、なにしろ一歳そこそこですから、いったいどうなっておるのか、と思います。しかしチビッキーをひとり残して出掛けるわけにも参りませんから、美徴さんなり、ポチなりが、カラーとリードを装着しようとするのですが、これに対しても目を閉じ、四肢を踏みばって全力で抵抗をいたします。

しかしこれでも増しになった方で、以前はこのときに前後の見境をなくして噛みかかっていっていたのですが、これは前に申し上げた犬の法理論の学習によって克服いたしました。なので抵抗虚しくカラーとリードを装着されてしまうわけですが、それでもチビッキーは土地を奪おうとする代官に抵抗する百姓のように腰を落とし、「代官様と雖も無法におらの田んぼは奪えねぇだ」など言い、これに抵抗します。

しかし、その心を読んだポチは、「誰が代官じゃ。つかおらの田んぼってなんだよ。みんなで出掛けるつってるだけだろうが」と言ってチビッキーを小脇に抱えてしまうのです。

それにいたってようやっとチビッキーは抵抗をやめ、四肢をダランと垂らし、まるで荷物のように運ばれていきます。

ということは論理的に考えますと家が好きで、外が嫌いということになります。ところが、外出が終わって門前まで来る、つまり大好きな家に帰ってきた訳ですから、喜んで駆け込んでいきそうなものですが、豈図(あにはか)らんや、こんだ、車から降りたくないのでござぇます。お代官様、と言って車から降りようとしない。

そいでしょうがない、また小脇に抱えられて入って行くわけですが、家に入ったら入ったで抵抗したことなど忘れ、まるで何事もなかったかのように平然として歩き、好みの場所に行って鼻を抱えて蹲るのです。

つまり家が好きで外が嫌い、逆に外が好きで家が嫌いとか、或いは車に乗るのが嫌、とかそういったことではなく、リードを掛けられてどこかへ連れて行かれるのが嫌、ということらしいのです。

　そしてそうなったにはそうなった原因があるはずなのですが、私どもに参ったより後はそうした心当たりもなく、おそらくは私どもに参る前に、なにかリードを付けられ、そこから移動したそのとき、なにか嫌なことが起こって、それが精神外傷になって、いまなお引きずっているということなのでしょう。

　しかしいったいなにがあったのでしょうか。外に出たら六メートルくらいある全裸のおばはんが立っていて、忠臣蔵の五段目をデスボイスで語ったのでしょうか。もしそんなことが生後数ヵ月の子犬の身の上に降りかかったら……、と想像するだけで笑けてきますが、しかし、彼が外に出たくなくなるのは間違いがないでしょう。

　ならば。そう、人語も犬語も半チクなチビッキーですが、最初に比べれば少しは話ができるようになったので、聞いてみようと思って尋ねたこともありますが駄目でした。

　というのはなんて言うんでしょうかねぇ、なにを尋ねてもはかばかしい返事がない。

　というと、あ、なるほど会話力がいまいちで話が通じないのか、とお思いでしょうが、そういう感じでもなく、なんて言うんでしょうかね、老成した感じというか、達観した感じ、と言うといいように聞こえますが、悪く言うと爺むさいというのでしょうか、私としては子犬なのだから、言っている内容は稚くても、はきはきと元気よく答えてほしいところ、前肢を揃えて蹲り、半ば閉じた目をゆっくりと動かしながら、「いやあ、別に」みたいなことを言ってちっとも要領を得ないのです。シードが来たときもその特異な性格に驚き惑い、「おまえの身の上にいったいなにが起きたのだ、牧場でなにがあったのだ」と問いましたが、シードもまた、薄目を開いて、「いやあ」と言うばかりで多くを語りませんでした。

いったい幼少時にデスボイスの浄瑠璃を聴いた犬は言葉少なになるのでしょうか。いやさ、それは私の想像に過ぎず、私のようなアンコロ好きの甘ちゃんの想像を遥かに超える過酷な体験があったのでしょうが、そうした体験を持つ犬はみな無口になるのでしょう。

そう言えばキューティーも一歳以前のことをあまり語りません。

人間であれば語るのでしょうか。語るのでしょうね。犬はなぜ自分が自分であるのかということにまるで執着せず、ただ生きていますが、人間は自分が自分であることに激烈に拘泥しているようで、もしそうした過酷な体験が例えばポチにあれば、ここを先途と書いて書きまくることでしょう（ポチは自分では苦労して生きてきたようなことを言い触らしていますが、見るところ私と同様のアンコロ食いのようです）。

なんてことはまあよいとして、とにかくそんなことでチビッキーは爺むさい点でシードと似ています。

そしてもう一点、食べ物に対する異常な執着というのがシードに酷似しています。実際の話、シードが私どもに参った頃といえば、そりゃあもうひどいものでした。吠えるとかそういう次元の話ではなく、食べている相手の口に直接自分の口を突っ込んで奪いとる、みたいな有様で、もちろん相手が人間であろうと犬であろうとお構いなしです。

もしあの頃、その事情を知らない人がシードを車に乗せて、用賀のマクドナルドのドライブスルーでハンバーガーを買い、そのまま東名高速道路に進入、ハンドル片手にこれにぱくついたらどうなっていたでしょうか。間違いなく事故を起こして死亡したでしょう。それも車体がメチャクチャに壊れ、原形をとどめないほどの大事故です。

現場検証を行ったベテラン警察官は、あっ、と声をあげました。車内には、ハンバーガーの包装紙や紙袋、シェイクなどが散乱しており、それだけなら単純な運転操作ミスによる事故なのですが、なんということでしょう、運転席で死んでいる運転手の喉笛には明らかに事故による損傷ではない、何者かに嚙み破られたような痕があり、運転席周辺が鮮血で朱に染まっていたからです。後続車のドライバーは事故直前に窓から飛び出す、黒い影を目撃した、と証言しました。その黒い影はまるで悪魔のようであり、そしてまた黒い豆狸のようでもあったそうです。

みたいなことになるのは必定でしたでしょう。まあさすがにいまでは衣食足りて礼節をまでにはいたっていませんが、八つを貰う際、座りをするくらいのことは覚えたようです。しかしそれでもシードが食い犬であることには違いがなく、そのシードにチビッキーは似て、やはり食い犬です。

チビッキーが私どもに参った際、私どもは、「この犬は食わへん犬でね」という伝声を受け取っておりました。なにを与えても食べたがらず、それを裏付けるかのように、痩せて筋力もなく、また涙灼けと申す、目の下の毛の変色が認められました。なので食べさせるのには苦労するのだろうな、と覚悟していたらなにを仰いますやらキャベツやら高野豆腐やら。口に入るものであればなんでも食し、或いは、人の八つを横手から奪うなどしてまるで餓鬼でした。

こういう際、その境涯を憐れみ、まるで供養でもする気持ちでなんぼうでもメシを与えてしまうことがありますが、そういうことをすると腹を壊すなどして死んだり、死なぬまでも肥りすぎで身体を損なうことがあります。なので必要以上に食べようとした場合、美徴さんは口頭で注意をします。

しかし食い犬のチビッキーにとって口頭での注意なんてなんの意味もありません。気にせず、キューティーなどの八つを奪い続けます。そうなるともう仕様がありません、実力でこれを阻止します。そうなれば犬はもういけません。諦めて口から八つを出して服従するしかない。なぜなら飼い主を噛んではならないという犬の掟があるからです。

けれどもその時点でまだ学習途上にあったチビッキーは、うううっ、と唸ったかと思うとギャルギャルギャルギャルと言って噛みかかっていくことも屢屢だったのです。

そして大抵のことは最近になって覚えたようですが、この食物に対する執着だけはいまなお残って、さすがに美徴さんに叛逆することはありませんが、相手がポチだとなにをするかわからず、私はいまでも、ふと気がつくと、喉笛を噛みちぎられたポチが目を見開き苦悶の表情を浮かべ朱に染まり、不自然にねじ曲がった両手を空にさしのべて絶息しているのではないかと気が気でありません。

まあそこまでいかなくても、玄関の呼び鈴が鳴るとシードと一緒になって騒ぎ立て、シードはなかばふざけているのですが、そのうち我を忘れ、応接に立ったポチの足首に噛みかかるなんてことから考えればアキレス腱を噛み切るくらいのことは十分にありうるだろうと思います。困ったことです。

そんな変わり者のチビッキーですが私は楽観していて、私どもにおればそのうちに陽気な奴になって、楽々と横になり、「ああ、楽」と呟いて、手足を、ウーン、と伸ばし、陽の光を浴びてそのまま眠るという日がくるでしょう。私やキューティーやシードがそうであるように。

と言ってポチに書かせているとと横にいたチビッキーが、いつの間にテレパシーを習得したのでしょうか、「いまもう大分そんな感じだよ」と言い、「え?」と聞き返すと、別になにも言ってないよ、みたいな顔をして窓の方に去って、ごろん、と横になりました。

そのチビッキーに陽が射しています。植木の影が落ちてダンダラの陽です。

私たちの日々はまあこんな感じです。いつまでも、このままでいたいなあ、と私は思います。思っています。

成熟と純粋。ポチの凝ったもの

こんち。スピンクでござす。と、この、ございます、というところを、ござす、というのはポチの真似です。といってでもそれはポチの独創ではなく、ポチもまた真似をしていて、これはどうやら、石牟礼道子さんという方の小説に出てくる言葉遣いの真似のようです。

ぜんたいポチにはそうした傾向があって、この、ござす、というのは余ほど心に入ったのかずっと言っておりますが、そのときどきに読んだ本や聞いた話に感化されて、その中の一節をずっと口ずさみ、また、そのときに書いたものを読むと、あからさまにその文章の影響がうかがえます。

と申し上げますと、ポチがその意味内容に共感し感銘を受け、そうしているように聞こえますがそうでなく、ポチは、見ているとどうやらそれをただ音声として認識しているに過ぎないような気がします。つまり誰かが、「うどん」と言った、その言葉がたまたま耳に入り、そしてたまたま心にカチャッと嵌まれば、一日中、「うどん、うどん」と囀り続けているという訳です。

要するに意味を理解しているわけではなくその響きが気に入ったに過ぎない、ということで、これはつまり言葉を覚え始めた幼児が意味なくひとつことを繰り返して言っているのと同じことで、それを五十を過ぎた大僧がやっているわけですから、かなりファンシーというか、まあ、はっきり言えば、言ってしまえば、阿呆、ということになってしまいます。悲しいことです。

でも悲しんでいるだけでは駄目で私にできることがあればやってあげたい、具体的には適切な助言や忠言、そうしたことで少しでもポチがこの世で受ける労苦を減らしてやりたい、とかように考えるわけです。

と申し上げますと、私がきわめて主人に忠実な忠犬、という印象を与えてしまうかも知れませんが、これはまあ犬なら誰でも思うことです。ただ、普通の犬なれば怪我したところを舐めてやるとかそうしたことしかできぬところ、著書も数冊あるほどの文学通で、抽象的な思考も乙な私はそうしたこともする、ってことに過ぎませんから、あまり褒めないでくださいね。当たり前のことをやっているだけですので。

という訳でポチに助言をするとすればどのような助言が適切なのでしょうか。ま

あ、一番簡単なのは、
「そんな風に同じことを繰り返して言うのはおよしなさい。馬鹿みたいだから」
という助言ですが、言うまでもなくこの助言はあまり有効ではありません。なぜならば馬鹿の人に馬鹿みたいだからやめろ、と言ってもやめられないからです。じゃあどうすればよいのか、というと私は途方に暮れてしまいます。だってそうでしょう、ポチは私が生まれる前からきっと馬鹿でした。そして私が生まれたときも馬鹿だったのです。それから九年経って私はこんなに成熟しました。私の書籍を読んでくださっている方ならわかるでしょう、初めての本を出したとき、私はまだ稚気に溢れ、いろんなことが珍しく、グイグイとポチを引っ張り回し、引き倒すことも屡屡でした。けれどもいまはそんなことはしません。なぜなら成熟したからです。

　或いは私の語る内容も最初の頃に比べれば随分と変化してきたと思います。五歳くらいまでの私はとにかく散歩に参りたい、遊びに参りたいの一心で、見るもの聞くものがみな珍しく、ことにドッグランなどに参り、小型犬の尻を鼻でツンツン押すなどするのが大好きで、そんなことばかり語っていましたよね。やれ散歩に参りたいが主人が愚図で参れぬとか、雨が降って参れぬとか、或いは足が濡れたら不愉快だとか。

　けれどもいまはそんなことはあまり語ろうと思いません。

　じゃあなにを語りたいのか、と言われると困るのですが、まちっとじっくりした心に映ずる景色のようなもの、それも、けしき、というのではなく爺むさく、けいしょく、と発音する感じのものを語りたいのでしょうか。わかりません。わかりませんけれども、とにかく、犬の呼吸の如くにハアハアした感じではなく、思索に耽る猫のような、というと少し違うのですが、まあそれに似た、目を閉じて腹這いになって寝ているのだけれども、精神は緩やかに活動していて外界のことを存知している。しているけれども身に危険が及ばぬ限り自らは動かぬ、といった境地に私は已に達しており、まあ、そんな感じで成熟したということです。

だからこそ意味内容を理解しようとせず、ひとつっことを繰り返し言っているポチを犬らしく助けようとするのだけれども、その助け方がきわめて犬らしくないのですね。

というとどっちが犬だかわからなくなってきますね。っていうのは普通は飼い主は複雑な思考を持っていて各方面に目を配って犬を守り育て、犬はひたすらピュアーに飼い主を信じている、っていうパターンだと思うんですけど、私どもの場合は逆なんですね、主人・ポチがピュアーで私の方がむしろ成熟している。

というとますますポチが阿呆のようですが、これは強ち、ポチひとりの問題ではなく、人間の方々全体の問題もあるような気が私なンどはいたします。

というと私が主人を弁護するためにそんなことを言っているように聞こえますが、

そうした気持ちがサラサラないシードも同様のことを申しておりました。

というのがどういうことかというと、いま・昨今の人間の方が成熟した人とピュアーな人がいたとして、どちらをより信頼し、どちらをより好ましく思うかと言うと、圧倒的にピュアーな人の方だということです。

つまり、ひとつの出来事、例えばなんでもよいのですが、季節外れに木蓮の花が咲いたとしましょうか。成熟した人であれば、「ルホホイ。今時、モクレンたあ、少しく時期が遅く咲いたなあ。去年、おとどしも、その前もまちっと早く咲いて今頃は躑躅が盛りだった。それがこんな遅く咲くということは、なにかこう世の中に旱、大水、疫病、戦乱といったような変が起こる予兆ではないか。私たちは予めこれに備えておくべきではないか。田舎に田地を確保しておくとか。相場の変動を予測して外貨を買っておく、商品先物を買っておく、というようなことをしておいた方がよくなくない？」

と言う。予測ですから外れる可能性もありますが、知識や経験から未来を予測してこれに備えるというのは成熟した態度と言えるでしょう。ところがこれに対してピュアーな人間がなんと言うかというと、

「自然の美しさを汚らしい金儲けに結びつけるなんてひどい」

と言う。成熟した人は驚き惑って、

「でも、やはり備えは必要でしょう」

と抗弁するのだけれども、ピュアーな人はピュアーなので、モクレンの美しさを金儲けに利用するのは許せない、と言うばかりで聞く耳を持ちません。そして、その一部始終を見ていた群衆がなんと言うかというと、「やはり自然を金儲けの道具に使うのはよくない」と言い出します。それで話せばわかると思っていた、成熟した人はやっと慌てだし、

「ピュアーな方ならともかくも成熟した大人であるはずのあなた方がそんなことを仰ってはなりません。ピュアーだけでは世の中は成り立たない」

と言うのですが、一部始終を聞いていた群衆は、

「確かに私たちは成熟した大人ですが、成熟と汚い心で自然を金儲けに使うこととは無関係です。そういう意味では私たちはピュアーです」

と薄目を開いて言い、その他にも、「約束は守らなければならない」とか「人と人との信頼関係がなにより大事」といったようなことを言い募って成熟した人を批判、

「いや、私はそんなことを言っているのではなく……」と抗弁する成熟した人の話をまったく聞こうとしない、これにいたって漸く成熟した人は、群衆が成熟していないのではなく、十分に成熟していて、そうした事情も分かったうえ、もっと言うと、もうとっくに資金を移し、非常食や水を用意したうえで敢えてそんなピュアーなことを

言っているということがわかるのです。そして成熟した人は言います。「あれ？　どうしたことだろう。なにか急速にモクレンが美しく思えてきた。このモクレンの美しさ、それ以外になにが必要なのだろうか。なにも必要ない。あの栄華を極めたソロモン王でさえ、この花のひとつほどにも着飾っていなかった、と確か、古今亭志ん生が言っていたような気がするが、その通りだ。皆さんの仰る通りだ。躑躅であろうとモクレンであろうと、金儲けに利用するのは間違っている。実は僕、かなり前からそうじゃないかな、と思っていたんですよ」

と、そういうことになぜなるかというと、もちろん銭金のことばかり考えている人よりもピュアーな心で花を愛でている人の方がいい人にみえ、なにかと得だからです。

だから本当のことを言ってしまえば、いま言った成熟した人というのは、そうして尤も（もっと）で当たり前、理の当然みたいなことを語っている段階で成熟しておらず、むしろ逆にピュアーな感じで、「お花、キレー」とか言って写真を撮り、共有ネットワークにアップロードするなどする人の方がかえって成熟しているということになります。

しかし実際には銭金のことも考えなければなりませんし、いい人だと思われようと思って、なんでもかんでも、「どうぞどうぞ」と人に譲っていたのでは社会から落ちこぼれてしまいますから、そこは、悪い人、と思われない程度にグイグイ行く必要もあります。

ということでそういう風に考えると、人間社会においての成熟というのはきわめて難しいものですが、そういう観点から言うと、かかる場所で、俺は飼い主より成熟している、と語る私もまたピュアーな魂の持ち主ということになるのかも知れませんが、けれども、です。私は人間の社会に属しておりません。私にとってポチと美徴さん、キューーティーとシードとチビッキーがすべてです。あとはまあ、二階にいる猫の人たち、と、散歩でときどきお目にかかる犬の諸君くらいです。

そんななかで人間の人たちのように、いい人、と思われる必要はありませんし、成熟していると語ることがピュアーな証拠とも思えません。

なぜなら、ポチも他の犬の諸君も本当にマジでピュアーだからです。

でも、犬の側から言うと、人間の方々が思っているようなピュアーとはまた違ったピュアーかも知れません。どういうことかと申しますと、人間の方の思う犬のピュアーというのは一途というか純情というか、飼い主との絆をなにより大事にし、いつも飼い主だけを見つめ、飼い主の愛を欲し、よし別離してしまったとしても飼い主の恩を忘れず、いざというときは身を挺して飼い主を救う、的なピュアーのようですが、実際の犬から言うとそんなことはありません。

じゃあどんなかというと、はっきり言って自分のことしか考えていません。自分のメシ、自分の散歩、自分の甘え、自分のモチャ。清々しいほどです。なので、「私のことが好きで後を付いてきて離れない」「私がちょっといなくなると寂しそうに鼻を鳴らす」など言うのは誤りで、その際、犬は私＝飼い主を人間的な意味で愛しているからそうするのではなく、ただ自分が膝に登りたい、鼻を嘗めたい、と欲望するからそうするだけです。

そしてその際、人間のように、「そんなことをしたらエゴイストと思われるのではないか」とか「訴えられるのではないか」など考えない、すなわち感情と行動がほぼイコールで結びついているという意味でピュアーなのです。

しかし人間はそう思っておらず、そのピュアーの行き違いが様々の事故や不幸を招来しているようで、困ったことです。

そしてまたポチのピュアーはというと、これまた困ったピュアーで、本人は自分がピュアーなどとはこれっぽっちも思っておりません。いや、それどころか、自分は屈折した複雑な知性の持ち主と自任しているようで、渋面を作って座敷に座り、なにか重要なことを思索している体で斜めに傾くなどして、それらしく装い、ときおり、なにかを思いつくのでしょうか、せかせかと紙にペンを走らせるなどし、また沈思黙考しています。

なにを書いているのだろう、と肩越しにのぞき込むと、「君子チャーハンに偏らず」「コンプライアンスと戦うヒロポン内尾と極悪ファイブ。制作協力、脱Zコーポレーション　アルツ＆ハイマー商会」「荻生徂徠いへり。男物のホットパンツください。」なんてことが記してあり、これで自分は高い知性を持っていると自惚れているのですから、たいへんにピュアーです。

と、そうこうするうちにあまりに思考がピュアーすぎて考えが行き詰まったのでしょう、主人は考えるのをやめると、今度はノートパソコンを開き、ポチポチ。となにやら文字を打ち始めます。

というと仕事を始めたように聞こえますが、そうではなく、ポチが近頃、無闇と凝って始めた事業があって、それがまた極度にピュアーな事業で、それに関連することを始めたのです。それがなにかを申し上げますのは来月にいたしましょう。また長くなるといけませんのでね。という配慮も成熟しているからできることと私は思っています。ルホホイ。

バンドと犬ぞりの共通点／作詞の実際

桜が散り、時に冷たい雨が降りますが、うわっ、もうこんなに明るい、随分と寝てしまったようだな、と思い、むく、と起きると、まだ六時前で、なーる、随分と日の出が早くなったな、しかし、よくよく考えてみれば起きたところで、これといって仕事がある訳でもなし、もう一回寝るか、なんて、ドサッ、と横になり、そのまま十時くらいまで倒れ伏しております。って誰が。私が。私、スピンクが。

などと頓珍漢なことを書いて申し訳ありませんが、春ともなるとツイ、心が浮き浮きしてこんな事を書いてしまいます。続きを申し上げることにいたしましょう。

さあ、先月、ポチがピュアーな事業を始めた、と申し上げました。なんなのでしょうか。慈善事業でも始めたのでしょうか。いやさ、そういうことではございません。

じゃあなにを始めたのかと申しますとバンドを始めました。

みなさんはバンドを御存知でしょうか。私はテレビで見て知っていました。御存知ない方もあらっしゃるでしょうから、御説明いたしますと、バンドは数人の男女によってできています。男ばかりのこともあれば、女ばかりのこともあり、男女が混ざっている場合もあります。それら男女がポチも以前から所持しているギターという楽器を肩にかけて、これを各々爪弾きます。

と言っても各々が勝手にやるのではなく、みなで時を合わせて爪弾きます。これを合奏といい、バンドというのはこの合奏をする人たちのことを指すのです。なぜ合奏をするかというと、それは私にはわかりませんが、推測するに、その方がパワーが増すからではないでしょうか。

というのは犬橇に例えるとわかりやすいでしょう。ポチが橇にどっかと座って胴輪を付けた私に綱を掛け、「さあ、引け。引いて走れ」と言われてもそれは体力的に無理です。しかし知り合いの犬が何人かいたらどうでしょうか。二人では難しいかも知れませんが、三人ならなんとか引けるでしょうし、四人いればそこそこの速さで走ることができます。

つまり一人よりも二人、二人よりも三人、三人よりも四人いた方がより力がでる。人間は、犬橇を引いたことがないのにもかかわらず、なぜかこのことを知っており、だからバンドをしたがるのではないでしょうか。

ということは論理的に考えますと人数は多ければ多いほどよく、バンドも百人がというれば恐るべき合奏の力を得ることができるはずですが、私の見たところ百人のバンドというのはあまり一般的でなく、四人とか五人というのがもっとも多いようです。

なぜそうなるのか、というとこれも犬橇で考えてみるとわかりやすいと思います。どういうことかというと、百頭の犬で犬橇を引けばそれは力は強いです。けれども、それは百頭の犬が全員、同じ方向に向かって走り出したときに限っての話です。しかし百頭も集まればやはり気質も体格も違う、思想信条も各々異なりますから、全員がひとつの方向に向かうということはまずなく、それぞれがてんでに走り出し、互いに引っ張り合って、ちっとも前に進まない、或いは、あらぬ方向に向かう、或いは、右に行ったり、左に行ったり、前に行ったり、後ろに行ったり、とムチャクチャになります。

もちろん、そうならないために犬橇には綱というものがあり、鞭（むち）というものがあり、橇に乗る人はただふんぞり返るのではなく、それらを使って犬をコントロールするのですが、それにも限界があり、それで制御できるのはせいぜい八頭か十頭というところなのでしょう。

これと同じことがバンドにも言えるのではないでしょうか。先ほど私は合奏というものはみなが時を合わせてするものと申しました。百人もいるとこの時が合わず、犬が好きな方向に走り出すように、バラバラの時を刻んで、本来、妙音であるはずの音楽が聞くに堪えぬ雑音・騒音と化すということでしょう。また、それだけいると約束の時間通りに来なかったり、急に関係のない議論を始めたりする人も出て、なにかと混乱するというのも、どうやら人間の場合はあるようです。

まあ、それは仕方がないとして、時が合わないというのは深刻な問題で、実はそれを防止するために、先ほどは言及しなかったのですが、大抵のバンドにはそれ専門の係の人が後ろの方にいます。

椅子に座ったその人の周囲には仰山の鉦、太鼓が並べてあり、その人は両手に持った枹でこれを打ち鳴らします。或いは両足で踏み板を踏みます。踏み板の先には枹が取り付けてあり、やはり鉦や太鼓を打ち鳴らすことができるようになっていて、つまり両手両足を使って、同時に三つ乃至は四つの鉦太鼓を打ち鳴らせるようになっていて、その様子はまったく雷神のようです。

この雷神が、ドンパン打ち鳴らす拍子に全員が合わせることによって、全員の時が一つに合わさる、とこういう訳ですね。雷神が、ドンドンパンパンドンパンパン、ドンドンパンパンドンパンパン、ドンドパンドドパンパ、ドンパンパンパン。と打ち鳴らした場合は、みんながこれに合わせて時を刻む。勝手なことをしない。それがバンドの掟なのです。

しかし、雷神とか言ってますけれども実際は人間ですから、間違うこともままあり、そうすると時がずれてしまいます。そんなことのないようにバンドの方は努力しながら合奏を行っているようですが、そのバンドをポチが始め、私はそれを指して、ピュアーな事業、と申し上げた次第です。

と申しますと、バンドを結成して活動をすること、それ自体がピュアーな事業であるように聞こえますが、そうではなく、ポチがバンドをすることがピュアーだと申し上げているのです。

なぜというに、私の見るところ、ポチがそんなことをしたからといってなにがどうなる訳でもなく、するためにしていることにしかならないからです。

人が料理をし、これを自ら食す。うまいと思う。これがピュアーなのと同じようにポチのバンド活動はピュアーです。

しかし、それはあくまで私の見解に過ぎず、ポチ本人の思惑とはまた別で、ポチ自身には、どうやら別の考えがあるようです。どんなかというと、料理をし、自らこれを食し、うまいと思う、とそこまではよいのですが、問題はそこから先で、その料理を人に振る舞い、うまいと思って貰う、という大胆不敵なことを考えているらしいのです。そのうえで、振る舞うに当たっては代銀を徴収し、料理を拵えるのにかかった材料代その他を賄う、さらには若干の利潤を得て、次の回のための資金とする。そしてさらには、それを上回る利潤があった場合は、雷神その他、バンドメンバーの報酬とする。

といったようなことをどうやら夢想しているらしく、これはどのように考えても不純な発想です。なぜなら料理以外、合奏以外のことを考えてしまっているからです。

それが思惑通りに不純なものとなるのか、それとも私の見立て通り、ピュアーなものとなるのか、それはやってみないことにはわかりませんが、芝を植えれば枯れる、棚を吊れば落ちる、列に並んで順番を抜かされ、冗談を言って空気を凍りつかせ、真剣に話して笑われる、というこれまでのポチの人生を具(つぶさ)に見てきた私はなにも心配していません。

ポチはその人柄通り、ピュアーなバンド活動を行うことでしょう。これが私が、ピュアーな事業と申し上げた理由です。

という訳で先月、申し上げた、ポチがノートパソコンに向かってポチポチと打ち始めたのは、そのバンド活動に向けた作業の一環で、なにをしているのかというと、どうやら、作詞、ということをやっているらしいのです。

どんなことかと申しますと、合奏の中でポチは歌唱という部分を担当しています。

つまり、チターとかそういったものを弾くのではなく、また、雷神をするでもなく、咽を締めたり開いたりして奇怪な音声を出す、そう、お歌、というのを歌うお役です。運転中に、「マッハＧＯＧＯＧＯ」の主題歌を全力で歌って車を小破させたことのあるポチにぴったりのお役で、これを一般的にボーカルと呼ぶそうです。

私はそれをシードに教わりました。というか、右のようなことも大体はシードに教わりました。シードは牧場で多くのバンドを見たそうです。なぜかというとその牧場は観光牧場をかねていたのでいろいろなバンドが毎週のように来演し、シードはそれを具に観察してバンドに関する多くの知識を得たのです。

「まあ、牧場だけにカントリーミュージックが多かったが、まあ、なぜか、『あみん』の楽曲を演奏するバンドが立て続けに来演したこともあった。俺はそれらをすべて注意深く観察して多くの知識を得た。だからポチも俺のところに話を聞きに来れば随分とよくなるんだがね、そういうことは思いつきもしない。まったくもってくだらない男だよ。穴に落ちて死ねばいい」

なにもそこまで言わなくてもいい、と私は思いましたし、それでしたら私が話を聞いてそれをポチに教えてやってもいいな、と思い、それで話を聞いたのです。まず、ボーカルについてシードがなんと言ったかというとシードは、

「ボーカルにはクズ人間が多い」

と断言しました。その論拠はと申しますと、楽器を習得するにはそれなりの根気と努力が必要ですが、歌にはそれが必要ない、つまり、努力が嫌いな怠け者のくせに自己顕示欲だけは人一倍強い人間がボーカルを志願し、それにズバ抜けた能力が伴っていれば立派な歌手だが、大抵は並かそれ以下なので、よい結果を生むことはまずない。しかし、歌曲、いわゆるウタモノは歌を中心に曲が編まれ、また聴衆も歌のメロディーを先ず聴くので、自分は常に他に興味を持たれ、注意・関心を引く特別な存在であると錯覚し、自己愛を肥大させ、よい結果を生まぬのは周囲のせいであると考える人が多い、ということでした。

なんと辛辣なことを言うではありませんか。

しかし、物事を真剣に考えず極度にイージーな姿勢でこれに取り組み、その結果、失敗をするのだけれども、自らの失敗を認めず、これを糊塗しようとして、失敗に失敗を重ね、スパイラル状に滅亡する、みたいな、これまでのポチの人生を見てきた私としては、これを強く否定することはできず、そうかな。と呟くのが精一杯でした。

そのうえでシードは、どうあがいてもポチは駄目だが、少しでも上を目指すなら、まずその人間性、人間としての徳を高めることが大事、と言いました。シードは、

「文学にしろ音楽にしろ、なんだって同じことだ。最後は人間性なんだよ。その人間のすべてが表れるんだよ。だから、迂遠なように見えて長い目で見れば人間としての

徳を高めるのがもっとも早道なんだ。ポチ先生よろしくそうすべし」

と言ってトットットットッと壁際に歩いて行き、片足をあげ、スタンドに立てかけてあるポチの大事のギターの胴体に、シャアー、と小便をかけ、それから、椅子の背に掛けてあったポチの上着をくわえて引きずり下ろし、首を左右にムチャクチャに振ってこれを振り回し、結果的にボロボロにして、

「こんなことで怒るようじゃ、修行が足りないんだよ」

と言い捨てて去って行きました。

そんなこととも知らずにポチは作詞をしております。作詞というのはどういうことかと申しますと、読んで字の如く、詞を書くことです。つまり、音曲の旋律に合わせてひとつびとつ詞章を当てはめていく。つまり、春の小川はサラサラ行くよ。と一息に書いてしまえばただの文章ですが、これを、ハアルノ、オガワハ、サアラサアラ、ユクヨ、と、ところどころ伸ばしたり区切ったりしながら旋律に当てはめていく、これがすなわち作詞ということです。

その作業がどんな風にして進むか、と申しますと、そのときポチは椅子に座って、コンピュータの画面に向かっています。というのはいつものポチポチと同じ恰好ですが、一点異なるのは両方の耳から紐が垂れているという点で、耳から紐を垂らしたポ

チは、首を上下に、或いは振り、暫く振っていたかと思ったら突如として意味不明の文言を喚き散らし、そのうえで二、三文字をポチポチやり、それからまた突如として首振りをよし、神妙な面つきになって指先でパッドを操作、暫くしてまた首を振り始め、また喚き散らし、また神妙になって……、ということを何度も何度も繰り返します。

最初これを見たときはついに厶(ござ)ってしまった、頭にきてしまったかと思いましたがさにあらず、耳から垂れた紐はイヤホンでその先端はコンピュータに繋がっていて、そうポチはコンピュータで作曲の人から送って貰った音声ファイルを再生しながらこれに言葉を当てはめようとして四苦八苦しているのでした。

これがすなわちポチの作詞風景で、いつも仕事の際はものの半時間もやったかと思ったら踊ったり、庭に出て苔を眺めたり、ひどいときは隣町に鉄瓶を買いに行ったりするのですが、作詞をする際は二時間くらいは休まずに続けて、横で見ていても、随分と凝ったものだな、と思われます。

しかしそんなに凝ってなにを書いているのでしょうか。そしてどんな音楽をどんな風に演奏しているのでしょうか。それについて申し上げようと思ったら眠くなって参りました。最近は寄る年波ですぐ眠くなってしまいます。また、来月に申し上げましよう。そいじゃあ、それまでお元気で。さいなら。催馬楽(さいばら)。

作詞問答・石碑と和食／すべては夢のなかの

リビングに横たわり昼寝をしていると近所の犬が意味なく吠える声が聞こえてきました。人に連休あれど犬に休息なし。二十四時間無駄吠えしてアルソックの如し。そんな文言が頭に浮かびましたが、すぐに消えていきます。

惜しいことも何ともありません。花は散る。記憶は薄れる。それを無理矢理に覚えておいてなんになりましょうや。どうせ大したことは考えていないのだから忘れるにしくはありません。そりゃそうだ、頭の中にあまり意味のない余計な考えを大量にため込んでおくと気がおかしくなりますものね。

しかし主人・ポチはそうは思わないようで、いまも私が昼寝をしている隣で、ブツブツ言いながら言葉を書き留めています。そのように頭に浮かんだよしなしごとを、忘れぬうちに記録しておこうとしているのです。

さあ、ポチはいったいなにを書いているのでしょうか。ときおり請われて書く、随筆とやらの下書きを書いているのでしょうか。

「近所の犬がうるさく吠えている。私も裸になって表に走り出て、四つん這いになってワンワン吠えてみたいものだ。首からパスタをぶら下げて。いや、ぶるさげて。江戸弁？ No! 私は日本語ラップ否定論者だ。ブルドッグを僭称する柴とスピッツのミックス。まるで狂ったように狂ってんじゃん」

みたいな感じの。いえ、違います。じゃあなにを、と申しますと、そうです。先月申し上げたバンドで演奏する楽曲の歌詞とやらを飽きもせで書いているのです。

けれども瞥見するに、それはわざわざ書き留めるほどのものでもないもの、乃ち、二度と再び生まれないであろう、そのときに限ってたまたま訪れた霊感によって生まれた閃き・天啓のようなものとはとても思えないシロモノです。

じゃあどんなものなのでしょうか。一週間も根を詰めて考えれば思いつくようなものでしょうか。いえいえ、なかなか。じゃあ、日に一度は思いつくようなものかというと、それですらなく、というかそもそもが思いつき・アイデアというに値しないような、ただの頭の中に流れる意識がそのまま垂れ流れてしまったようなもので、百聞は一見にしかず、これを書き写すとこんな感じです。

朝も朝とて朝ぼらけ
アサヒスタイニというけれど
麻のジャケッツ伊達じゃない
厚狭のあの人懐かしき
厚狭のあの人偲ばるる

はあ？　なんすか？　なにが言いたいんすか？　というのが多くの人の率直な感想でしょう。なぜなら意味がまったくわからないからです。おそらく朝にまつわるなにかを表現しようとしているのでしょうが、その動機も目的もここからは読み取ることができません。シードなら牧場で得た知識や経験を活用、朝ぼらけ、アサヒスタイニ、麻のジャケッツ、厚狭のあの人、といった言葉になんらかの意味を見出して、それを繋げて哲学的な考察を述べてみせるのかも知れませんが、おそらくポチはそんなことは夢にも思わないでしょう。

そこで私は、季節があまりにも早く巡るので試みる暇がなかった直接の会話を、久しぶりに交わすことにしてポチに話しかけました。

「おい、ポチ君」

「なんだい、スピンキー」

　このところやっていなかったので回線が切れていないか心配でしたがうまく繋がりました。

「ちょっと聞きたいのだがねぇ、その歌はなになのだろうねぇ」

「これは歌詞というものだ。これに節がついて歌になる。伴奏がついて曲という。僕は歌詞を書いているのだよ、スピンクス」

「それはすっかりわかっているのさ。ただね、僕の意見を言ってもよいかね」

「もちろんだ。話し給え」

　そう言うとポチはちょうど作詞に倦んだところだったのでしょうか、それとも継ぎ目のところだったのでしょうか、開いたパソコンの画面を閉じてこちらに向き直り、本格的に話を聞く体勢になり、それで私は愈、安心長く話しました。

「つまりね、石碑ってあるだろう。あれはみんながいろんなことを忘れてしまう、それは仕方がないことだが、そうしたものの中には忘れちゃいけないものもある。だから建てるわけだ。忘れちゃいけない事をいつまでもみんなの記憶に留めるために」

「まあ、そういうことだろうね。しかし、君はなんの話をしているんだ。こう見えて僕は忙しいのだがね」

「まあ、聞き給え」

「聞こう」

「だから、石碑は大きなこと、大事なことがあった場合のみ、これを建立する。例えば、そこで大きな戦があったとか、偉大な人が生まれたとか、大きな津波がきたとか。これを逆から言うと、ここで豚が仔を生みました！　とか、ワイドパンツを買ったよ、といったようなことをいちいち石碑にしない。っていうか、そんなことをしていたら世の中、そこら中が石碑だらけになっちまって邪魔でしょうがないし、そうすると人々は、石碑というものは疎ましいもの、無意味・無価値なものと心得るようになり、元々あった重要な石碑にも注意を払わなくなる。それは困ったことだと思わないか」

「思う。思うが、僕は本当に時間がないんだ。君は石碑論を語りたいのかね、ストイク。だったら後日、改めて聞こうじゃないか。いまちょうど、感興が湧きかけているところなんだ」

「まあ、あとちょっとだからそう言わずに聞き給え」

「聞こう」

「同じことが僕は個人の内部にもあるのではないか、特にポチ、君のように芸術家と言われるような人にはあるのではないかと睨んでいるのだ」

「僕は芸術家などというご大層なものではないよ。ただのパンクロッカーだ」

と迷惑そうに言うポチが芸術家と言われて一瞬、嬉しそうな顔をしたのを私は見逃しませんでした。

「いや、君は根っからの芸術家だよ。うどん粉だよ」

「そうかなあ」

「そうだよ。だから聞き給え」

「聞こう」

「つまり、君はいま感興といったが、人間には、いやさ、僕たち犬も常にいろんな感興が浮かんでいるはずだ、ああ、あの石灯籠を壊して池に叩き込んだらおもしろいだろうなあ、とか、草の中に狸の用便がある。おもしろきことだ、といったような」

「えっ、ちょっと待て。君はそんなことを考えているのか。よしてくれ。狸の用便はともかくとして、あの石灯籠は僕は非常に気に入ってるんだぜ。あんな具合に苔が乗るのに何年かかったと思っている？」

「心配するな。思っているだけだ。続きを聞け」

「聞こう」

「しかし、それをすべてメモに書き留めることはなかろう？」

「もちろんだ。そんなものをいちいち全部、書いていたら切りがない」

「そうだ。そこで君の歌詞なのだが、瞥見したところ、そうした、常に私たちの頭の中に湧いて流れている感興、いやさ、それ以前の想念のごときが、そのまま流れ出ているような気がするのだが、それって豚の仔出生の記念碑とどこが違うのか、いやさ、同じとは言ってはおらぬ、いずれ英明な君のことだから、何かしらの意図があってのことだろうと思って聞くのだが、実際のところ、その歌詞とやらにはなんの意味があるのだ」

と言ったのは嫌味ではありませんでした。本当に不思議だったのです。だってそうでしょう、大の大人が残り少ない人生の時間を使って、こんなに真剣にやっているのですからそこにはなんらか意味・意義があるはずです。

ポチは言下に答えました。

「意味か。意味はない」

「えっ、ないの？」

「ああ、僕の歌詞にはそういったものはないんだ。感興の湧き出るがままに書く。それが僕の流儀だ」

そう言ってポチは澄ましています。

「しかし、それじゃあ、意味のない石碑と同じ、ってことになってしまうが、それでよいのか」

「スポーク、なにもかもが君の考えた仮説に当てはまるわけじゃないぜ。そこからはみ出る例外もある。いやさ、ほとんどが例外と言ってもよい。ならばそれはもはや例外ではなく、君の仮説に当てはまる方が特殊なケースということになる。そのうえでなお自説に固執すると、小説やなんかを、二秒くらいで考えた珍毛(ちんけ)な自説の中に無理矢理に押し籠めて『理解』して、矮小化して、無知な子供に自慢して悦に入っている滑稽な評論家みたいになっちまうぜ」

「それは恐ろしいな。そんな人間にだけはなりたくない。犬でいたい」

「だろう。だったら石碑論はいったん撤回した方がいいぜ」

「撤回しよう」

「よかった。そのうえで僕は歌詞和食論を唱えたい」

「いいね、唱え給え」

「唱えよう。といって僕の和食論はもの凄くシンプルでね、一言で言うと、素材のよさを生かす、ってことだ。つまり、素材の味を最大限に引き出す。そのために手を加えるのは最小限に留める、ただそれだけのことなのさ」

「それで、あんな風に脳から出たものを加工せずにそのまま書いているのか」

「そうだ。けれどもそれはシュルレアリスム的の自動筆記ではない。お筆先でもない」

「じゃあ、なになのでしょう」

「それはねぇ、同じ素材にも組み合わせがあるし、どこをどう切るかというのがあるし、並べ方もありましょう？　熟練の経験と技。培った勘。といったものがどうしても必要になってくるのさ。つまり伝承の味、本格派やわらか仕込み・ギフトパック的なものが必要にっていうか」

「それって。ハムじゃないのか」

「ハムだよ。もちろんハムだよ。それだってね、奇怪なハム料理を拵えるのではなく、うすーく切ってね、マア少しばかり萵苣なんざあ、添えてもよいが、マスタードもあってもよいが、そうしたものとともに皿に美しく盛って供する、といったね、そういうことなのだ。要は加工しすぎぬ事。それに尽きる」

「けど、おかしいな」

「なにがおかしいのだ。言い給え。僕の議論のどこがおかしいのだ。言えよ。早く言えよ。うううううっ、わん」

「まあ、そう昂奮するな。いや、私がおかしいと思ったのはだなあ、君は歌詞和食論と言ったろ？　ハムって洋食じゃないのか、ってことだ」

「ぎゃん」

不意に痛いところを突かれてポチは啼いて飛び上がり、暫くの間、横倒しになって荒い息を吐いていましたが、やがて、ウウウッ、と低く唸りながら立ち上がると、

「つまりそれが明治以降の我が邦の近代化の一環としての洋楽の受容、或いは、戦後

の進駐軍クラブに於けるジャズ演奏、近くは和製ヒップホップに於ける変容した日本語という問題にもかかわってくる訳である。つまりハムという洋食。これをいかに和食に組み入れていくか。この議論こそが洋楽の節と拍子に日本語をいかに当てはめていくか、という問題に直列する。だから折口なんかはね、ミュージシャンは必読・必携なんですよ、いまは。そういう観点からみてもやはり、朝ぼらけ、というものは非常に重要な、夜と朝の中間領域として我々の眼前に立ち現れてくる。そしてまた一方で……」

と、ポチの長広舌は続きましたが、私はもはや聞いていませんでした。なぜなら途中でそれ自身が意味を伴わない音声の垂れ流れに過ぎない、と気がついたからです。つまり近所の犬の吠え声とあまり変わらないということです。そうこうするうちに犬がまた吠え始め、どちらがポチの声かどちらが犬の声かわからなくなって、そのうち私は眠りに落ちました。そしてまたポチは作詞を始めます。或いは、倦んで二階へ上がって眠ってしまったのでしょうか。すべては夢のなかでした。

練習とはなにか／問われない幸福

ちょっと前までは躑躅が咲いていました。というと当たり前のように聞こえますが、実は私どもではつい最近まであまり咲かず、躑躅はそうですね、全部で二十株か三十株くらいあると思うのですが、毎年花が付くのはほんの数株、という体たらくでした。

ポチはこれを、「やはりその家の主がいつまで経っても咲かないから庭の花も咲かないのだ。成功者・勝ち組の庭にはとりどりの花が咲き乱れているが、老いたる貧書生の庭はこんなにも寂しい」と嘆き、昭和二十二年のヒット曲「港が見える丘」を熱唱したり、膝の曲げ伸ばし運動をするなど奇矯の行為に耽っていました。

ところがどういう訳か今年は、その咲かぬ躑躅が次々と咲いて、赤いのやら白いのやら、とりどりに花を咲かせて、私どもの庭は急に華やかになりました。

ポチはこれをよろこんで、

「どうやら私にも天の時がめぐってきたようだ。それを祝福してこのように花が咲いたのだ。素晴らしきことだ」

と言い、そして、

「いまこそ飛躍の時だ。乾坤一擲。起死回生。大死一番。安全第一。よおし、やるぞー」

と勢いごんで掛け布団を被って前方に回転して「地獄車」の真似事をしたり、布団を活用してフルーツフラッペの形態模写をするなどしています。

けれどもこれは、ちょっと近隣を歩けば訣ることなのですが、ご近所のどの家でも今年は咲かなかった躑躅が咲いており、要するに、たまたま天候の按配がそんな加減だったから咲いたに過ぎず、天が主人に味方したという訳ではありません。

もし仮にそうだとしたら、天の時は主人だけにではなく、町内全域にめぐってきたということで、町内全体が猛烈に飛躍、町内のすべての人が太政大臣になったり、富豪になったりせねばならず、しかしそんなことは絶対にありませんから、やはりこれは気象が原因の単なる自然の現象と言うより他ありません。

もちろんポチとて根っからの馬鹿ではありませんから、ちょっと考えればそれくらいのことは訣るはずなのですが、シードによると、人間は犬と違って自分のこととなると急に莫迦（ばか）になるそうで、この点においては、どんな偉い先生も、近所のおっさんも同じなのだそうです。

　という訳で。ポチは自分にも運が向いてきたと張り切っている訳ですが、ではなにをそんなに張り切っているのかというと、勿論、このところ妙に凝り、熱中して取り組んでいる事業、すなわちバンド活動です。

　以前に申し上げた通り、これはポチにとってピュアーな動機に基く事業＝経済的な利得のためではなく、自分たちの純粋な楽しみのためにする事業なのですが、ポチは、これを人に聞かせて称賛されたい。そのうえでたくさんでなくてよいが、少しは銭も儲けたい、という途轍もないことを夢想していました。

　ポチの書く歌詞とやらを見れば、実現不可能な夢に過ぎないというのは誰にでも訣りますが、ポチは、この躑躅が咲いたのを神秘的に受け止めて、いよいよ夢が叶うときが来た、と張り切っている訳です。

　という訳で先日はリハーサルとやらがあるということで、帳面やレコーダーを持って午前のうちから車を駆って出掛けていきました。

　リハーサルとはなんなのでしょうか。私は訣らなかったので、聞くはいっときの恥、聞かぬは一生の恥、というか犬に恥などという概念はありませんから虚心坦懐とすら思わず、ごく普通にシードに問うたところ、リハーサルというのは、実際上の真剣な舞台を後日、行うため、予備的に行う実際の舞台の模擬行為なのだそうです。

というとなんのことか訣らないので喩えて言うと、シードは、実際上の真剣な舞台と言いましたが、つまりそういうことで、実際の舞台は真剣でするのです。だから本来で言えば、予備的な模擬行為をするさいも真剣でやるのが一番よいのでしょう。だけど真剣というのは切れてしまいます。真剣を無闇に振り回すと、腕の一本、足の一本くらいはすぐに切れてしまうのです。そうすると肝心の実際の舞台をするとき、腕や足がない状態で痛み止めの注射を打ちながらの非常に非常に苦しい戦いになってしまいます。

これを防止するため、リハーサルでは竹刀を用いるのです。そうすれば腕も足もついたまま実際の舞台に臨むことができるというわけです。

この実際の舞台のことを本番というそうです。つまり、この本番をやるためにリハーサルをするということです。と言うと、「なるほど、じゃあポチは竹刀を持って出掛けていったのだね。そして本番では白刃を振りかざして戦うのだね。怪我しないといいね」と、心配してくださる方がきっとあらっしゃる。けれども大丈夫で、竹刀だの真剣だの言ったのはあくまでも喩え、実際にそうしたものをポチが使うわけではありません。

そうしたものを使うのはどなたかと申しますと、武道、そのなかでも、剣道、というのをしている方々です。

こういう人たちはリハーサルで竹刀を使います。じゃあ本番である、試合、では真剣を使うかというと使いません。なぜならそれは試合、試しの合い、であるからです。

じゃあ、本当の本番はなにかというと、本当の斬り合い、すなわち、果たし合い、或いは、もっと規模の大きい戦争でしょうが、なんでも知っているシードによると、そうした果たし合いは、清水次郎長の「血煙荒神山」以来、刀で斬り合うような戦争は源平合戦以来、絶えて行われておらず、いまどきそんな「本番」はないのだそうです。

って私はなんの話をしていたのでしょうか、そうでした。ポチが行った、リハーサル、の話をしていたのでした。ということでつまりリハーサルとは本番に向けて予備的・段階的に行われる準備、簡単に言ってしまえば、練習、です。

と言うと、なかには練習を侮り、「ははは。リハーサルなんて英語をいうからどんな難しいことかと思ったらなんだ練習か。だったらそんなに、真剣に、やらなくていいな。だってしょせんは練習だから」と嘲笑して、遊び半分でやればよい、と思う人が屹度出てくるでしょう。でもそれは申し訳ありません、誤りです。

と言うのは、練習というのは本番にいたるまでの積み重ねというか、段階を追って練習をして初めてまとまったひとつの本番が完成するのです。それは想像するに苦しいことです。なぜそう思うかというと、以前、テレビジョンで競技の解説者がそんなことを言っていたのを聞いたからです。その解説者は言っていました。

「苦しい練習に耐えて初めて本番で結果が出せる」

本当にそうだなあ、と私は自分の体験に照らし合わせてつくづく思います。

かつて私の祖先は、人間が鴨とかそういったものを鉄砲で撃ち、それを回収してくる役目を負っていたのだそうです。

なのでその末孫たる私も水猟犬の素質を持ち合わせているようで、子供の頃の遊びは知らず知らずのうちに水猟の練習になっていたように思います。

ポチが鳥の形をしたもちゃを抛る。私は一散に駆けてこれを追う。のンどに食らいつき、これを烈しく左右に振る。尻をたっかく上げ、足をジタジタさせながら、空中に掲げて、踊り念仏のように、その場で踊る、といったようなことを私は誰に教えられたわけでもないのに自然にやっておりましたが、これらはみな水猟の動作で、つまりは水猟の練習です。

私はこれを飽きることなく、毎日繰り返しました。ということは。そうです、練習量としては相当のものになります。

だったら、そこまで練習したのだから私は水猟の達人になって当然です。ところが、豈図らんや、そうはならなかった。ならないどころか、遠浅の海でバシャパシャするのが関の山で、一度、みんなで犬用のプールにいったときは、足が立たぬほどの深さに怖じ気づき立ちすくんでしまい、そんな私を見て、「おまえは水猟犬だから泳げるはずだ」と暴言を吐いたポチにプールに突き落とされたときは、為す術もなくブクブクと沈んでしまう、という体たらくでした。

なぜそんなことになるのだ。あんなに練習したのに、というと、そう、私にとって練習はちっとも苦しくありませんでした。むしろ楽しい遊びでした。

だから駄目だったのです。

私が本当に水猟をしようと思ったなら練習でもっと苦しむべきでした。「ポチ、もう駄目だ。もちゃを投げるのはもうやめてくれ。もう、足がベラベラで踊り念仏ができないっ」「まだまだっ。これは千本ノックだ。後、八百本残っているぞ」「ひいいいいいっ」みたいにするべきだったのです。

ところが実際は逆で、私はポチに、「もう、終わりか？　もっと投げてくれぇ、もっと投げてくれぇ。万本水猟だ」と言い、ポチは、「ひいいいいいいっ」と悲鳴を上げたのです。これでは芸は上達しません。

つまり、玄人というか、本当に凄い人は練習で苦しむ。そして本番を楽しむ。ところが、素人は練習を楽しんでやり、本番で地獄を見る、ということです。

「いっやー、今日のリハ、楽しかったなー」

「ホント、ホント。君のギターは最高だったよ。僕はエリック・クラプトンがここにいるのではないか、一瞬、疑った」

「なにを仰いますやらキャベツやら。尊公のドラムこそ素晴らしかった。モーリン・タッカーの再来かと思った」

「あの、モーリン・タッカーはまだご存命では?」

「だははは。そうかそうか、メンゴメンゴ。お詫びにシャッグスのCD貸しちゃるぜ」

「いいねぇ、今度、カバーしようよ」

「いいねぇ、すみません。ナマ、お代わり」

など言って、練習の後、みなで居酒屋に参り、弛緩しきって串揚げなど頬張り、麦酒や焼酎の割を飲むなどしているが、本番の後はあまりのことにみなむっつりと黙り込み、やっと口を開いたかと思ったら、

「おまえ、よく普通にしていられるな。なんか言うことあるだろう」

「あるよ」

「じゃあ、言えよ」

「くたばれ」

「殺す」

みたいなことになって、後味の悪い思いと挫折感・屈辱感だけを残してバンドが終焉するのです。

なんてすみません。私は犬なのにまるで小説家のような邪推をしてしまいました。

でも、練習をテキトーにやると、大方はこんなようなことになってしまうのではないでしょうか。


じゃあポチはどうかというと、バンドの他の方のことはわかりませんが、少なくともポチに限っては間違いなく駄目でしょう。なぜか。それは私の本を読んでいる方ならおわかりでしょう、かつてポチは運転中に、「マッハＧＯＧＯＧＯ」という五十年前のアニメーション番組の主題歌を歌い、楽しく歌うあまり運転操作を誤って民家の石垣に車をぶつけて中破させたことがあります。

そんな体たらくで本番がうまくいく訳がなく、先ほど、私が想像した親爺バンドが見た地獄より、もう一段か二段、下のレベルの地獄、すなわち、彼のバンドが見た地獄が叫喚地獄だとしたら、ポチのバンドの地獄はそれよりもひどい大叫喚地獄か焦熱地獄、或いはことによったら最下層の無間地獄かもしれないのです。おそろしいことです。

しかし、ここにひとつだけ救いがあります。というのはポチのバンドは世の中に需要がありません。

ということはどういうことかというと、いくら練習をしても本番、すなわち実際の舞台がない、ということは、そう、いつまでも楽しく練習だけしていればよい、ということでポチ本人は不満かもしれませんが、結果を考えればそれが一番、幸福なこと、と言えます。ところが。

なんだってポチという男はいつもこうやって自分から厄介事に向かって突っ走っていくのでしょうか、その日、遅くに帰ってきたポチは帰ってくるなり美徴さんに言いました。

「いっやー、よかった。マジで俺にも運が回ってきた」

「なにかいいことでもあったんですか」

「イベント出演が決まったんだよ。凡美さんが誘ってくれたんだよ」

がびーん。なんということでしょうか。私の心配をよそにポチは地獄への一本道を進もうとしているのです。

躑躅が終わった後の庭に紫陽花が咲き始めていました。

家の中が静かです。

紫陽花も躑躅も終わって、なんの花が咲いているのでしょうか。って、スピンクの真似をして書き始めましたが、すみません、わかりません。

という私はキューティー。スピンクの弟分というか、同じ日に生まれた六頭のうちの一頭です。

私たちは生まれて三月経たないうちにバラバラに貰われていきました。なので本当は会うことはなかったはずなのですが、私は一歳のときにポチの家にきて、そこでスピンクと再会しました。

そのスピンクが先月の二十七日に死にました。だから弟の私がスピンクに代わってこの文章を書いているのです。でもスピンクのようにうまく書けません。お許しください。

435　家の中が静かです。

四月の二十七日、私たちは十歳になりました。

それを記念してみんなで外浦というところに行きました。久しぶりのみんなで行く旅行で、お出掛けが大好きなスピンクは大喜びで、行きの車の中でもずっとニコニコ笑っていました。途中でカフェに寄ったりしながら、宿に荷物を置いたら海岸を散歩して、夜は、いつも二階に行ってしまうポチも一緒の布団で寝て、スピンクは大喜びでした。

翌日も灯台のある岬を散歩したり、川沿いの店で知ってる犬に会ったりして、帰りもドッグランに寄ってとても私たちは楽しかったのです。

そして帰ってきてゴールデンウィークが始まったその初日からスピンクは調子が悪くなり、でも病院は長い休みで、私たちは遠くの救急医療センターというところに行きました。

それから二ヵ月の間、スピンクと私たちはあちこちの病院に行きましたが、スピンクは次第に弱っていき、六月の二十七日の夕方に亡くなりました。

私はしばらくは亡くなったとわからず、動かなくなったスピンクの前に座っていました。そうすれば、私に気がついて、また動くだろう、と思ったからです。

六月の二十九日に修善寺というところで葬儀を営み、なにがなんだかわからないまま骨壺を抱えて家に帰りました。

なにをするのもスピンクと一緒でした。隣を見ればいつだって、どんなときだってスピンクがいました。トリミングのときも。病院に行くときも。寝るときも。ずっとです。

なのでスピンクがいない、ということがよくわからなくて、自分がなになのかということもわからなくなって、私はごはんもちゃんと食べられなくなりました。

私は一歳でポチと美徴さんのところに来るまでちゃんと育てられませんでした。ですからいろんなことが怖くて怖くて、五歳になるまでポチのことも怖かったくらいです。

そんな私がだんだんいろんなことに慣れて怖くなくなって、当たり前に生きられるようになったのはスピンクがいたからです。

私にとってスピンクがいるということは大丈夫だということでした。生きるための杖でした。横を見ればスピンクがいて、笑っていたり、ふざけていたり、うまそうに食べていたり、寝そべっていたり、飛び跳ねていたりして、それによって私は生きていたのです。

そのスピンクが死にました。私はしょんぼりしてしまいます。

私が一歳のとき先生が、「この子は五歳まで生きないかも知れない」と言いました。それを聞いた美徴さんは懸命に私を育ててくれました。

けれどもスピンクは身体も私より一回り大きく、いつもニコニコ笑って健康そうでした。そのスピンクが私より先に死に、私はまだ生きています。

スピンクはいい奴でした。私は恐がりのくせにすぐに癇癪を起こしてしまいます。そうなると見境がなくなって、隣にいるスピンクにガルガル言いながら噛みかかってしまいます。こういうのを転嫁行動というのだそうです。

普通、そんなことをされたら自分も怒って噛み返してくるはずです。でも、スピンクは我慢してくれました。

私がポチのところに来ることになったときポチと美徴さんは、先にいるスピンクが後から来た私を攻撃するかも、と心配したそうです。でも、スピンクはそんなことはいっさいせず、「おまえはおまえじゃないかー」と言って大喜びで私を迎えてくれました。

それはシードが来たときもチビッキーが来たときも同じでした。だから私も見習って攻撃しませんでした。

家に小型犬が遊びに来て、勝手に水を飲んだりしても、スピンクのごはんを横取りしてもスピンクは怒りません。お気に入りのおもちゃで勝手に遊んでも怒りませんでした。

ニコニコ笑って、それをやるから遊ぼうぜ、一緒に走ろうぜ、と誘っていました。反対に怒って、キャンキャン吠えてくる犬もいましたが、そんなときはヘラヘラ笑って逃げていきました。

そんなスピンクがいたから私は普通にしていられたのです。

スピンクとポチの関係は特別な関係だったと思います。私たちは人間の考えていることはだいたいわかります。「あ、いまからごはんを呉れようとしているな」「あ、いまから散歩に行こうとしているな」「あ、そろそろ帰ろうと思っているな」「あ、僕を殴ろうと思っているな」「あ、僕を棄てようと思っているな」といったことはすぐにわかります。

でも、人間は私たちのそれに対する反応を聞き取れない、読み取れないので、会話が成り立たず行き違いが生まれます。それによって不幸が生まれます。実は私もそうでした。シードもチビッキーも。

でも、スピンクとポチは普通に会話していました。

スピンクはポチに、「おい、ポチ、散歩に連れて行け」と言います。そうすると、ポチはスピンクに、「わかった。ちょっと待ってくれ」と言います。そうするとスピンク、「わかった。早くしろよ」と言うのです。

普通の感じだったら、「散歩に連れて行ってください」「連れて行ってやる。こいっ」「わい」という感じだと思いますが、ポチとスピンクは、「おい、ポチ、散歩に連れて行け」「わかった。行こう」と言い、そして、「おい、スピンク、ソロソロ帰るぞ、こいっ」「わかった。帰ろう」と言う、そんな感じでした。片方が命令して片方がしたがう、って感じじゃなくて、どっちもお互いにワガママを言って、どっちもが、ショガネーナ、と言いながらそれを聞いてる感じでした。

そんな風に会話ができているからスピンクはポチを使って本を書くことができたのでしょう。いま私がこうやって話すことができているのも、どこかからスピンクが手伝ってくれているからだと思います。

先月までスピンクが話そうとしていたのは、ポチがライブハウスで演奏する話です。

スピンクは大勢の人が集まってワイワイしているのが大好きでした。何年か前、ポチが家の近所のカフェで小さな演奏会を開いたことがあります。そのときスピンクは、美徴さんの制止を振り切って舞台に走って行き、

「みなさーん、こんにちはー。スピンクです。今日は僕のために集まってくれてあり

がとー」

と挨拶をし、喝采を浴びて、その後、次々にお客さんと並んで写真を撮って大得意でした。

だからスピンクはポチがバンド活動とやらを始めたと知った途端、あんなことを書き始めたのだと思います。以下はポチのコンピュータに残っていたスピンクのメモです。


ライブに行く。

どんな音楽か。ポチの音楽について。

実際のステージに立つ。

ワンワンワンワンワン。

ポチと一緒に歌う。

スピンクはまた一緒に、みんなでライブハウスへ行って、今度はポチと一緒に歌いたい、と思っていたようです。でもそれはできなくなってしまいました。スピンクが可哀想でなりません。

皆さん。長い間、スピンクが紡いだ文章を読んでくださってありがとうございました。

本当だったら飼い主のポチが御挨拶するところ、ポチはあの日から腑抜けみたいになってしまって、ちゃんと話せませんので、私が代わって話しました。

スピンクがいなくなって家の中は静かです。

静かでスカスカです。

その静かな家の中に私は息を潜めて踏ん張って立っています。

スピンクがいつも居た場所に立っています。

（了）

あと書き

スピンクがいるときはどこに行くときも傍らにスピンクがいた。目が合うと、「おもしろいね」「たのしいね」と言っているみたいな顔でこちらを見て、そして笑った。

スピンクは犬で、犬を電車に乗せてはいけないことになっているので、どこかへ行くときは必ず車で行った。高速道路のパーキングエリアで休憩して、ノソノソ歩いたり水を飲んだりした。

そのパーキングエリアをいまはひとりでノソノソ歩いて、その都度、スピンクのことを思い出す。思い出すと胸のあたりが痛くなる。

俺は作家だから、その気持ちを文章で表さなければならない。けれども表そうと思って考えるとその気持ちは、生きてこの世に在るとはどういうことか、という壁に突き当たって、考えがそこから先に進まなくなる。なので痛いままにしている。

昔の人は、去る者は日々に疎し、と言った。まだ死なない限りは、生きていかなければならず、此の世で生きていくには苦労も多いので、生きているものの思考が取り紛れて、死んだ者はすぐに忘れられる、と言うのである。

だから自分の場合もいずれこの感じはなくなると思われる。そうなると自分は楽だが、死んでしまったスピンクが可哀想だという気持ちになる。しかしそのスピンクは死んでいるので、忘れられて悲しいと思うこともうない。しかし自分のなかにまだ生きていたときのスピンクがありありと在るからなかなかそう思えず、ついスピンクが可哀想だと思ってしまう。というか、年齢から考えればそう遠くないうち自分自身も死ぬわけだから、もしかしたら、このまま疎くならず、ずっと胸が痛いのかもしれない。そんなことを思いながらスピンクと行ったところをひとりでノソノソ歩いて、ときおり、「スピンク」と声に出して呼んでみたりしている。いまはそんなことをしている。写真などはなるべくみないようにしている。

二〇二〇年六月　　町田　康

本書は二〇一七年十月、小社より単行本として刊行されました。

JASRAC出 2005546-001

|著者|町田 康　作家・パンク歌手。1962年大阪府生まれ。高校時代からバンド活動を始め、伝説的なパンクバンド「INU」を結成、'81年『メシ喰うな！』でレコードデビュー。'92年に処女詩集『供花』刊行。'96年に発表した処女小説「くっすん大黒」で野間文芸新人賞、ドゥマゴ文学賞を受賞。2000年「きれぎれ」で芥川賞、'01年『土間の四十八滝』で萩原朔太郎賞、'02年「権現の踊り子」で川端康成文学賞、'05年『告白』で谷崎潤一郎賞、'08年『宿屋めぐり』で野間文芸賞をそれぞれ受賞。著書に「猫にかまけて」シリーズ、『この世のメドレー』『常識の路上』『ギケイキ』『ホサナ』『記憶の盆をどり』『しらふで生きる』など多数。
http://www.machidakou.com
Twitter：@machidakoujoho

スピンクの笑顔(えがお)

町田(まちだ) 康(こう)

定価はカバーに
表示してあります

2020年7月15日第1刷発行

発行者――渡瀬昌彦
発行所――株式会社 講談社
東京都文京区音羽2-12-21　〒112-8001
電話 出版（03）5395-3510
販売（03）5395-5817
業務（03）5395-3615

デザイン―菊地信義
製版―――凸版印刷株式会社
印刷―――凸版印刷株式会社
製本―――株式会社国宝社

Printed in Japan

ISBN978-4-06-519738-7

講談社文庫刊行の辞

二十一世紀の到来を目睫に望みながら、われわれはいま、人類史上かつて例を見ない巨大な転換期をむかえようとしている。

世界も、日本も、激動の予兆に対する期待とおののきを内に蔵して、未知の時代に歩み入ろうとしている。このときにあたり、創業の人野間清治の「ナショナル・エデュケイター」への志を現代に甦らせようと意図して、われわれはここに古今の文芸作品はいうまでもなく、ひろく人文・社会・自然の諸科学から東西の名著を網羅する、新しい綜合文庫の発刊を決意した。

激動の転換期はまた断絶の時代である。われわれは戦後二十五年間の出版文化のありかたへの深い反省をこめて、この断絶の時代にあえて人間的な持続を求めようとする。いたずらに浮薄な商業主義のあだ花を追い求めることなく、長期にわたって良書に生命をあたえようとつとめるところにしか、今後の出版文化の真の繁栄はあり得ないと信じるからである。

同時にわれわれはこの綜合文庫の刊行を通じて、人文・社会・自然の諸科学が、結局人間の学にほかならないことを立証しようと願っている。かつて知識とは、「汝自身を知る」ことにつきていた。現代社会の瑣末な情報の氾濫のなかから、力強い知識の源泉を掘り起し、技術文明のただなかに、生きた人間の姿を復活させること。それこそわれわれの切なる希求である。

われわれは権威に盲従せず、俗流に媚びることなく、渾然一体となって日本の「草の根」をかたちづくる若く新しい世代の人々に、心をこめてこの新しい綜合文庫をおくり届けたい。それは知識の泉であるとともに感受性のふるさとであり、もっとも有機的に組織され、社会に開かれた万人のための大学をめざしている。大方の支援と協力を衷心より切望してやまない。

一九七一年七月

野間省一